STARGÅTE

SG·1

STARGÅTE
SG·1

KINDER DER GÖTTER

NACH DEM DREHBUCH UND DEN CHARAKTEREN
VON DEAN DEVLIN & ROLAND EMMERICH
FERNSEHBEARBEITUNG
VON JONATHAN GLASSNER & BRAD WRIGHT

ROMAN
VON MARTIN EISELE

BSV
Burgschmiet Verlag

Die Deutsche Bibliothek – CIP-Einheitsaufnahme
Stargate SG 1: nach dem Drehbuch und den Charakteren von
Dean Devlin & Roland Emmerich, Fernsehbearbeitung von
Jonathan Glassner & Brad Wright. - Nürnberg: BSV, Burgschmiet-Verl.
Kinder der Götter: Roman / von Martin Eisele. - 1999
ISBN 3-932234-14-6

ISBN 3-932234-14-6 – 2. Auflage 2000

Covergestaltung: Susanne Gebert
Gestaltung des Bildteils: Julien Seyerlein
Redaktion und Lektorat: Gudula Jungeblodt
Lizensiert durch CTM Merchandising

Burgschmietstr. 2-4, 90419 Nürnberg

Printed in Germany

PROLOG
DIE HEIMSUCHUNG

1

Achtzehn Sekunden bevor die Katastrophe über sie alle hereinbrach, dachte er noch: *Manche Alpträume enden nie* – und starrte immer *noch* gebannter auf die Mündung des 45er Magnum-Revolvers, bis seine Augen von zu vielen unvergossenen Tränen brannten; bis er bereit war, sich einzugestehen, daß er es auch dieses Mal nicht schaffen würde, das Ding in den Mund zu stecken, den Abzug durchzuziehen und seine ganz persönlichen Dämonen mit Feuer und Blei ein für allemal auszutreiben. Es war zu intim. Es war zu... erbärmlich. Es war ein lächerliches Nichts gegen diesen anderen dummen und brutalen Tod, den er zu verantworten hatte; den Tod des Kindes. *Seines* Kindes.

Wie immer brachten diese Gedanken eine grausame Ernüchterung mit sich... und einen Schmerz, der schlimmer war als alles, was er als Krieger jemals hatte ertragen müssen: Er war eine Zeitlupenexplosion direkt *in* ihm, und sie dauerte an und an, und die blutigen Trümmer seiner Gefühle und Hoffnungen und Träume kreisten und wirbelten und dehnten sich aus – ein Universum aus purer Schuld. In diesen Momenten wußte er nie zu sagen, was er mehr fürchtete: den Verstand verlieren zu müssen oder ihn *nicht* zu verlieren, *keine* Buße zu tun. Er dachte: *Dein Tod bestimmt mein Leben bis in alle Ewigkeit.* Es war wie eine blutergußdunkle Trance, er kannte sie seit Jahren gut genug.

Es war seine Art, auf Raten zu sterben.

Dann waren die achtzehn Sekunden vorbei, und das richtige Sterben begann: Seltsam fern glaubte er ein gigantisches Mahlen von tonnenschwerem Stahl auf rissigem Stein zu hören; irgendwo – in großer Tiefe – setzte ein ungeheuerliches Vibrieren und Dröhnen ein und die ganze Nachtwelt wurde davon wie von den ersten Ausläufern eines

Jahrhundert-Erdbebens erfaßt. Jack O'Neill war hellwach, noch bevor die Reflexe des Kämpfers seine Muskeln straffen und er den Abzug des Magnum-Revolvers durchreißen und sich doch noch töten konnte. Mit einer fließenden und zugleich behutsamen Bewegung legte er die Waffe angewidert neben sich auf dem Beifahrersitz des Jeeps ab, stieß die Wagentür auf und glitt ins Freie hinaus. Er wußte nicht, wo er sich befand. Er hatte keine Ahnung, wie er hierhergekommen war. Es war eisig kalt; es schien, als falle zusammen mit dem Regen die Nacht selbst vom Himmel. *Unmöglich, sich zu orientieren.*

Innerhalb eines Bruchteils einer Sekunde war O'Neill bis auf die Haut durchnäßt. *Etwas geschieht, etwas Schreckliches geschieht... Jetzt.* Er versuchte das panische Hämmern seiner Gedanken zu ignorieren; er kam noch immer nicht dazu, richtig nachzudenken – er handelte völlig instinktiv. Er zerrte die Lederjacke vor der Brust zusammen und rannte los, weg von dem Jeep. Er wußte plötzlich nur: Es war wichtig, in die Dunkelheit zu entkommen. *Manche Alpträume enden nie.* Dann erinnerte er sich in einem rasenden Flackern von Gedanken vage daran, stundenlang ziellos durch Nacht und Regen und Sturm gefahren zu sein, schneller, immer schneller. Auf der Suche nach Sarah.

Du wirst sie nicht finden, niemals. Deine Frau hat dich verlassen, sie ist untergetaucht – sie wird nicht zurückkommen... Weil sie Angst vor dir hat. Du hast sie verloren, für immer, genau wie Jack Junior.

Das Stahl-auf-Stein-Mahlen verwandelte sich in ein tierhaftes Kreischen und Brüllen; und es wurde lauter...

Es war, als komme es rasend schnell näher.

So mußte es sich anhören, wenn sich die Kontinentalplatten verschoben... und zerbarsten. Der schlammige Boden unter O'Neills Stiefelsohlen war wie lebendig, eine heftig pumpende, zuckende Masse aus silbrig schimmernden Pfützen und Regenrinnsalen und dunklem, schwärendem Erdreich.

Dann wurde es für einen einzigen gleißenden, zeitlosen Moment totenstill – und eine Art bizarre Realität schien wieder einzurasten...

Und dann folgte das schrille Aufheulen militärischer Alarmsirenen, folgten Entsetzensschreie und zahllose, sich gegenseitig überlagernde Geräusche von Menschen in großer Panik – alles gleichzeitig. Irgendwo waberte fahle Helligkeit empor, wie von Elmsfeuern. O'Neill hielt darauf zu. Er konnte die Schattenrisse hoher Pinien erkennen. Dahinter, linker Hand, erstreckte sich ein Truppen-Exerzierplatz. Er erkannte ihn trotz der miserablen Witterungsverhältnisse wieder. Der Teerbelag sah schon seit fünfzig Jahren an Dutzenden von Stellen so aus, als sei er auseinandergeplatzt, wie die Schale einer heißen Kartoffel. Hundert Yards voraus wurden aus den Elmsfeuern blendend weiße Scheinwerferstrahlen – Geisterfinger, die verzweifelt und völlig sinnlos in die Regennacht krallten. Dumpfes Dröhnen rollte wie zersplitterter Donner heran, eine Alptraumbrandung in der Nacht. Ein Dieselmotor wurde gestartet und ging mit einem erbärmlichen Blubbern wieder aus. Wagentüren schlugen. In der Tiefe verbog sich Metall kreischend unter titanischen Gewalten. *Näher. Immer näher.* Befehle wurden gebrüllt. Irgendwo fielen Schüsse – neue grollende Echos. O'Neill schrie, bis er das Gefühl hatte, seine Stimmbänder müßten reißen; er wußte schlagartig, was das alles zu bedeuten hatte – er wußte, was geschah... und daß längst alles zu spät war.

Der Feind war DA.

Es hatte drei Jahre gedauert, aber jetzt hatte er sie jenseits des Abgrunds der Sterne aufgespürt und –

Die Regentropfen waren wie Stahlnägel; jetzt peitschten sie ihm direkt von vorn entgegen. Er rannte taumelnd, mit hochgerissenen Händen; im zuckenden Licht der Scheinwerferstrahlen schienen sie nur aus welkender – durchscheinender – Haut zu bestehen. Drei Marines hasteten ihm wie blind entgegen, er stieß sie beiseite und jagte über die Kraterfläche des

Exerzierplatzes weiter, obwohl sie ihm Warnungen hinterherschrien. Ihre Stimmen waren nur wirbelnde Fetzen:

„Nicht, Sir – um Gottes Willen... *nicht* in diese Richtung..."

„Sektor UG-28... nur noch... atomare Hölle... Da unten... alle tot..."

Er sperrte alles aus. Seine Augen hatten sich an das Halblicht gewöhnt. Neue Einzelheiten in der wirbelnden Regennacht: Vier, fünf abgestellte Jeeps; ein Schwertransporter; daneben die alte Fahnenstange, das Sternenbanner war eingeholt, wie immer. *Geheimniskrämer.* Offiziell war dieser Stützpunkt schon seit John F. Kennedy und der Invasion in der Schweinebucht so tot wie das Gehirn eines Junkies. Neben den mannshohen Reifen des Transporters: Ein metallisches Aufglühen – in einer steilen Bergflanke rumpelten nervenzerreißend langsam gigantische Stahltore auseinander. Fahle Helligkeit und noch mehr schattenhafte Gestalten stürzten in panischer Flucht daraus hervor.

Jetzt hatte Jack O'Neill endgültig Gewißheit; jetzt wußte er, wohin es ihn am Ende der erfolglosen Suche nach seiner Frau verschlagen hatte: *Creek Mountain. Der Stützpunkt in den Colorado Rockies. Das Herz des Geheimdienstes* Military Intelligence. *General Wests Heiligtum. Der Silo. Und achtundzwanzig Stockwerke unter der Erdoberfläche... das SternenTor.*

Der einzige Ort auf dieser Welt, an dem jemand wie er immer Asyl fand...

... und der in diesem Augenblick zu existieren aufhörte.

2

Aus den stählernen Eingeweiden der Anlage tief im Innern der Erde schoß ein zweihundert Yards langes Inferno aus brodelndem, blutrotem Feuer. Die fliehenden Männer verwandelten sich in eine Masse wimmelnder, brennender Ameisen und zerfielen zu Asche, die Jeeps verschwanden von einer Sekunde auf die andere, der Schwertransporter schmolz knisternd und krachend in sich zusammen – dann explodierten die Tanks, und bizarr gezackte Metallteile brachen wie ein funkensprühender Hornissenschwarm aus dem tollwütigen Glutauge hervor. Erst jetzt verstummten die Alarmsirenen in den Tiefen des Berges mit einem fast menschlichen Winseln. Knisternde Energie füllte die Nacht und verdampfte den Regen im Umkreis von Hunderten von Yards. Die Pinien loderten wie Riesenfackeln, und ihre Flammen schienen die Nacht und gleich darauf das gesamte dahinterliegende Universum zu entzünden. Es wurde taghell.

O'Neill glaubte noch immer, auf den Tunneleingang zuzurennen, keuchend, mit sich immer mehr verkrampfenden Muskeln und schweißüberströmt: Ein längst brennender Mann, in eine Feueraura gehüllt, wie in einem seiner elenden Alpträume, in denen er lief und lief und genau wußte, daß er ein Ziel erreichen mußte, unbedingt, schnell, sehr, sehr schnell – aber gleichzeitig auch wußte, daß er dieses Ziel niemals erreichen würde, ganz gleich, wie sehr er sich auch über jede tödliche Erschöpfung hinaus verausgabte. Hitze füllte seine Lungen bis zum Bersten. Ein Tohuwabohu aus schmetternden Schlägen und reißenden, heulenden Gewalten hatte ihn rücklings davongedroschen und wirbelte ihn mit sich und schleuderte ihn zu Boden... *und saugte ihn dann gegen alle Naturgesetze wieder auf den Tunneleingang zu.* Auch mit dem normalen Ablauf der Zeit schien etwas nicht mehr zu stimmen. *Es dauert zu lange. Viel zu lange. Es sind doch nur Bruchteile von Sekunden. – Wirklich nur Bruchteile?* Er blieb nicht liegen. Er hatte entsetzliche Angst, nie wieder auf die Füße zu kommen, wenn er jetzt liegenblieb. Sekundenlang sah er nur Feuermuster. Er hob den Arm – er brannte nicht! – und schirmte die blendende Helligkeit ab; seine Augen tränten.

Immer noch unmöglich, zu atmen.

Der Eingang der labyrinthischen Militäranlage war wie der zerfetzte Schlund eines urweltlichen Drachens – und noch immer tobte ein Inferno aus Blitzen und Schatten darin.

O'Neill ging darauf zu. Ein Sog wie von einem Riß in der Wirklichkeit umfing ihn, zupfte an seiner Jacke, an seinen Jeans.

„Die wollen, daß ich komme, wollen es." O'Neill faselte unzusammenhängende Worte vor sich hin und spürte schaumigen Speichel in seinen Mundwinkeln und eine entsetzliche Angst tief in sich, etwas, das ihn zerfraß und krümmte und langsam machte, unendlich langsam. Doch er ging weiter. Wurde ganz ruhig. Versuchte, das Ziel gegen jede Chance zu erreichen. Er wunderte sich, daß er noch lebte. Das Ganze kam ihm mehr und mehr wie ein bizarrer Ausflug in die Schwerelosigkeit vor.

Irgendwo weit hinter sich – jenseits der Waldlichtung im Herzen des Stützpunktes, unten, am Fuß des Hügels, am Checkpoint, am Tor des Areals – hörte er neue Sirenen losheulen. *Zehn Minuten, bis die ersten Hubschrauberverbände der Anti-Terror-Einheiten der nächstgelegenen U.S. Air-Base hier oben, in den Bergen, eintreffen. Mindestens.*

Als er in den Feuerschlund des Tunneleingangs hineinging, bebte wieder die Erde. Ein funkensprühendes, armdickes Kabel zuckte mit einem häßlichen Scharren über den Asphalt, O'Neill sprang darüber hinweg und überlegte kurz, wie es möglich sein konnte, daß dieses Kabel überhaupt noch existierte.

Dort, wo der große Lastenaufzug gewesen war, gab es nur noch einen Krater, in dessen Tiefen es schwefelgelb und karmesinrot flackerte. In diesem Augenblick wußte er, wenn es eine Hölle gab, dann lag sie genau achtundzwanzig Stockwerke unter ihm.

Ganz flüchtig glaubte er, Echos von Stimmen zu sich heraufwehen zu hören. Das ist unmöglich, dachte er verblüfft.

„Au Mann", murmelte er.

Der Korridor, der zu dem Krater führte, schien sich wurmartig zu krümmen. Die teilweise zerschmolzenen und rußgeschwärzten Stahlverkleidungen an den Wänden der domartig hohen Eingangshalle knirschten so durchdringend wie eine berstende Eierschale, als versuche etwas Großes, Urgewaltiges halb verrückt vor Gier, sich durch sie hindurchzuzwängen, um geifernd nach ihm schnappen zu können. *Wahnvorstellungen. Schock. Immer noch. – Vielleicht aber auch nicht.*

„Was, zum Teufel, geht hier vor...", flüsterte er.

Manche Alpträume enden nie, enden nie.

O'Neill zwang sich, ganz genau auf seine Umgebung aufzupassen. Er hätte den 45er mitnehmen sollen. Etwas stimmte nicht. *Paß auf paß auf paß auf SIE sind da diesmal sind SIE durch das SternenTor* zu uns *gekommen und* –

Völlig lautlos bog er in einen der kleineren Seitenkorridore. Hier war die Stille noch tiefer. Dunkelheit wie schwarze Säure. Nach einer Weile hörte er weit vor sich das Geräusch strömenden Wassers. *Sprinkleranlage.*

Zehn Yards tiefer in Finsternis und Nässe hinein. *Keine Waffe. Keine Chance. Alles so sinnlos.* Aber er brauchte Gewißheit – er konnte nicht umkehren. Jetzt nicht mehr. *Die Neugier der Katzen.*

Der kleine Personenaufzug befand sich auf der rechten Seite des Korridors. O'Neill hörte einen seufzenden Laut und begriff erst jetzt, daß er ihn selbst verursacht hatte – nach Ewigkeiten atmete er wieder. Die türenlose Aufzugskabine war da, und sie schien unversehrt: Ein dunkel gähnender Zauberkasten. O'Neill trat hinein und drückte auf die Metalltaste mit der Aufschrift UG-28. Das Notstromaggregat funktionierte noch; die Kabine setzte sich mit einem rostigen Kreischen in Bewegung. Abwärts.

Der rohe Fels des Aufzugsschachtes glitt an O'Neill vorbei. Stählerne Echos wirbelten unter ihm voran in die Tiefe. O'Neill zwang sich, ganz gleichmäßig zu atmen. Er blutete aus unzähligen Kratz- und Schürfwunden, und als er es endlich wagte, über sein Gesicht zu tasten, fühlte es sich an wie ein Wasserbett.

Brandblasen.

Und da, endlich begriff er, *was* falsch war an dieser ganzen verdammten Situation: Wo das Nachglühen einer Hitzehölle hätte sein müssen, war es kalt – so schrecklich kalt, daß der Atem vor seinen Lippen kondensierte. *Nichts stimmt mehr, alles ist schrecklich falsch –*

In diesem Augenblick stellte er sich zum ersten Mal der Frage, ob er *wirklich* wußte, was dort unten passiert war. Neben der Feind-ist-da-Möglichkeit gab es noch mindestens ein Dutzend anderer Möglichkeiten, und eine davon war: Die Verrückten aus den Teppichetagen des Pentagon hatten drei Jahre nach der Abydos-Mission doch noch beschlossen, mit dem SternenTor herumzuexperimentieren, sie hatten die Katastrophe selbst heraufbeschworen – vielleicht durch eine lächerliche kleine Fehljustierung des Tores, vielleicht hatte irgendwer zu laut gehustet, als sie das Ding eingeschaltet hatten, irgend etwas in der Art; und das Resultat war: ein Riß im Gefüge des Universums, oder die Geburt eines Schwarzen Lochs direkt hier in den Colorado Mountains, und nun spielte hier unten alles verrückt, und es mochte nur noch eine Frage weniger Minuten sein, bis alles zerbarst, um einer anderen Realität Platz zu machen, einer Alptraumrealität, die sich immer weiter nach oben ausbreitete und schließlich die ganze Erde –

Ein hartes Rucken unter den Füßen riß ihn aus seinen immer hysterischer flackernden Gedanken. Ihm war schlecht vor Angst und Zorn. *Military Intelligence – ein Anachronismus in sich.*

UG-28. *Unten.* Es war keine atomare Hölle.

Ein böses Summen und Knistern hing in der Luft. *Die Stimmen waren nicht mehr zu hören.*

Vorsichtig, aber dennoch zügig genug, tauchte O'Neill in die labyrinthischen Korridore dieser unterirdischen Welt ein. Das beständige Strömen der Sprinkleranlage verwandelte den Asphalt in ein Kanalbett voller schäumender Nässe.

Als er den feuergeschwärzten Hauptkorridor erreichte, brauchte er nur noch dem zuckenden, grellen Widerschein der zahllosen Brandherde zu folgen. Der Sog wurde stärker. O'Neill war seit drei Jahren nicht mehr hier unten gewesen, doch er wußte mit traumwandlerischer Sicherheit, wo er das Herz der Verwüstung finden würde – und er beeilte sich. Er ging davon aus, daß ihm nicht viel Zeit blieb. Zweihundert Yards den Korridor entlang, Abbiegungen, Seitentunnel; ein Irrgarten aus Laboratorien, Büros, Mannschaftsunterkünften, Krankenrevier – der ehemalige Raketensilo war zu einer Stadt im Stein ausgebaut worden.

Neue Feuer blendeten O'Neill, er sah alles wie auf einem Negativfilm. Als er nahe genug war, erkannte er sie als das, was sie tatsächlich waren: Glutflüssige Teiche im Asphalt, die unter dem Trommelregen aus der Sprinkleranlage zischten und dampften und brodelten – und dennoch die Kälte des Weltraums verstrahlten. Die Luft roch nach Ozon und nach Schwefel. Dichter, ätzender Qualm hing unter den geborstenen Stahlplatten dessen, was einmal eine Decke gewesen war und jetzt drei Stockwerke weit nach oben hin aufklaffte – ein riesiger, ausgeweideter Basaltleichnam.

Es gab keine Wände mehr – nicht in dieser Richtung. O'Neill stöhnte, als er in dem Geisterlicht das ganze Ausmaß der Verwüstung erfaßte – und ahnte, daß es nur noch Minuten dauern konnte, bis die gesamte unterirdische Anlage wie ein Kartenhaus in sich zusammenstürzte. Dort, wo es den Korridor noch gab, war er wie von riesigen Schmiedehämmern zertrümmert. Eine Lawine aus wachsgleich zerschmolzenen, tonnenschweren Fels- und Betonbrocken erstreckte sich in alle Richtungen bis zu den Biegungen – und zweifellos noch weiter. Blau-weiß schillernde Lavaströme schlängelten sich um sie herum, tasteten durch zerfetzte Türöffnungen.

Auf Händen und Füßen arbeitete sich O'Neill auf die Trümmerhalde hinauf und balancierte auf dieser entlang. Im Flackerlicht der Räume links und rechts: Geborstene

Stahlrohre, zerschmolzene Computer-Terminals, Glassplitter, zu Asche zerfallene Menschen und Einrichtungsgegenstände... und Feuer- und Lavaströme. Von der Decke hingen Kabel und Isoliermaterial. Alles war in den Braunton von geronnenem Blut getaucht, und ein furchtbarer Gestank nach verbranntem Fleisch herrschte vor.

Je tiefer er in diese bizarre Welt der Zerstörung vordrang, desto überzeugter war er, das Schwirren von Fliegen hören zu können; und dann stand er in den Trümmern des Konferenzraumes, an dem einen, großen Fenster, durch das man in die gigantische Halle hinuntersehen konnte – und auf das größte Geheimnis, das es in diesen Tagen auf der Erde gab – das SternenTor.

Er lächelte, wischte sich das Blut und den Schweiß vom Gesicht und dachte, trotz des hektischen Sekundentickens in seinem Kopf, ganz ruhig: *Der Anfang und das Ende des Weges.* Das SternenTor war aktiviert – aber das war nicht das Schlimmste. O'Neill spürte, wie sich Angst und Grauen an seinen Nervenbahnen entlang fraßen und dabei wuchsen und wucherten – eine lebendige dunkle Gallertmasse.

Er wußte, es war keine Halluzination, und er zwang sich mit einer Kraft, die er schon lange nicht mehr zu besitzen geglaubt hatte, professionell zu denken und zu handeln; den Schock zu besiegen, das Richtige zu tun. Er wandte den Blick nicht ab von dem übermannshohen, kristallinen Ring inmitten der Stahllandschaft aus zerschmolzenen, zermalmten Gangways, Computern, Kabeln, Videokameras, halbrobotischen Greifarmen und Monitoren. Mit Augen wie Kameras erfaßte er alles in Hundertstelsekunden – und gleichzeitig entstand der Schrei, dieser tierhafte Schrei, tief in seiner Brust, und ebenfalls gleichzeitig setzt er sich bereits in Bewegung und stürzt los. Er hat keine Ahnung, ob er es schaffen wird, aber dies hier ist die Entscheidung.

Das SternenTor scheint größer geworden zu sein; die fein gravierten Symbole von Sternbildern überziehen die gesamte

Konstruktion, eine Steinmetzarbeit, so phantastisch detailliert, daß man sich bei längerem Hinsehen in verschnörkelten Windungen und Drehungen zu verlieren glaubt. Augen wie Kameras; Zoom auf Details, um nicht den Verstand verlieren zu müssen. Er hört seinen keuchenden Atem.

Es sind *zwei* Ringe: ein äußerer, massiver, unbeweglicher sowie ein innerer, der sich wie bei einem ins Unermeßliche vergrößerten Safe-Kombinationsschloß drehen läßt; sieben dreieckige Ummantelungen aus purem, getriebenem Gold sind in den Rand des äußeren Ringes eingelassen, und jede einzelne beherbergt einen großen, exakt behauenen Quarz.

Und jetzt erst, als er durch die klaffende Fensteröffnung des Konferenzsaales in die Halle hinabspringt und unten federnd aufkommt und bereits weiterstürmt, wagt er es, das Brodeln im Zentrum des inneren Ringes selbst anzusehen: Es ist keine ruhige, blauweiß schillernde Fläche, wie sonst, oh nein, dieses Mal ist es ein krebsschwarzer, stabiler Orkan, ein wabernder, sich windender Spiraltunnel aus dämonischen Energien und Farben oder Nichtfarben, wie es sie auf dieser Welt niemals geben wird; und dieser Tunnel breitet sich aus und verschleudert ein Gespinst aus flüssigen Lichtfasern, funkensprühenden Tentakeln, und damit nicht genug, er läßt wimmelnde Dinge in diese Welt, in diese Realität hereinkriechen, Wesen, die so entsetzlich sind, daß der menschliche Verstand sie nicht einmal zu erfassen vermag und – auf der Rampe, vor diesem brodelnden Dämonenfeuer, steht eine winzige, zerbrechliche menschliche Gestalt – ein Kind. Aus den Tiefen seiner Brust bricht grollend und verzerrt ein Schrei hervor:

„Nicht, geh weg da!“

Noch drei Schritte. O’Neill wirft sich in dem Augenblick vor, in dem sich das Kind bewegt und auf die Nichtfarben des brodelnden Spiraltunnels zugeht. Es ist nur ein lächerlicher, neckisch wirkender Schritt, wie bei einem Spiel. Der Körper des Kindes scheint sich bereits aufzulösen. O’Neill stürzt, rappelt sich inmitten der wimmelnden, zähne- und klauenstarrenden Kreaturen hoch, schnellt hinter dem Kind her. Es ist ein Junge. Die Feueraura verwandelt ihn bereits in ein Geschöpf, das unmöglich von dieser Welt sein kann. O'Neills Verstand greift das Wort *unmöglich* auf und wiederholt es unablässig, nervtötend monoton, während sein Körper noch immer zuverlässig genug handelt; während seine Rechte vorzuckt und sich in den Jeans des Jungen festkrallt und ihn herumwirbelt.

Erst jetzt sieht O'Neill das Gesicht des Jungen.

Es ist sein Junge. Es ist Jack Junior. Der *tote* Jack Junior.

Unmöglich unmöglich unmöglich –

Das Kind stürzt rücklings in das tobende Energieinferno des SternenTores und reißt O'Neill mit sich, und das Letzte, was er hört, ist sein eigenes kreischendes, irrsinniges Schreien und dann...

3

...war er endlich wach und der Alptraum und Jack Juniors Gesicht verblaßten. Er ruckte hoch, immer noch schreiend und um sich schlagend in seinem Bett zuhause in Yuma, Arizona, und starrte wild, kampfbereit, ohne die Realität wirklich zu sehen, in die Dämmerung eines eisigen Wintermorgens. Schatten tanzten. Er hörte das rasende Hämmern seines Herzens – eine fleischige Dampframme in seiner Brust. Er dachte fiebrig: *Es ist nicht vorbei es ist nicht vorbei aber ich bin noch nicht so weit ich brauche Zeit, lieber Gott, mach, daß ich mich zurechtfinde.*

Oh ja, er brauchte Zeit, aber er wußte auch, daß gerade Zeit etwas war, das er am allerwenigsten hatte. Er glitt aus dem Bett.

Sarah ist wirklich weg, schon seit einem Monat, sie hat nur das Nötigste mitgenommen. Wenn er jetzt in Panik verfiel, dann war er wieder dort, wo er vor drei Jahren gewesen war; an einem Abgrund, der tiefer, viel tiefer war als derjenige hinter der brodelnden Membran des SternenTores. O'Neill wischte sich übers Gesicht. Er zitterte in der Kälte des

Morgens, trat dennoch trat ans Fenster und erinnerte sich an einige seiner Gedanken ganz zu Beginn des Alptraumes. *Etwas geschieht, etwas Schreckliches geschieht... Jetzt.*

Er duschte und rasierte sich und zog sich an.

Seit er seinen Abschied genommen hatte, hatte er eine Menge Zeit, und so kehrte er an das Fenster zurück. Jack Junior war immer noch tot, und Sarah immer noch weg. Draußen begann es wieder zu schneien; es sah aus, als würde dicht hinter dem Schneegestöber und dem allumfassenden Grau bereits wieder die Nacht hereinbrechen. Und dahinter wiederum ein Feind, der schlimmer war als alles, was ein menschliches Gehirn sich auszumalen in der Lage war.

Manchmal glaubte O'Neill, ihn spüren zu können. *Kommt näher, immer näher, sucht uns.*

Aber Ra und seine Horus-Krieger waren tot, die Abydos-Mission lag drei Jahre zurück. Das Blut in O'Neills Adern kribbelte, als sei es in eine Milliarde winziger, um sich beißender Käfer verwandelt. Er lächelte freudlos und rieb sich die Arme. Nicht gut, diese Art von Einsamkeit. Aber er war psychisch stabil. Seit drei Jahren schon. Seit Abydos.

Und dann, so plötzlich, daß es ihm fast den Atem raubte, fragte er sich, was die Leute vom *Military Intelligence* in all diesen Jahren mit dem SternenTor gemacht hatten. Er dachte: *Etwas geschieht. Etwas Schreckliches geschieht. Jetzt.*

FEUERSPUREN

Nachdem Private Meredith Brandon die ersten vierundzwanzig Stunden dieses völlig unsinnigen Wachdienstes hinter sich gebracht hatte, merkte sie, daß sie durchzudrehen begann.

Schlagartig fühlte sie sich von unsichtbaren Augen beobachtet; sie sah brennende Luftmoleküle und glaubte die Gedanken der anderen Wächter hören zu können; es waren unzüchtige Gedanken, ein endloser, dunkel flüsternder Strom: *So groß und schlank und blond und sie sieht so gut aus in dieser Uniform so eng aber sie ist in der Army also ist sie wahrscheinlich eines dieser Mannweiber das es nur mit anderen Frauen treibt und nie genug kriegen kann man müßte ihr diese scheißenge Uniform ausziehen und statt Karten zu spielen müßte man sie müßte man –*

Klaustrophobie. Sie befand sich viel zu tief unten im Felsenschoß der Rockies und es war zu still und zu staubig – nicht nur in dieser Halle, sondern überall in den weiten, verlassenen Korridoren der geheimen militärischen Anlage. Aber das zu wissen war eine Sache, eine völlig andere war es, mit den eigenen kleinen Verrücktheiten und Ängsten zurechtzukommen. Eine eisige, böse Stimme in ihrem Schädel wisperte: *Ich kenne deine Alpträume, Merry.* Sie fröstelte. Die Nähe und Körpergerüche der vier anderen Marines – Vic Ramos, Matt Homann, Don Foster und Mark Reckworth –, die sich mit ihr um den kleinen, blauen Camping-Tisch versammelt hatten und Karten spielten, waren ihr unvermittelt mit einer Intensität bewußt, die sie schockierte. Sie gehörte nicht zu *dieser* Art Frauen. Sie war anders – romantisch und frisch verliebt, und dessen ungeachtet dennoch davon überzeugt, daß es am Ende dieses Jahrtausends durchaus einen Sinn machte, gerade als Frau Dienst in der Army zu tun und – sie bekam keine Luft mehr. Ihre Gedanken endeten wie ausgeknipst. Plötzlich hatte sie Schmerzen in beiden Brüsten. Sie riß ihre Blicke von dem Kartenstapel in der Mitte des Tisches los, stand auf, hörte die Stimmen der Männer nur noch wie durch eine Watteschicht.

„...astreiner Royal Flash. Ich finde, wir sollten die Einsätze erhöhen. Immer nur Hosenknöpfe einkassieren ist doch scheißlangweilig...“

Homann lachte nur und schob sich das Black Berret verwegen tiefer in die Stirn. „Mensch, Reckworth, wenn ich dich weiter so großzügig gewinnen lasse, dann werden die Jungs hier noch glauben, wir hätten was miteinander...“

Das übliche Männergeschwätz – harmlos.

Meredith Brandon umrundete den Tisch. Das Wissen um zigtausende von Tonnen Granitgestein über ihr begleitete sie, und so gab sie sich professionell genug, um die anderen nicht auf sich aufmerksam zu machen. Die Jungs waren okay, doch sie liebten es auch, ihre kleinen Anzüglichkeiten abzufeuern. Brandon griff nach dem Air Force M-16 und streunte durch die große und weitestgehend leere Halle mit den stahlverkleideten Wänden. *Leichenkammer. Die Computer, die ganze High-tech, muß schon vor Jahren abgeholt worden sein.*

Sie war zum ersten Mal zum Dienst hier unten eingeteilt; bisher hatte sie sich noch keinen einzigen Gedanken über die Vergangenheit dieser unterirdischen Anlage gemacht – sie hatte ihre Zeit abgesessen, das Ganze für pure Verschwendung gehalten und sich insgeheim geärgert. Hier unten gab es nichts, was auch nur ein Mindestmaß an Achtsamkeit verdient hätte: Leergeräumte Konsolen, ein paar Stühle, eine Kaffeetasse und, ganz hinten in der Halle, die stählerne Gangway, die zu diesem gewaltigen ringförmigen Ding emporführte – alles staubverkrustet und seit mindestens einer Million Jahre unter den vergilbten Planen vergessen.

Der klaustrophobische Anfall wurde schlimmer – viel schlimmer. Plötzlich sehnte sie sich so schmerzhaft nach frischer Luft, nach den ungestümen Berührungen eines aufkommenden Sturmes, nach silbernen Regentropfen auf der nackten Haut, daß sie einen Aufschrei nur noch mit äusserster Willensanstrengung unterdrücken konnte. Sie mußte raus hier. Weg. Jetzt gleich. Schnell. Doch stattdessen dachte sie an das Ritual, mit dem es ihr noch immer gelungen war, sich wieder zu beruhigen.

Sie dachte an Gewitterwolken; an erste eiskalte Regentropfen und an Wetterleuchten und Windstöße über weiten, abgeernteten Feldern. *Die Helligkeit des frühen Morgens. Frische, die aus saftigem Gras emporsteigt. Sie läuft dem Regen über das Feld entgegen und findet den kleinen Flußlauf; das*

Gras so weich und noch nicht zu hoch, und dann ist das Gewitter da, erste Blitze zucken auf die Erde herab, und mit ihnen kommt der Regen, und sie stellt sich hin und reckt sich, wie damals, als sie noch ein kleines Mädchen war, reckt das Gesicht dem Wind und dem Regen entgegen und genießt es, die kristallklare Nässe auf sich herabströmen zu fühlen, und lacht und läßt die Tropfen über ihre Zunge rinnen und fühlt sich so jung und frei... und gut.

„Alles in Ordnung, Private?" rief Homann ohne echtes Interesse zu ihr herüber und zündete sich eine Zigarre an.

Sie ließ sich nichts anmerken. Sie ignorierte das Gedankenflüstern, das sie noch immer hörte. *Professionell cool.* Sie wollte keinen Sex, sie wollte raus aus dieser verfluchten Gruft.

„Yeah. Habt ihr Jungs eigentlich keine Angst, daß mal irgendein besorgter Offizier hier herunter kommt?"

Ramos lachte dröhnend. „Glaub mir, hier herunter kommt absolut gar niemand. Das hier ist die *Twilight Zone*. Hier gibt es nur ein paar verirrte Schatten und uralte Echos... und uns."

Die Plane über dem gigantischen Ring wölbte sich wie unter dem letzten Atemstoß eines Sterbenden – kaum sichtbar. *Ein Lufthauch*, dachte Meredith Brandon und ging mit langsamen, angespannten Schritten zu der Rampe hinüber. *Vielleicht ist es ein Trick. Vielleicht wollen sie mich auf den Arm nehmen.* Trotzdem... Etwas schien verändert. Sie fühlte sich immer noch beobachtet. Der Asphaltboden wirkte warm... und weich wie Morast. Um sich zu beruhigen, dachte sie verzweifelt: *Regentropfen, silbrige Regentropfen und aufkommender Sturm.*

Die Ringmaschinerie unter der Plane erwachte mit einem schleifenden Geräusch zum Leben; der Ring selbst bewegte sich... jedoch nur ganz kurz: Ein gigantisches, geisterhaftes Steuerrad. Dann bauschte sich die Plane richtig auf. Der obszön geblähte Leib einer Monstrosität.

Zeig keine Schwäche – nicht vor ihnen.

„Macht dieses Ding das öfters?“ erkundigte sich Meredith Brandon staubtrocken.

Homann fixierte sie mit einem bösen Grinsen. „Macht – *was*?“

„Was immer das auch ist unter diesem Tuch... Ich glaube, es hat sich bewegt...“

„Naja, das tut jedes *Ding* von Zeit zu Zeit...“

„Und manchmal“, sagte Reckworth so übertrieben dozierend, daß ihr vollends schlecht wurde, „manchmal muß *Mann* sogar dafür bezahlen. Wenn du verstehst, was ich meine, Private.“

Sie nahmen sie nicht ernst, noch immer nicht, aber das aufkeimende Entsetzen, das sich in ihrer ganzen Haltung spiegelte, machte sie zumindest mißtrauisch genug. Reckworths Rattenaugen verengten sich zu schmalen Schlitzen, dann fuhr er herum und starrte das verhüllte Etwas mit einem so dummen Ausdruck auf dem Gesicht an, daß ihr endgültig klar wurde: Dies war kein Scherz. Es war der Ernstfall. Ihre Seele verwandelte sich in blutdurchsetztes, pures Eis. Der klaustrophobische Anfall verschwand wie unter einer konsequent durchgezogenen Selbstasphyxation.

Dann geschah alles gleichzeitig – und rasend schnell: Ein durchdringendes Knirschen und Kreischen ließ sie alle zusammenfahren; unter der Plane setzte sich etwas ungeheuer Großes, Schattenhaftes, in Bewegung. Stahl oder rissiger Stein scharrte über die Patina von Jahrhunderten, vielleicht Jahrtausenden, und glitt immer weiter. Brandon wußte instinktiv, daß es dieses Mal nicht mehr zu stoppen sein würde. Aus den Augenwinkeln heraus bekam sie noch mit, daß die anderen Marines in einem Tumult aus Verwünschungen und fahrigen Bewegungen hochschnellten und nach den Waffen griffen; der Campingtisch stürzte um, Karten wirbelten durch eine Luft, die so zähflüssig wie Brei war. Foster riß den Hörer des roten Telefons hoch und brüllte hektisch hinein: „Hier Areal UG-28-C – wir brauchen dringend Verstärkung hier unten!

SCHNELL!" – Es war, als werde die ganze Realität auf die Seite gekippt – und wieder in die Waagerechte gestoßen – trotzdem schien sie nicht mehr richtig an Ort und Stelle zurückgekehrt zu sein. Alles wirkte wie doppelt belichtet und um Winzigkeiten verschoben.

Rational reagieren. Keine Panik. Es ist nur ein Ding aus der militärischen Mottenkiste. Private Meredith Brandon behielt die Nerven, entsicherte das M-16 und nahm es in den Hüftanschlag. Sie ging weiter, die Rampe empor; etwas in ihr war wie eine stählerne Feder, die mehr und mehr zusammengepreßt wurde.

Halb an die anderen Marines gewandt, stieß sie hervor: „Ich werde ohne nachzudenken feuern, ich werde ohne nachzudenken feuern." Dann ertappte sie sich dabei, daß sie denselben Satz ständig wiederholte und verstummte. Niemand antwortete ihr. Stattdessen hörte sie das metallische Geräusch, das anzeigte, daß die Männer ihre Waffen ebenfalls entsicherten. Sie schwärmten aus. Eine lächerliche Verteidigungslinie viel zu weit hinter ihr.

Dann war sie oben. *Keine Zeit mehr, neue Pläne zu schmieden.*

Mit der Linken hob sie die Plane an – und riß sie im Zurückweichen und Stürzen mit sich. Die Apparatur war aktiviert! Unbeschreiblicher Lärm brach wie eine Springflut über sie herein. Brandons linkes Trommelfell platzte. Sie spürte Blut an der Seite ihres Halses und im Mund. Die Plane flatterte mit einem Aufpuffen über sie hinweg – ein überdimensionaler Rochen. Brandon schrie: „Holt mich weg von diesem Ding – holt mich weg!" und gleichzeitig fühlte sie sich wie blind; sie wußte nur, sie hatte das M-16 nicht losgelassen. Vor ihren Augen flackerte noch immer das dunkle Phantombild eines gewaltigen, aufrechtstehenden, scheinbar verwitterten Ringes und, darin eingebettet, eines sich selbstätig drehenden *zweiten* Ringes. Donnern – nur in ihrem Schädel. Die Anderen würden sie nicht holen. Sie riß das M-16 hoch und feuerte ohne hinzusehen auf den Ring – rotglühende Panik. *Etwas kommt. Etwas ist hierher unterwegs. Etwas Grauenvolles.* Kugeln hieben gegen Stahl – oder etwas, das noch viel massiver war als Stahl – und jaulten als Querschläger davon.

Homann brüllte mit sich überschlagender Stimme: „Was, zur Hölle, soll der Scheiß? Was ist das für ein Ding – was..."

Der innere Ring rastete mit einem infernalischen Malmen ein, bewegte sich weiter, rastete ein, bewegte sich weiter. Sieben in den äußeren Rand eingelassene dreieckige Ummantelungen aus purem Gold, in der Mitte jeweils ein in allen Regenbogenfarben pulsierender Quarz – *nichts, das es irgendwo auf dieser Welt geben konnte!* – packten jedesmal kurz zu, Krallen – *Kontakte!* – einer unheimlichen Maschinerie, die so alt schien wie die Menschheit selbst und dennoch mit absoluter Perfektion funktionierte.

Für eine halbe Sekunde brach Stille wie Säure über sie alle herein; dann glitt der innere Ring erneut mit einem berstenden Schleifen herum – ein letztes Mal. In die andere Richtung. Der ganze Raum begann zu vibrieren. Die Realität verschob sich noch mehr. *Es kann nicht sein kann nicht sein woher bezieht es seine Energie es ist nur ein verdammtes totes Ding nichts sonst.* Brandon stieß sich mit den Ellbogen zurück, robbte rücklings weg von dieser Höllenmaschine.

„Weiß jemand von euch, was das soll?" kreischte sie, ohne den Blick abzuwenden, doch alle Antworten kamen, wenn überhaupt, um Lichtjahre zu spät. Ein Inferno aus blendend weißer Hitze und Lava fauchte aus dem Schlund des Ringes und zerbarst zu einem Splitterregen aus Hell und Dunkel; alles ging viel schneller, als ein menschliches Auge es erfassen konnte. Eisige Hitze senkte sich über ihr Gesicht. Der Lärm steigerte sich zu einem kreischenden Tohuwabohu; tausend tollwütige Dämonen schienen aufzubrausen, nach ihr zu schnappen. Brandon schrie mit ihnen um die Wette, doch auch das rettete sie nicht mehr. *Gehörst mir du gehörst mir!*

Die Feuerflut drehte und wand sich brodelnd – und wurde mit einem Geifern ins Herz des inneren Rings zurückgesaugt – und verwandelte sich erneut; jetzt war es nur mehr eine Membran aus schillernden blauweißen Flecken, völlig harmlos, eine senkrecht stehende Wasseroberfläche inmitten des gewaltigen inneren Ringes. Doch in ihren Tiefen bewegte sich etwas. In ihren Tiefen *war* etwas. Brandon spürte es. Es entzog sich ihren Blicken – noch, aber es *war* da, und es war absolut tödlich. *Ein Tor es ist ein Tor oder eine Art künstlicher Riß in der Wirklichkeit wie in diesen verrückten Spielberg-Filmen oder eine Zeitmaschine –*

Brandon wälzte sich herum, versuchte verzweifelt auf die Füße zu kommen und schaffte es tatsächlich. Das Halblicht verwandelte auch sie selbst in einen unförmigen Schemen vor den wogenden blauen und quecksilberweißen Schemen des Tores. Sie kam nur drei Schritte weit auf ihrem Rückzug, dann wirbelte die Stahlkugel aus dem Lodern hervor und umkreiste sie und flackerte blutrot auf; das Licht scannte sie, tastete ihren Körper ab, durchdrang sie Schicht für Schicht, las ihre Gedanken und Gefühle und Ängste und krallte sich in ihrer Seele fest. Das Monstrum war *da* – tief in ihr, und sein Gastgeschenk war ein Ozean aus rotglühenden, nadelspitzen, tollwütigen Schmerzen.

Etwas Unvorstellbares geschah.

Meredith Brandon war von einem winzigen Augenblick auf den nächsten nicht mehr allein in ihrem Kopf; etwas Fremdes zwängte sich zu ihr herein, veränderte, ja fraß ihre Gedanken. Sie hatte keinen Zugriff mehr auf die Handlungen ihres Körpers – nicht mehr richtig; sie griff nach der Kugel und wollte sie von sich schleudern, zurück in das Lodern des Tores, doch stattdessen starrte sie sie nur träge an und lauschte dem Krabbeln und Rumoren in ihren Eingeweiden. Es kostete sie hundert Jahre, ein würgendes Schluchzen hervorzubringen. Die Männer standen wie Puppen in sicherer Entfernung und stierten fassungslos auf etwas hinter ihr. Feuerten noch immer nicht. Echos von Schreien oder warnenden Rufen, die sie nicht mehr verstehen konnte, zogen sich wie Schattenrisse in die Länge. Sie spürte das Entsetzen, das sich einer Schockwelle ähnlich in der Halle ausbreitete.

Muß mich umdrehen umdrehen schnell!

Sie fragte sich, wieviel Zeit vergangen sein mochte, seit der ersten zittrigen Bewegung der Plane: Fünf Sekunden, zehn? Eine Million Jahre? Alles in ihr wurde dunkel – und schnell, irrsinnig schnell.

Etwas packte sie von hinten. Schreie gellten. Die Marines wurden zu Wesenheiten einer anderen Wirklichkeit. Aus dem Brodeln des Tores wuchsen immer noch mehr Schatten heraus: Hünenhafte Monstrositäten mit Schlangenschädeln bezogen Aufstellung rings um sie herum, eine Mauer aus stahlblitzenden, annährend menschlichen Körpern und langen, bizarr geformten Lanzen. Brandons M-16 zerbarst unter einem malmenden Griff.

Endlich gellte der Alarm doch noch los. Die Marines griffen an. Die Ungeheuer antworteten ihnen mit einem mörderischen Gegenschlag; das Ende der Welt kam in einem tollwütigen Inferno aus Feuer und Blut und einem Orkan an Geräuschen: Berstende Explosionen und Flammenspuren fetzten das Stroboskoplicht der Halle auseinander; Geschoßgarben hämmerten – noch mehr Explosionen, dumpf, wie Silvesterkracher im Pappkarton. Ein Mahlstrom unzähliger hastender Bewegungen an den Toren der Halle. Die Verstärkung war bereits da. Neue donnernde Explosionen und Schreie und hämmernde Schritte. Kugeln, die an den Stahlleibern der Schlangen-Ungeheuer abprallten. Irgendwo brach Feuer aus. Rauchwolken trieben in engen Spiralen durch die Halle.

Noch während Private Merdedith Brandon herumgerissen, nach hinten gestoßen wurde, sah sie Reckworth vor Haß brüllend heranstürmen, das M-16 auf Dauerfeuer gestellt. Stählerne Einschläge. Keinerlei Wirkung. Sinnlos. Grollende

Echos links neben ihr. Die Schlangen-Wächter reagierten mit traumwandlerischer Sicherheit; muskulöse Arme ruckten die Strahlen-Lanzen herum. Irisierende Energiefelder loderten an den klobigen Spitzen auf. Feuerspuren. Immer noch mehr Feuerspuren. Kurze Distanz, lauter Treffer. Es schien, als zerplatze die Realität.

Etwas Langes, Blutrotes hieb in Reckworths Gesicht; Blut und Gehirnmasse wirbelten in einer grellen Fontäne davon; sein Körper flog zurück und schlug zuckend auf dem Boden auf – es war, als wolle er wieder aufstehen und weiterlaufen. Zwei, drei weitere Marines starben. Matt Homann wurde von einer Feuerwalze buchstäblich zerrissen. Ramos flüchtete stolpernd und wie irrsinnig schreiend durch einen Sprühregen aus lauter Blutstropfen und warf sich in Deckung, rollte herum und feuerte weiter, bis der Stahlboden vor und neben ihm unter den Einschlägen des unheimlichen Blutlichtes zu glutflüssiger Lava wurde und sich in einer brüllenden Eruption aufbäumte. Seine Uniform fing Feuer. Sein Gesicht zerschmolz wie Wachs. Er schrie noch immer. Das Feuer breitete sich aus; die ganze Halle wurde zu einem Flammenmeer. Es stank entsetzlich nach verbranntem Fleisch. Metall verformte sich kreischend. Der Rauch war jetzt überall. Unmöglich, mehr als treibende Schatten und Feuer zu erkennen.

Und Private Meredith Brandon wurde immer noch weitergestoßen, ihre Augen tränten, Stahl rammte gegen ihre Brüste, ihre Arme. Stahlleiber eskortierten sie.

Auf das Tor zu. Und das Etwas, das darin auf sie wartete.

In ihrem Gehirn irrlichterten fremde Gedanken, fremde Befehle: „JAAFA! KREE!“ Ihre Sinneswahrnehmungen steigerten sich ins Unermeßliche. Sie verstand: „*Diese eine hier genügt! Tötet die anderen und dann folgt mir nach!*“

Und im gleichen Moment geriet das Ganze vollends zum Alptraum.

Da war tatsächlich... *etwas*; es schien nahezu mit den tobenden Energien im Herzen des Ringes verwachsen zu sein –

und dennoch rasend schnell näher zu kommen. Ein fließendes Schlangengleiten. Goldene Reflexe rings um blutige Augenhöhlen. Eine menschliche Gestalt, RIESENGROSS, aber *kein menschlicher Kopf, sondern...*

Brandons taumelnder Sturz wurde roh abgebremst; ihr Gesicht scharrte über einen stählernen Schuppenpanzer. Sie glaubte Blut und Urgewalten riechen zu können, und eine Aura jahrtausendealter Macht. Sie dachte, völlig stumpfsinnig: *Regentropfen, silbrige Regentropfen und aufkommender Sturm.* Und dann nur noch: *Feuerspuren.*

„Jaafa! Mol kerk! – Kreekaa! Jaafa!" Schuppenhaut strich über ihr Gesicht; ihr Kinn wurde spielerisch hochgedrückt. Kälte berührte ihre Stirn. Sie wollte die über ihr emporragende Kreatur nicht sehen; sie wußte, es war der goldene Gott der Schlangen-Wächter, der Gott allen Gestalt gewordenen Wahnsinns, und wenn sie ihn direkt ansah, wenn sie in seine blutigen Schlangenaugen sah, dann drohte ihr ein Schicksal, das schlimmer war als der Tod, viel, viel schlimmer.

Warum was hast du vor hast du mit mir vor warum ich – schrillten ihre letzten eigenen Gedanken, doch das Fremde in ihr ringelte sich nur amüsiert mit einem vernichtenden *RUCK* enger um das, was von ihrem Geist noch übrig geblieben war. Schlangenbewegungen in ihr, Schlangenbewegungen überall um sie herum. Etwas tief in ihr spannte sich an. Und brach. Sie konnte noch immer nicht schreien, obwohl ihr Mund so weit aufgerissen war, daß ihre Kiefergelenke und Muskeln knirschten.

Das flammende Tor ragte jetzt direkt vor ihr auf. Die stählernen Ungeheuer rückten so nahe, daß sie glaubte, zermalmt werden zu müssen. *Kein Fluchtweg nur dieser lodernde Ring und das Monstrum der Goldene warum ich was passiert mit mir warum ich bitte Jesus Christus was habt ihr mit mir vor?*

Der goldene Gott der Schlangen zeigte es ihr und riß sie lachend mit sich in den tobenden Abgrund jenseits des

Tores – und ihr Geist hörte für eine sehr, sehr lange Zeit einfach auf zu existieren.

VON STERNEN UND LEBENDEN TOTEN

1

Der ungeheuerliche stählerne Koloß verdeckte das Licht der Sterne und brach in einer Flutwelle aus gleißender Helligkeit und donnerndem Lärm aus den Tiefen der Nacht hervor. Sturmwind fauchte über die Randbezirke von Yuma, Arizona, peitschte die Stromleitungen, wirbelte pulvrigen Schnee und alte Zeitungsfetzen hoch und trieb sämtliche liebestollen Kater und Köter in sichere Verstecke. Das Stahl-Ding kam im Tiefflug genau aus der Richtung herangeschossen, in der in weniger als zwei Stunden die Sonne aufgehen würde; ein kompakter, dämmerungsgrauer Schemen unter wirbelnden, blitzenden Dreschflegeln. Im Umkreis von zwei Meilen flammten in der Nachbarschaft hinter den Fenstern die Lichter auf, wurden Vorhänge zurückgerissen. Irgendwo im Westen, dort, wo die Finsternis noch tief und schwarz wirkte, waren ganz mutige Nachtschwärmer unterwegs und veranstalteten ein Hupkonzert, um die Aliens gebührend verrückt Willkommen zu heißen. Dann schwebte der Sikorsky-Kampfhubschrauber mit aufheulenden Turbinen direkt über Jack O'Neill hinweg und landete vor dem unscheinbaren Bungalow am Ende der Straße; der Preßwind der Rotoren ließ Fensterscheiben vibrieren – und klirrend zerbersten. Seit Vietnam und der *Operation Wüstensturm* mußten die Jungs *zuhause* jede sich bietende Gelegenheit nutzen, um das Feuer ihrer Kampfbereitschaft am Lodern zu halten.

„Starker Auftritt, und so dezent", murmelte Jack O'Neill unbeeindruckt, zog die schwarze Lederjacke am Hals enger zusammen und kratzte sich am Drei-Tage-Bart – alles, ohne auch nur eine halbe Sekunde weniger konzentriert durch das auf dem Dach seines Hauses fest installierte Teleskop zu spähen. Seit Abydos liebte er die Sterne. Seit Abydos brauchte er keinen Alkohol und keinen 45er Magnum-Revolver mehr, um träumen *und* leben zu können.

Scheiß auf den Alptraum von der Heimsuchung, dachte er – und spürte ganz gegen jedes Wunschdenken, wie die Anspannung in seine Muskeln zurückkroch. Alpträume waren eine Sache – besonders für jemanden mit seiner blutdurchtränkten Vergangenheit –, eine ganz andere war es, daß ausgerechnet jetzt die Kavallerie von der Air Force vor seinem Haus aufmarschierte.

Etwas geschieht. Jetzt. Der Feind ist DA – nach so langer Zeit, aber jetzt hat er uns jenseits des Abgrunds der Sterne aufgespürt. O'Neill hatte es nicht vergessen; er hatte es in den letzten Wochen zu oft und mit ständig brutaler werdender Intensität geträumt – er wußte längst, es war purer Instinkt, eine Warnung dessen, was den Krieger in ihm ausmachte. Sie alle hatten sich viel zu lange viel zu cool um die Konsequenzen herumgemogelt, die sich aus einem Artefakt wie dem TOR und der Existenz einer Alien-Herrenrasse ziemlich zwangsläufig ergaben. *Großer Fehler*, dachte er. *Sehr großer Fehler.* Sie hatten ihre Zeit nicht genutzt, er am allerwenigsten.

Die Sterne dort oben, hoch über ihm in der eisigen, klaren Nacht, waren so wunderschön, daß er beinahe gelächelt hätte. Dann waren die vier, fünf Sekunden Atempause vorbei: Das Winseln der Hubschrauber-Turbinen verging wie ein bizarrer Gesang und wurde von dumpfen, flügelschlagähnlichen Geräuschen überlagert – das letzte Kreisen der Rotoren. Die Luke wurde geräuschvoll aufgezogen, mindestens vier Männer sprangen heraus, schwärmten im Laufschritt aus. O'Neill hörte ihnen ohne jede Regung zu. Wenn sie so gut waren, wie sie von sich selbst glaubten, dann würden sie ihn bald genug aufspüren.

Unten polterten bereits Schritte über die überdachte Veranda; sie stoppten vor der Haustür; es wurde geklopft, dann geklingelt. O'Neill hörte unterdrückte Flüche. Die Burschen waren so nervös wie der Aufschlagzünder einer Handgranate. Er sehnte sich plötzlich nach Zigaretten, Sarah und einer ausgedehnten Reise – in genau dieser Reihenfolge.

„Und jetzt, Major Samuels?" Halblaut. Hektisch.

„Er *muß* hier sein. – Private Clackson, Snietka und Petrovitch, ihr marschiert um das Haus herum. Sondiert die Lage, reißt diese Scheiß-Fensterläden auf, schlagt ein Fenster oder die Hintertür ein und sagt mir, ob es irgend einen Hinweis darauf gibt, daß er da ist, da war oder irgendwann wieder zurückkommt."

Hastige Schritte hämmerten davon. Das Klopfen und Klingeln dauerte weitere zweiundzwanzig Sekunden lang an. Dann rief einer der Privates aufgeregt: „Sir, da lehnt eine Leiter am Haus!" und nur wenig später wirbelten Klettergeräusche, Keuchen und Fluchen zu ihm herauf – und eine Aura, als sei Elektrizität in die Luft gewoben. O'Neill schloß beide Augen, atmete tief und konzentriert, nahm ihre Bewegungen, ihren Schweiß und ihre Verärgerung so deutlich wahr, als sehe er ihnen entgegen. Sie kamen in einer weitgezogenen Kette über das flache Dach. *Keine Angriffshaltung. Keine gezogenen Waffen. Botendienst.*

Üble Nachrichten.

„Colonel Jack O'Neill?"

„Im Ruhestand", berichtigte er träge und ohne aufzusehen.

Der Major räusperte sich unbehaglich; als er weitersprach, klang seine Stimme wie zertretenes Glas und Stacheldraht, der darin herumstochert „Ich bin zu alt, um Kletterpartien zu unternehmen *und* mich verarschen zu lassen, Colonel. Ich habe hier ein Schriftstück für Sie und verlange –"

„Air Force?" erkundigte sich O'Neill im Plauderton.

„Und wie, Sir!" bestätigte er schneidig. Samuels war so damit beschäftigt, den beinharten Typ zu mimen, daß er darüber nur noch für wenig anderes Augen und Ohren hatte.

„Wollen Sie einen guten Rat hören? Versuchen Sie, bei der NASA unterzukommen." „Entschuldigung, Sir?"

„Demnächst vergibt die NASA die *wirklich* heißen Jobs." Er deutete mit einem steifen Daumen unbestimmt nach oben und setzte vielsagend hinzu: „*Da draußen* werden wir in Zukunft noch eine ganze Menge von den ganz harten Burschen brauchen."

Samuels stieß schnaubend die Luft aus – empört. Möglich, daß er den Wink verstanden hatte. „Das ist doch kindisch, O'Neill." Irgendwo hatte sich ein Hund aus seinem Versteck gewagt und bellte den verblassenden Mond an; irgendwo diskutierten aufgebrachte Nachbarn demonstrativ lautstark über ihre zerplatzten Fensterscheiben und die Aliens, die keine waren. Ein eisiger Wind kam auf und ließ sie alle frösteln.

Samuels kam näher und brummte: „Keiner von uns hat Ihnen was getan, Sir." Es hörte sich fast drohend an.

„Ihr stört meine Himmelsstudien."

„Mit Verlaub, ich habe Befehl, Sie notfalls auch gegen Ihren Willen zu General Hammond zu bringen."

„Gut für Sie. Gut für die harten Burschen, die Sie mitgebracht haben. Jetzt habe ich wirklich mächtig Angst, Major – und immer noch keine Ahnung, wer General Hammond ist."

„General Hammond hat General Wests Aufgabenbereich übernommen, Sir", erklärte Samuels verschwörerisch.

O'Neill nahm es mit einem Seufzen zur Kenntnis. „Nun... Ich bin ein vielbeschäftigter Mann, Major."

Dieses Mal ließ er sich nicht mehr davon beeindrucken. Ein ironisches Schmunzeln schwang in seiner Stimme mit – und machte ihn endlich, spät genug, fast sympathisch.

„Das sehe ich, Sir. Vergessen wir den Schriftkram und das Harte-Männer-Getue. General Hammond ist sehr daran gelegen, Sie zu sehen. Er sagte, es sei wichtig. Er sagte, es hat mit dem *Sternen Tor* zu tun."

Jetzt sah O'Neill doch noch zu ihm hoch. Die klare Sternennacht schien von ihnen wegzurücken und übergangslos ausgesperrt zu sein. Der Wind roch nach Rost und alter Erde und erinnerte an verlassene Subway-Tunnel.

2

Erinnerungen an lange zurückliegende Kampfeinsätze hielten ihn trotz des einschläfernden gedämpften Singens der Turbinen hellwach. Die tief unter ihnen vorbeihuschenden Asphalt-Labyrinthe der Highways und Turnpikes erschienen ihm, je länger er hinabstarrte, ohne sie richtig wahrzunehmen, wie ein armseliges Schwarz-Weiß-Videospiel ohne Ton. Massenkarambolage – der Verkehr staute sich lautlos auf zehn, zwanzig Meilen; flirrendes Eis auf der Straße, Schneegestöber, blasse Scheinwerferstrahlen, Bremslichter, Reflexe über nassem Autolack und irgendwo dazwischen, trotz der frühen Stunde: ein panischer Vogelschwarm.

Mit der aufgehenden Sonne kam ein seltsames Zwielicht aus blauen und grauen Farbtönen über die Welt und ihre Städte und Straßen, und wenig später gesellte sich bereits der Industriesmog mit seinem fahlgelben und orangeroten Leuchten hinzu – der große Weichzeichner am Ende des Jahrtausends. Es war, als könne er ihn auch in sich spüren – zusammen mit einer großen Traurigkeit. Er vermißte Sarah, ihre Wärme, ihren Geruch, ihre Weisheit und Zärtlichkeit – er vermißte ihr ganzes gemeinsames Leben und das, was sie noch miteinander hätten reden und tun können, um es zu einem wirklich guten und erfüllten Leben zu machen.

Er kam sich vor, als werde er gewaltsam in eine alte, längst abgestreifte Haut zurückgestopft; doch dann tauchten irgendwann, weit voraus, die braun-grau-weißen Felsenschründe der Colorado Rockies aus den Nebeln empor, und er begriff, daß er sich seit der Trennung von Sarah nach genau dieser verdammten alten Haut zurückgesehnt hatte – und fand sich zum Kotzen.

O'Neill zwang sich noch immer, nicht an das *Tor* zu denken, und an Daniel Jackson und Abydos und...

Er zwang sich noch immer, ruhig zu bleiben. Professionell. Sich nicht diese eine verdammte Frage zu stellen: *Was ist passiert?*

Um sich beschäftigt zu halten, starrte er Major Samuels' im Halbschlaf teigiges Jungvertretergesicht an, dann die Rückseite des Kugelhelms des Piloten. *Ameisenschädel.* Die Privates Snietka, Clackson und Petrovitch hielten sich eisern an ihren M-16-MP's fest und ließen ihn ihrerseits nicht aus den Augen. Das Schweigen zwischen ihnen war dennoch nicht unangenehm.

Zwei Stunden später erreichten sie das Creek-Mountain-Areal. Es war wie Heimkehren, doch es gab keinerlei Empfangskomitee: Das Tor, die Torgebäude und der Schlagbaum wurden von Soldaten mit MP's bewacht; große Army-Laster säumten an allen strategisch wichtigen Punkten die Straßen. Die Sicherheitszone im Herzen der Anlage wirkte menschenleer – doch dieser Eindruck täuschte, O'Neill spürte es mit jeder Faser; eine Aura heimlicher Geschäftigkeit, und Alarmbereitschaft, strahlte aus dem steinernen Schoß des Berges zu ihm herauf. Der Pilot identifizierte sich über Funk; dann zog er den Kampfhubschrauber in einer weiten Kehre um die steile Bergflanke herum, und O'Neill sah, wie sehr sich alles verändert hatte, seit er das letzte Mal hiergewesen war. Ein Großteil der Pinien, in denen er vor drei Jahren so etwas wie gewaltige Wächter rings um das heiße Zentrum des Sicherheitsbereichs gesehen hatte, war gefällt worden. Alle Straßen innerhalb des Areals waren neu asphaltiert, und der Zugang zu der geheimen tiefen Welt unter dem Berg war so verbreitert worden, daß selbst LKWs problemlos passieren konnten. Die gigantischen Stahltore standen weit genug offen. Für einen winzigen Augenblick gelangte O'Neill zu der festen Überzeugung, daß der Pilot verrückt genug war, um den Sikorsky einfach hindurchzufliegen und dort drinnen zu landen. Goldene Helligkeit leuchtete ihnen entgegen. Man gab sich keine Mühe mehr, das Leben in den Tiefen des uralten Raketensilos zu tarnen.

O'Neill wischte sich übers Gesicht und schüttelte den Kopf: Was für seltsame Blüten die Zeit nach dem Kalten Krieg doch trieb.

Der Pilot setzte den Kampfhubschrauber inmitten hochpuffender Schneefahnen auf dem Truppen-Exerzierplatz ab und brummte dumpf unter seinem Helm hervor: „Endstation, Leute. Ab jetzt geht's zu Fuß weiter."

O'Neill verzichtete auf jede Art von Gruß, zog die Luke auf und sprang geschmeidig in den pulverigen Schnee hinab, bevor Samuels oder die Privates hochschnellen und ihn aufhalten konnten. Der Preßwind der über ihm fauchenden Rotoren schickte eine Kälte hinter ihm her, die sich wie mit tausend spitzen Reißzähnen in sein Genick verbiß. Seine Haut begann zu prickeln. Er schritt schneller aus, genoß die Frische des Morgens und ignorierte Samuels keuchendes Heranstapfen. Er begriff, daß es die Einsamkeit war, die ihm letzten Endes an diesem Job immer noch am besten gefallen hatte.

„Ich denke, wir sollten diesen Weg gemeinsam gehen, Sir – es gibt inzwischen mehrere hochsensible Kontrollbereiche", meinte Samuels ein wenig kurzatmig und verlegen.

Die Morgensonne schoß einen letzten blendenden Glanz hinter ihnen her, als sie Seite an Seite die gewaltigen Stahltore und deren waffenstarrende Wächter in Kampfanzügen passierten, sich auswiesen, in den Fahrstuhl stiegen und in die Tiefe hinabfuhren. O'Neill lauschte dem elektrischen Summen und dem stählernen Schaben und Schleifen; er registrierte den zunehmenden Druck in den Ohren und war sich zum ersten Mal seit langer Zeit wieder bewußt – *richtig* bewußt –, wie unermeßlich weiträumig und tief diese Bunkeranlage doch war. Ferne Stimmen wehten heran; geschäftiges Treiben. Das Flackern der Kabinenbeleuchtung strich über Samuels ausdrucksloses Gesicht, über Falten, die erst in zehn oder zwanzig Jahren tief genug sein würden, um männlich zu wirken. Sie sprachen nicht mehr miteinander; es war bereits alles gesagt zwischen ihnen.

Elf Stockwerke unter der Erde stoppte der Lift mit einem sanften Rucken; die Türen öffneten sich fauchend. Samuels ging mit energischen Schritten voraus, einen hellerleuchteten Korridor entlang; hier war er in seinem Element. Aus einem Seitentunnel eilten mehrere Black Berets und eskortierten sie zum nächsten Checkpoint. Lautsprecherdurchsagen dröhnten. Aus zahllosen auf Putz verlegten Kabelsträngen schien knisternde Energie auf die Menschen hier unten überzuspringen. O'Neill ließ den Sicherheits-Check stoisch über sich ergehen und –zeichnete das Kurzprotokoll ab. Samuels führte ihn zu einem weiteren Fahrstuhl. Sie fuhren die restlichen siebzehn Stockwerke nach unten und schritten zügig in die am tiefsten gelegene Tunnel-Ebene von Creek Mountain hinein. Unzählige geschlossene Stahltüren und davor postierte Black Beret-Wächter, Dutzende von Arbeitskolonnen; Männer des Army-Ingenieur-Korps installierten Überwachungskameras und hochmoderne Alarmsysteme... und ganz plötzlich begriff O'Neill, was das um ihn herum zu bedeuten hatte: Alles und jeder hier unten war auf einen Krieg vorbereitet, und gleichzeitig mit dieser Erkenntnis sah er die Korridore, wie sie in seinem Alptraum gewesen waren, zerfetzte und zertrümmerte steinerne Arterien, Trümmerhalden in flackernden Lavaströmen. Er dachte: *Nicht gut, unbewaffnet zu sein.*

Zum ersten Mal seit drei Jahren spürte er, wie sich mit diesen Gedanken jene elende Angst und der Selbsthaß, die er längst überwunden geglaubt hatte, wieder tief in ihm regten: *Ein animalisches Krallen; Hornklauen, die in Erinnerungen fuhren (wie in ungeschützte Eingeweide) und daran rissen und zerrten.* Zum ersten Mal seit drei Jahren dachte er ganz bewußt an seinen kleinen Sohn und daran, wie er gestorben war – *Kopfschuß, die kitschige Rosenmustertapete hinter ihm explodiert in hellroten Kaskaden, und gleich darauf Sarahs fast ein wenig hilfloses Rufen – Jack, wo ist der Kleine, was war das für ein KNALL – und seine eigene Fassungslosigkeit, seine sich überschlagenden Fiebergedanken: Zu spät gekommen, ich war nicht schnell genug, er wollte nur spielen, es war nur ein Spiel, er hat doch nicht begriffen, daß diese Waffe echt ist, daß es MEINE Dienstwaffe ist, daß er –*

Zum ersten Mal seit drei Jahren wußte O'Neill, daß er trotzdem wieder eine Waffe tragen und kämpfen würde. – *Gegen die alten Götter von den Sternen.* – Und daß sein Selbsthaß gerechtfertigt war.

3

„Herein!" General Hammond gab sich nicht die geringste Mühe, dieses eine Wort auch nur annähernd höflich klingen zu lassen – oder gar so etwas wie Freundlichkeit zu heucheln.

Samuels hielt O'Neill die Tür auf; jenseits der Schwelle übernahm der persönliche Adjutant des Generals mit einem Kopfnicken, das den Major strammstehen und salutieren, O'Neill jedoch ziemlich unbeeindruckt an ihm vorbeischlendern ließ. Zeit, die Wahrheit zu hören.

Hammond blickte von der Personalakte auf, in der er gelesen hatte, sah ihm entgegen, musterte ihn, nickte knapp – ebenbürtig; er war ein mittelgroßer, kräftig gebauter, nahezu kahlköpfiger Mann Anfang sechzig, der in den langen Jahren seiner Schreibtischtätigkeit Fett angesetzt hatte – und nun trotz der maßgefertigten tiefblauen Air Force-Uniform und der Rangabzeichen auf Brust und Schulterklappen bösartigerweise vorgab, eine Art jovialer Buchhaltertyp zu sein. O'Neill unterschätzte ihn keine Sekunde lang; Hammond war weder harmlos noch behäbig. Seine Augen blickten eine Spur zu kalt und durchdringend, um zu der Lieber-Onkel-Tarnung zu passen, und selbst das fleischige Krötengesicht wirkte im Licht der Schreibtischlampe wie aus Granit gehauen.

Der Adjutant störte das gegenseitige Taxieren; er umrundete O'Neill mit viereinhalb Sekunden Verspätung und einem verärgerten Blick – und übernahm betont höflich die Vorstellung:

„General Hammond, Colonel Jack O'Neill."

„Im Ruhestand“, setzte O’Neill sanft aber nachdrücklich hinzu.

„Wie man sieht“, räumte Hammond mit einem vielsagenden Blick auf Lederjacke und Jeans ein und grinste eisig. „Ich beneide Sie, Colonel.“

„Sir?“

„Um Ihren Status als... nun, Pensionär. Sehen Sie mich an, ich komme mir vor wie die Titanic auf ihrer letzten Fahrt. Höchste Zeit, sich mal Gedanken darüber zu machen, ob man noch schnell ein Buch schreibt... Memoiren, oder *Wie ich diese Army in dreißig Tagen auf Vordermann brachte und die Liebe des Juli-Playmates gewann*, irgend so etwas. – Selber jemals daran gedacht, unter die Schreiberlinge zu gehen, O’Neill? Ich habe in Ihrer Akte geblättert. Harte Jobs. Harte Zeiten. Harter Bursche.“

Da er wußte, daß dieser Small Talk bereits Teil des Verhörs war, spielte er mit. Harmlos. Mimikry – was Hammond konnte, konnte er auch. „Wäre keine gute Idee“, sagte er. „Würde zwangsläufig mit sich bringen, daß ich zu viele Buchkäufer erschießen müßte.“

Hammond starrte ihn ausdruckslos an.

O’Neill erwiderte den Blick; auch den des Adjutanten.

„Das war ein Scherz, Sir. Die harten Jobs waren alle als geheim eingestuft.“

Hammonds linke Augenbraue zuckte ganz kurz. „Oh, ja, natürlich.“ Er stand mit einem Ruck auf, umfaßte mit einer beinahe einstudiert wirkenden Geste die bescheidene Größe und Gemütlichkeit seines Büros – Teppichboden, einen Schreibtisch voller Akten und Länderwimpel, einer für Militärs wirklich gewagten goldenen Leuchte, die einen honighellen Lichtkegel warf; ein schwarzer Ledersessel; an der Wand dahinter das obligatorische Sternenbanner und ein Sideboard, ebenfalls voller Akten, rechts eine langgezogene Fensterfront, durch die man in einen nüchternen, momentan jedoch dunklen Konferenzraum blickte.

„Und jetzt", fuhr er lauernd fort, „sind wir beide hier, in dieser Basis..."

„... und Sie wollen mich schon die ganze Zeit zu etwas befragen, das mit dem SternenTor zu tun hat – richtig? Wir sollten die Spielchen lassen... Sir."

Hammond traf eine Entscheidung. Als er seinen Schreibtisch umrundete, wirkte sein Lächeln zum ersten Mal echt; seine Bewegungen waren zielstrebig und kraftvoll. „Ich werd's Ihnen zeigen." Von Hammonds Büro ins Krankenrevier. Der Adjutant hielt sich diskret hinter ihnen, seine Schritte waren katzenhaft geschmeidig und leise – obwohl sein Äußeres etwas von einem Lackaffen hatte, ein sehr gefährlicher Mann. Acht Minuten, in denen keiner von ihnen sprach. Es schien kälter zu werden hier unten. O'Neill begann trotzdem zu schwitzen, er dachte: *Stärke zeigen, sie wollen dich nur weichkochen. Aber warum?* Die Antworten im Schnelldurchlauf: Die Abydos-Mission, Jackson, der gefälschte Bericht... das SternenTor. Etwas ist durchgekommen. Oder sie haben doch noch eine Möglichkeit gefunden, es ihrerseits zu nutzen. Zum Beispiel, um die Arbeitslosen wegzuzaubern – ha, ha. Es war, als beschleunige etwas; er hörte Sekundenticken in seinem Kopf, und die eine große Frage ließ sich nicht mehr länger zurückhalten: *Was ist passiert?* Und ganz beiläufig bemerkte er, daß er langsam aber sicher ungeduldig wurde... und wütend. Sehr.

Die Verbindungstür zwischen Arztzimmer und den angrenzenden Laboratorien stand offen, es roch nach Desinfektionsmitteln und frischem Blut. Der schwarzhaarige, etwa fünfzig Jahre alte Doc war gerade umständlich damit beschäftigt, sich einen Zigarrenstummel wieder anzuzünden. Als er sie sah, entfuhr es ihm: „Noch eine Besichtigung?"

„Die letzte", brummte Hammond.

„Wird auch Zeit. Die Jungs nennen das hier bereits nicht mehr San-Revier, sondern Leichenschauhaus. Kein motivierendes Image, General." Er bekam keine Antwort, quittierte das mit einem Schulterzucken und führte sie in einen grün gefliesten Kühlraum. Bevor er sich dem Schubfach mit der Aufschrift *XXX-Files* zuwandte, drückte er den qualmenden Zigarrenstummel achtlos auf der Glasunterlage eines Mikroskops aus und wischte sich die nikotinverfärbten Finger an dem weißen Ärztekittel ab, der um seinen Bauch herum ganz beträchtlich spannte. Der Adjutant schloß die Tür des Kühlraums, postierte sich rechts daneben, strich sich über die pomadisierten Haare und nickte dem General kaum merklich zu.

„Holen Sie ihn endlich", befahl Hammond.

„Auf *die* Autopsie freue ich mich wirklich", verkündete der Doc säuerlich. Er zog die Bahre heraus und schlug das grüne OP-Tuch von dem Leichnam zurück – ein Zauberkünstler mit seinem größten Trick. Noch mehr Kälte strömte in den Raum. O'Neill ignorierte sie genau wie Hammonds sezierendes Starren und beugte sich vor.

Schwarzer, männlich, muskulös, durchtrainiert – Kampferfahrung, kein Bodybuilder. Der Mann war erschossen worden. Zwei Auffälligkeiten: Auf seiner Stirn eine golden gefärbte Erhebung – Schlangenmuster. In der Bauchhöhe eine Art Kreuzschnitt, das Zentrum dort, wo bei einem Menschen normalerweise der Nabel lag. Es war *keine* Wunde, jedenfalls keine, die ihm in den letzten zehn oder zwanzig Jahren beigebracht worden war.

„Das ist kein Mensch", sagte der Doc ernst.

O'Neill starrte nur kurz zu ihm hinüber.

„Sehen Sie sich diese Öffnung an. Er hat eine Art Höhlung im Leib, wie ein... äh... Beuteltier."

„Wie ein Känguruh?" half O'Neill ihm aus.

Der Doc zuckte mit den Schultern. „Möglich. Obwohl ich ihn mir einfach nicht als liebevollen Daddy vorstellen kann, der da drin seine Kleinen mit sich herumschleppt –"

Hammond stieß unwillig die Luft aus; sein Gesicht hatte sich gerötet. „Dieser Kerl... oder Alien, oder wie auch immer wir ihn nennen wollen, kam gestern, gegen Fünf Null Null zusammen mit acht anderen... Personen durch das Sternen Tor. Sie trugen stählerne Rüstungen und gigantische Schlangenschädel-Helme; und sie waren bewaffnet – eine Art Strahlen-Lanzen. Sie haben das verdammte Tor aktiviert – von irgendwo dort draußen und waren hier unten. Vier von meinen Leuten sind abgeschlachtet worden. Sie hatten keine Chance. – Private Meredith Brandon wurde mitgenommen."

Der Adjutant sagte sehr sachlich: „Wir gehen davon aus, daß sie ebenfalls bereits tot war."

„Strahlen-Lanzen?" wiederholte O'Neill. Seine Wangenmuskeln spannten sich.

Eine Viertelstunde später, wieder in Hammonds Büro, wußte er alles; Hammond hatte das Finale des Feuerüberfalles selbst miterlebt, und er war ein präziser Erzähler. Der Adjutant brachte die Waffe des Toten, warf sie O'Neill zu. Er fing sie, ohne richtig hinzusehen, wirbelte sie herum, Hüftanschlag, war eins mit dem kühlen stahlähnlichen Material; sein Daumen fand die glattgeschliffene Erhebung in den spiralförmig um den gesamten Schaft herum angeordneten Verzierungen, drückte sie – und das klobige Ende der Waffe schnappte mit einem metallischen Laut auseinander; rubinrote Energie loderte in dem klaffenden Spalt: Das Auge eines Dämons, kurz bevor er Feuer und Tod spie.

„Ich sehe, Sie kennen diese Art von Spielzeug", stellte General Hammond mit einer katzenhaften Zufriedenheit fest.

„Ja, Sir."

„Was ist mit dem Toten? Gehört er zu Ra und seinen Leuten?"

O'Neill schüttelte den Kopf, starrte auf sein eigenes geisterhaftes Spiegelbild in der Fensterfront vor dem Konferenzraum: Hageres Gesicht, kantige Wangenknochen, tief in den Höhlen ruhende Augen. Es war, als sehe er in eine andere Welt hinüber: *Abydos, die Große Stadt Nagada und die Menschen von Nagada, Sha'uri, Skaara und all die anderen, Ra, der Angriff der Horus-Krieger, die Schlacht vor und in der großen*

Pyramide, das tobende Flammen der drei Sonnen. Er schüttelte den Bann ab, räusperte sich, antwortete endlich: „Wesen wie ihn gab es nicht auf Abydos. Die Leute dort waren humanoid, durch und durch. Menschen. Nachkommen der Menschen, die sich Ra vor Jahrtausenden als Sklaven von der Erde geholt hat."

„Ich habe Ihren Bericht gelesen, Colonel. Dieser Ra scheint ein verdammter Hurensohn gewesen zu sein."

„Trifft es exakt, General. Die Legenden von Abydos drücken es noch konkreter aus: Sie bezeichneten ihn als Dämon-der-in-einem-Menschenkörper-wohnt."

„Der Kerl, drüben in der Leichenhalle, könnte einen Dämon im Körper tragen. Buchstäblich. – Sie haben Ra als *schön* beschrieben. Merkwürdige Wortwahl, Colonel."

O'Neill machte eine wegwerfende Handbewegung. „Er *war* schön, engelhaft, transsexuell, eine Mischung halb Mann, halb Frau – wenn Sie verstehen, was ich meine. Das einzige nicht-menschliche an ihm waren seine Augen... Böser Blick. Ein blutrotes Glühen. Wie in diesen billigen Horror-Streifen."

„Sind Sie sicher, daß er tot ist, Colonel?"

„Absolut, Sir. Mark-3-Nuklear-Sprengsatz. Amerikanische Wertarbeit. Keine Chance, zu entkommen. Warum?"

Hammond wandte sich ab, als schäme er sich, darüber zu reden; aber vielleicht schnürte ihm auch nur der Haß oder ein Gefühl der Hilflosigkeit die Luft ab. Der Adjutant übernahm es für ihn, im Flüsterton:

„Diese Schlangenkopf-Krieger waren eine Art Leibgarde für einen Kerl in einer goldenen Rüstung... ihr Schlangengott, was auch immer. *Er* hat sich Brandon geschnappt. Und er hat uns sein wahres Gesicht gezeigt, bevor er wieder in diesem... TOR verschwunden ist."

Hammond sagte mit einem heiseren Krächzen: „Könnte Ra gewesen sein. Ich habe ihn gut und lange genug gesehen. Die Beschreibung paßt exakt. Glühende Augen und alles."

O'Neill schwieg. Tief in ihm war ein bösartiges Zittern und der Geschmack von Blut und Sand. Abydos. Ra's bernsteinfarbene Augen, die Trauer, das Selbstmitleid und dann der Wahnsinn darin, dieses bösartige Flackern aus den Abgründen dessen, was sich schon vor Jahrtausenden IN ihm eingenistet hatte. Das Raumschiff auf der Spitze der Pyramide; der Start; die Kinder... und dann, in letzter Sekunde, die Chance, Ra's kleine Hofstaat-Sklaven über die Transfer-Ringe herauszuholen – und an ihrer Stelle die Bombe zu ihm hochzuschicken. Sekundenticken, rasend schnell. Irgendwo Schreie – Daniel, oder Sha'uri oder er selbst, O'Neill. Sie hatten die gigantische Pyramide verlassen, Ra's Schiff war bereits meilenweit aufgestiegen und wurde immer noch schneller, nur mehr eine Fata Morgana in der hitzeflirrenden Luft. Dann sprang der Timer der Mark-3 auf NULL, und die sengende Helligkeit und die Hitze über der Wüste vergingen in einer ERUPTION aus weißem Feuer und ein Bersten erschütterte die ganze Welt, als breche der Himmel selbst in sich zusammen; eine Folge weiterer krachender Explosionen und Feuerblitze schloß sich an; glühende Trümmer wirbelten durch die Stratosphäre in die Tiefe und zogen leuchtende, qualmende Streifen hinter sich her, und dann kamen die himmelhohen, wuchernden Rauchwolken, kamen Dunkelheit und Begreifen *(Er wird nicht zurückkommen, nie mehr)* kamen die Jubelschreie der Menschen von Nagada.

„Er ist tot", murmelte O'Neill, halb zu sich selbst.

„Sie sind alle tot – Ra, seine Krieger, Daniel Jackson, Sha'uri. Alle."

Sekundenlang war alles wie eingefroren. Die Ruhe vor dem letzten Sturm. Denn: Es war noch nicht vorbei, er spürte es. Hammond ließ sich in seinen Ledersessel fallen und fixierte ihn ohne zu blinzeln von unten herauf, versuchte sich über irgend etwas klar zu werden – vielleicht hielt er ihn in diesen Momenten für einen Feind; seine Finger strichen über die auf dem Schreibtisch liegende Personalakte, eine unbewußte

Geste. Die Schatten in den Ecken des Büros sahen aus, als würden sie an Tiefe gewinnen.

Hammond brach das Schweigen, indem er die Personalakte zuklappte. Er wechselte das Thema; als er sprach, klang seine Stimme wieder ganz ruhig, beinahe sanft: „Colonel, wie würden Sie die SternenTor-Mission *heute e*inschätzen?"

„Wie meinen Sie das?"

„Es sind drei Jahre vergangen. Manchmal ändert man nach einer so langen Zeit seine Meinung."

Er grinste spöttisch. „Ich habe das nicht getan, Sir."

In dem Konferenzraum nebenan wurde die Tür geöffnet. Angehörige der Military Police führten zwei Männer in Zivil herein und befahlen ihnen, sich im Dunkeln zu setzen. Videokameras wurden justiert. Am anderen Ende des Raumes flimmerte ein Computer-Bildschirm los.

„Sind das Kawalsky und Ferretti?" erkundigte sich O'Neill ungläubig.

„Wer?"

„Die Lieutenants Kawalsky und Ferretti. Kamen mit mir von Abydos zurück."

„Ah, die beiden. Ja, wir haben sie ebenfalls zur Vernehmung hergeholt."

„Vernehmung", wiederholte O'Neill gedehnt.

„Sowas in der Art", sagte der Adjutant und lächelte.

„Erzählen Sie mir ein bißchen von Daniel Jackson, Colonel", bat Hammond.

O'Neill ging nicht darauf ein; stattdessen wandte er sich zu Hammond herum und sah ihm in die Augen. „Warum werden meine Leute verhört?"

„Oh, es sind nicht mehr *Ihre* Leute, Colonel. *Sie* befinden sich im Ruhestand. Die beiden sind mittlerweile Captain." Er lehnte sich zurück. „Ich wiederhole mich ungern... Trotzdem: Erzählen Sie mir ein bißchen von Daniel Jackson."

„Sie haben den Bericht gelesen", erwiderte O'Neill.

„Oh, ja."

„Es steht alles drin."

„Wirklich alles?" vergewisserte sich der Adjutant zynisch.

O'Neill schwieg und lächelte – böse; Antwort genug.

„Sie konnten Jackson nicht ausstehen, hab' ich recht?" faßte es Hammond zusammen.

„Er war Wissenschaftler, Archäologe, was weiß ich; er hat elf verschiedene Sprachen gesprochen und mehrere Artikel über vergleichende Linguistik der afro-asiatischen Sprachengruppe geschrieben sowie über die Entwicklung der ägyptischen Sprache von der Früh- beziehungsweise Thinitenzeit bis zum Alten Reich – aber er war kein Soldat. Er hat sich ständig geschneuzt, er hatte tausend Allergien. Er war ein verdammtes Genie. Und ein Spinner. Manchmal beides gleichzeitig. Schwer zu ertragen."

„Also konnten Sie ihn nicht ausstehen."

„Das habe ich nicht gesagt", widersprach O'Neill. „Spinner hin oder her – er hat mir *auch* das Leben gerettet... Er hat den Weg nach Hause gefunden – für meine Leute und für mich. Ich werde ihm das nicht vergessen."

„Sagen Sie mir, Colonel: Wie lauteten damals Ihre Befehle?"

„Es steht alles in meinem Bericht, Sir."

„Helfen Sie meinem Gedächtnis auf die Sprünge."

O'Neills Gesicht war nur mehr eine stählerne Maske – er wußte, worauf dies alles hinauslief. Kurz überlagerten sich seine Gedanken wie Funkstörungen.

„Ich sollte das SternenTor auf der anderen Seite beim geringsten Anzeichen einer Gefährdung für die Erde sprengen. Ohne Rücksicht auf mich oder meine Leute zu nehmen."

„Warum haben Sie's nicht getan? Ich meine, immerhin war Abydos Ra's ganz persönliche kleine Sklavenwelt. Es gab schon sehr frühzeitig Hinweise..." „Ich habe es versucht, Sir."

„Versucht–" „Ra's Horus-Krieger haben uns ausgetrickst. Sie haben mein Team und mich überwältigt und uns die Bombe abgenommen."

Der Adjutant warf ein: „Aber mit der selbstlosen Hilfe des verrückten Dr. Daniel Jackson konnten Sie sich wieder befreien, sie zurückerobern und letzten Endes doch noch zünden – eine Zehntelsekunde, bevor Sie und Ihre Leute auf die Erde zurückkehrten. Und nur unser ziviles Genie fand dabei noch rasch Gelegenheit, den Heldentod zu sterben –"

„Yes, Sir", bestätigte O'Neill steif. *Soviel Spott, er weiß es, er weiß es, er weiß es –*

„Dann könnte man also wirklich sagen –" Ein triumphierendes Glitzern tanzte plötzlich in Hammonds Augen – „daß Mister Jackson und alle anderen, die Sie auf Abydos kennengelernt haben, nach Ihrem besten Wissen und Gewissen tot sind. Ist das korrekt?"

„Ich glaube..." – O'Neill zögerte, einen einzigen verräterischen Bruchteil einer Sekunden – „das ist korrekt, Sir."

„Gut. Dann brauchen wir keine Rücksicht zu nehmen." Hammond stand auf, umrundete den Schreibtisch, war bereits an der Tür und öffnete sie. „Wir ziehen die Sache durch. Der Countdown läuft bereits."

„Countdown, Sir?" sagte O'Neill, und seine Rechte zuckte blitzartig vor, hielt den General am Arm fest, zerrte ihn herum; der Adjutant reagierte beinahe noch schneller; ein huschender Schemen, der plötzlich eine Sig Sauer im Beidhandanschlag hielt und auf O'Neills Stirn richtete und tadelnd den Kopf schüttelte.

O'Neill beachtete ihn nicht.

Hammond versuchte sich mit einem unwilligen Ruck aus seinem Griff zu befreien. Unmöglich. Für einen Moment schien es, als wolle er trotzdem einfach weitergehen und dem Adjutanten mit einem Nicken die Erlaubnis erteilen, ihn zu erschießen. Er tat es nicht, noch nicht. Er atmete aus, lächelte bereits wieder sichelschmal; unbeeindruckt. Das Sekundenticken in O'Neills Kopf wurde schneller. Rasender. *Unkontrollierbar.* Der Finger des Adjutanten krümmte sich kaum merklich um Hundertstelzollbreiten weiter um den Abzug.

Bereit. Der Lauf der Waffe war völlig ruhig. O'Neill drehte sich, sein linker Fuß flirrte hoch – ein beinahe lässiger Tritt, Rauch mit Stahlkanten. Die Augen des Adjutanten weiteten sich überrascht, gleichzeitig wurden seine Hände bereits nach oben geschmettert und ließen die Waffe los, die Sig Sauer wirbelte gegen die Decke und in den Korridor hinaus – an Major Samuels entgeistertem Gesicht vorbei. Alles im Bruchteil einer Sekunde, schneller, als ein Gedanke entstand.

O'Neill sagte, immer noch an Hammond gewandt: „Ich bin kein Selbstmord-Kandidat mehr... Sir. – Was für ein Countdown?"

Der General sah ihn nur ausdruckslos an und flüsterte eisig: „Zehn Hiroshima-Bomben." – Mehr nicht.

O'Neill wußte auch so, was es bedeutete. Und was er zu tun hatte, um diesen Wahnsinn zu verhindern.

4

Rot. Er wußte nicht mehr, wieviel Zeit inzwischen vergangen war, doch er starrte unverwandt weiter auf jenen Punkt an der Zellenwand, den er sich vorhin ausgesucht und in Gedanken rot markiert hatte – ein lächerlich winziges Zen-Bild in der Finsternis; er hatte gelernt, in sich selbst ganz allein sein zu können, ohne immer panischer werdendes Überlegen, ohne Angst... oder gar Hoffnung. Dort, wo er aufgewachsen war, war jede Art von Privatsphäre kostbarer als pures Gold. Die Schritte der Wachablösung, Kommandos, Gesprächsfetzen; die allgegenwärtige Anspannung – ganz fern hörte er die Geräusche der unterirdischen Welt immer weiter zurückweichen und schließlich vergehen. *Rot. Scharf umrissen.* Wie von einem Laser-Zielerfassungsgerät. Er starrte darauf und hörte die Stimmen in sich – Hammonds Stimme, die Stimme des Adjutanten; seine eigene. *Kein guter Tausch*. Er hatte ihnen alles erzählt, die ganze verdammte Wahrheit über Ra's Ende und Jacksons Entschluß, nicht mehr mit zur Erde zurückzukommen... und über das Tor. Das SternenTor von Abydos.

Stimmen wie Echos aus einem Tunnel, der eine Million Lichtjahre weit quer durch die Galaxis führte. Etwas störte seine Konzentration. Der rote Punkt wurde zu einem Flimmern. Erinnerungen im Schnelldurchgang – der Abschied von Jackson und Skaara, die Rückkehr durch das Abydos-Tor und der Mahlstrom aus Schmerzen und Feuer und Eis – und noch mehr Stimmen, hart wie Querschläger: „*Sie geben also zu, Ihre Befehle mißachtet* und *Ihren Bericht gefälscht zu haben, Colonel? Und Jackson lebt? Auf Abydos?*" – „*Korrekt, Sir.*" – „*Warum diese gottverdammten Lügen, Colonel?*" – „*Schätze, weil mir die Menschen von Abydos ans Herz gewachsen sind. Es sind einfache, großzügige Menschen. Sie verdienen es, in Ruhe gelassen zu werden. Kein* Military Intelligence-*Geheimdienst, kein Tourismus.*" – „*West hat Ihre Geschichte überprüfen lassen; der Roboter, der damals durch das Tor geschickt wurde, kam völlig zerstört zurück – erklären Sie's mir!*" – „*Jackson hat sich an unsere Absprache gehalten und das Abydos-Tor* begraben. *Er kommt nicht mehr auf die Erde, wir nicht mehr nach Abydos.*" – „*Verdammt, O'Neill, irgend etwas IST durch dieses Tor gekommen, und all unsere wissenschaftlichen Nachforschungen haben ergeben, daß eben dieses Tor nach Abydos führt, und NUR nach Abydos – und von dort aus zur Erde und NUR zur Erde.*" – „*Ra ist tot, Sir.*" – „*Das behaupten SIE!*" – „*Ich habe ihm diese Bombe in sein verdammtes Raumschiff hochgeschickt und ihn getötet. Ich habe jedes Risiko für die Erde eleminiert.*" – „*Sie sind ein elender, selbstgefälliger Bastard, Sie hätten diese Sache mit Ihren Vorgesetzten besprechen müssen, Sie haben unser aller Leben riskiert mit ihrem Alleingang... das Leben jedes einzelnen* Kindes *auf diesem Planeten.*" – „*Sir – das ist* so *einfach nicht war*" – „*In unserem Krankenrevier liegen vier Leichen! Vier von* unseren *Jungs – von den guten Jungs! Und Private Brandon wird vermißt. Eine Frau in der Gewalt dieser... dieser Schlangenköpfe! Also, kommen Sie mir nicht mit Ihren Blumenkinder-Sprüchen, alle Aliens sind gute Aliens, wir müssen uns ihnen nur öffnen und unsere friedliche Absicht demonstrieren. Herrgott...“ – „Verdammt, Sir, es gab keine Aliens mehr auf Abydos...“ – „Wenn* ich *mit dieser elenden Welt fertig bin, dann* ganz bestimmt *nicht mehr. Irgendwelche Bastarde haben das Abydos-Tor aktiviert – ich werde es schließen, und zwar ein für allemal!“ – „General, haben Sie mir überhaupt zugehört? Auf Abydos leben unschuldige Menschen!“ – „Hier auch, Colonel. Ich habe meine Befehle, genau wie Sie. Und ich befolge sie. Das Tor wird aktiviert. Die Bomben gehen auf die Reise und* O’Neills Konzentration auf den roten Punkt erlosch endgültig und dann war nur noch die staubige Dunkelheit des Zellentraktes um ihn herum. Es war sehr still. Erstickend warm. Er lauschte seinen eigenen Atemzügen, hieb die geballte Faust gegen die gekalkte Wand und fluchte, glaubte ein dumpfes Rumoren und Grollen wahrnehmen zu können; Stein, der auf Stein schabte, gewaltige dreieckige Gemmen, die einrasteten und...

O’Neill schüttelte den Kopf, versuchte es zu vertreiben; er stieß sich von der Pritsche hoch und begann, ruhelos herumzugehen, zählte seine Schritte, versuchte, das Ganze in Sekunden umzurechnen. Fünf. Zehn. Zwanzig. Countdown. Er fragte sich, wie lange es noch dauern würde, bis sie kamen und den Vollzug mitteilten. *Sauberer Tod. Schnell. Aber der Tod.* Drei Jahre auf einer phantastischen Welt jenseits aller bekannten Sterne – *war es das wert, Jackson?* „Vielleicht ja“, gab er sich selbst eine gemurmelte Antwort und dachte an all das, was ihm an dem Leben auf dieser Welt schon lange nicht mehr gefiel. Als die Liste zu lange wurde, spie er aus, und dann, mit der Wucht eines Faustschlages, entdeckte er den Fehler in allen ihren Überlegungen, die eine ABSOLUTE Wahrheit, die alle Entscheidungen Hammonds ad absurdum führte, die der Zerstörung des Abydos-Tores vollends jeden Sinn raubte, und, mehr noch – die genau diese Zerstörung zu einer Riesendummheit machte, weil... - Er dachte den Gedanken nicht zu Ende; es war, als beginne der nahezu kahle Raum um ihn herum zu kreisen. Zentrifuge. Es war, als werde sein Leben zum zweiten Mal zerschmettert. *Hab' nicht die* richtigen *Worte gefunden ich* Raumschiffe *sie haben Raumschiffe sie brauchen die Tore nicht sie...*

Er schnellte hoch; war ohne jede Schrecksekunde völlig ruhig. Die stählerne Zellentür wurde aufgedrückt; gleißende Helligkeit flutete ihm entgegen, blendete ihn kurz. O'Neill konnte die Angespanntheit der beiden MP-Soldaten wittern wie ein Tier in der Falle; er kannte sie: Marten Rooster und Shaun 'Heinz' Browney. Dann verdunkelte ein dritter Schatten das strahlende Rechteck – Kawalsky trat ein; es war, als verdränge er den Großteil der atembaren Luft in der Zelle. Die Tür fiel hinter ihm ins Schloß und wurde wieder verriegelt. O'Neill war mit drei Schritten an der Gitterluke und sagte, so ruhig ihm dies möglich war: „Rooster, Heinz – bitte. Ich muß den General sprechen. So schnell wie möglich."

Ihre Antwort verging in Kawalskys polternder „Colonel O'Neill, Sir!"- Meldung.

O'Neill winkte unwillig ab. „Stehen Sie bequem. Ich bin im Ruhestand. Und das hier ist eine verdammte Arrestzelle."

„Trotzdem gut, Sie zu sehen, Sir!" erwiderte Kawalsky so zackig, als habe er einer Horde begriffsstutziger Rekruten vorzuführen, wie so etwas gehandhabt wurde.

„Ich sehe nur einen riesigen Schatten", versetzte O'Neill mit einem schiefen Grinsen.

Der Captain äußerte ein amüsiertes Glucksen, kramte in seinen Hosentaschen und präsentierte schließlich ein Feuerzeug, das in seiner gewaltigen Pranke geradezu erbarmungswürdig winzig aussah. „Es werde Licht, Sir!" – Er sprach es sehr theatralisch aus und ließ die kleine Flamme hochlodern.

O'Neill seufzte. Kawalsky setzte sich unbeeindruckt auf die Pritsche und blickte sich um; zappelig – er fühlte sich unbehaglich, nicht nur aufgrund der Enge dieses Raumes.

Er war ein großer, muskulöser Mann mit dem Gesicht und dem Gemüt eines Milchbubis – und dennoch Soldat mit Leib und Seele; er liebte Regeln. Befehl und Gehorsam war für ihn keine Floskel, trotzdem hatte er seinen, O'Neills, gefälschten Bericht damals ohne mit der Wimper zu zucken bestätigt. Er kam aus Minnesota; er hatte das Herz auf dem rechten Fleck und war trotzdem – auch – auf eine Art und Weise clever, die an Bauernschläue grenzte. Und er konnte kämpfen. O'Neill hatte mitangesehen, wie er auf Abydos einem der Falkenköpfe mit einem einzigen Faustschlag den Kehlkopf zertrümmert und ihn blutspuckend zurückgelassen hatte, um sich um die Kids in der Pyramide zu kümmern. O'Neill atmete tief durch und dachte mit einem Anflug von Trauer daran, daß auch Kawalsky, wie so viele in dieser unterirdischen Stadt, ein Chamäleon war – man konnte ihn leicht falsch einschätzen. Und damit einen sehr großen Fehler begehen.

„Ferretti und ich haben ihnen nichts gesagt", brummte Kawalsky plötzlich ernst – die Stille zwischen ihnen gefiel ihm nicht.

„Ich weiß. *Ich* hab's Ihnen gesagt."

„Hey, Sir – diese Kids auf Abydos haben auch mir das Leben gerettet. Es war okay, daß wir damals versucht haben, sie aus allem herauszuhalten. Abydos ist ihre Welt."

„Die Kids...", murmelte O'Neill und lächelte, blinzelte die Erinnerungen weg, versuchte seine Gedanken ganz klar und kalt zu halten, nicht an den Countdown zu denken – *Tick-tick-tick.* War das bereits paranoid – oder nur angemessen? Er entschied sich, weiterzureden. „Yeah. Die Kids. – Kawalsky, Hammond und seine Leute werden das Abydos-Tor hochjagen. Zehn Hiroshima-Bomben. Sie werden Jackson und alle anderen töten. Vielleicht haben Sie's schon getan."

„Nein, Colonel, noch nicht." „Zehn Hiroshima-Bomben", murmelte O'Neill noch einmal.

„Hammond sieht den Feind, der unsere Leute hier unten angegriffen hat, Sir."

„Glauben Sie wirklich, daß dieser Feind von Abydos kommt?"

Der große Mann wich seinem starrenden Blick aus und machte eine ruckartige Bewegung mit den Schultern; die Flamme des Feuerzeugs erlosch zischend; Kawalsky fluchte, es roch nach versengter Haut. O'Neill setzte sich neben den Captain, schloß die Augen, drückte die geballten Fäuste dagegen, sah dennoch brennende Menschen. Die Stille dauerte bereits viel zu lange an. O'Neill sagte: „Wir sind beide schon viel zu lange Soldaten."

Kawalsky atmete langsam aus. „Dieser eine Junge... Erinnern Sie sich? Seltsamer Name – wie war er noch?"

„Skaara", antwortete O'Neill.

„Hat Sie ziemlich verehrt, Sir. Hat ständig salutiert und mit Ihrem Feuerzeug herumgespielt."

„Yeah. Großes Kind. Fast wie mein Junge –" Er bereute es im gleichen Augenblick.

„Sie haben einen Sohn? Wie alt ist er?"

O'Neills Erinnerungslächeln wurde zu einer Grimasse; er nahm die Fäuste von den Augen, stand wieder auf, starrte in die Dunkelheit, war dankbar für ihren Schutzmantel.

„Er wäre jetzt elf geworden", stieß O'Neill rauh hervor. „Er ist gestorben... Vor der Abydos-Mission."

Kawalsky senkte das Gesicht – eine schattenhafte Geste. „Sir – das... das wußte ich nicht. Es tut mir leid."

Dieses Mal war die Stille zwischen ihnen wie körperlicher Schmerz; keiner von ihnen fand die Kraft oder auch nur die richtigen Worte, sie zu brechen.

Nach einer Weile hörte O'Neill Schritte und Geräusche und wandte sich um; ein Schlüssel drehte sich im Schloß, dann wurde die schwere Tür aufgezogen und Hammond stand auf der Schwelle – ein untersetzter, kompakter Schattenriß vor dem Neonlicht des Korridors.

„Wie viele Menschen, sagten Sie, leben auf Abydos?"

„Fünftausend, möglicherweise mehr." O'Neill kniff die Augen zusammen – forschend, eisig ruhig. „Wir waren nur in dieser einen archaischen Stadt... Nagada. Hatten keine Zeit, nähere Erkundigungen einzuholen. Die Horus-Krieger haben zu schnell reagiert und angegriffen."

Hammond kam endgültig in die Zelle herein, setzte sich, ignorierte Kawalskys fassungsloses Gaffen genauso wie die Tatsache, daß er jede militärische Ehrenbezeugung vermissen ließ.

„Heißt das, Sir", begann O'Neill lauernd, „daß Sie die Bomben nicht auf den Weg bringen werden?"

„Das heißt, daß ich für Vorschläge ein offenes Ohr habe", knurrte der General unwillig. Sein fleischiges Gesicht schimmerte wie Wachs; er wirkte sehr ernst und zum ersten Mal schien er tatsächlich der alte Mann zu sein, als der er sich bei ihrer ersten Begegnung ausgegeben hatte – bereit für die Arbeit an seinen Memoiren. Aber dann spürte O'Neill, daß da noch etwas war: Verantwortungsbewußtsein. Das Bewußtsein, Menschenleben bewahren oder vernichten zu können. Viele Menschenleben. Es dauerte nur eine Zehntelsekunde lang, dann hatte sich Hammond wieder gefangen; die Aura der Unnahbarkeit kehrte zurück, hüllte ihn ein wie eine Haut. Als er hochsah, funkelten seine Augen spöttisch. „Ich konnte Typen wie Nixon nie leiden. Die einfachen Knopfdruck-Lösungen sind manchmal die dümmsten."

O'Neill lächelte. „Schön, daß wir endlich mal einer Meinung sind – Sir!"

Kawalsky räusperte sich warnend.

„Außerdem", fuhr der General fort, „würde ich unseren lebenden Toten – Daniel Jackson – ganz gerne kennenlernen." Hammonds Lächeln erlosch bereits wieder; er nickte ungeduldig. Also spürte er es auch – wie schemenhafte Bewegungen in der Nacht, am äußersten Rand des Sichtfeldes: *Beschleunigung*. Der Zwang, zu handeln, das Richtige zu tun. Jetzt. Schnell. Weil irgendwo hinter den Mauern dieser vermeintlich so sicheren Wirklichkeit etwas begonnen – oder fortgesetzt – worden war, das alle menschlichen Vorstellungen des ABGRUNDTIEF BÖSEN sprengte.

O'Neill dachte, völlig zusammenhanglos: *Groß, uralt. Satan.*

Die Entscheidung.

„Schicken Sie mich mit einem Team durch das Tor, General. Wenn die Schlangenköpfe von Abydos gekommen sind, dann finden wir sie. Und Private Brandon."

Hammond schwieg, starrte ihn aus schattenhaften Augen heraus an.

„Wir waren dort", sagte O'Neill eindringlich. „Wir kennen das Gelände, und wir kennen die Leute."

„Was, wenn Jackson tot ist? Oder wenn die Aliens tatsächlich nicht von Abydos gekommen sind und das Abydos-Tor immer noch irgendwo eingegraben ist? Diese verdammte Barrikade hat eine Titan-Robotsonde geschrottet."

„Was, wenn Jackson die Barrikade weggeschafft hat?" antwortete O'Neill mit einer Gegenfrage.

„Warum sollte er das tun?"

„Warum wollte er damals unbedingt mit uns durch das Tor gehen? Obwohl nach dem damaligen Stand der Dinge zumindest *ihm* klar sein mußte, daß es keine Rückkehr geben konnte? Er ist ein verrückter Hund. Deshalb. Und neugierig. Wenn er noch am Leben ist, dann wird er es sich nicht verkneifen können, den tollsten Fund in der Geschichte der Archäologie sehr, sehr genau unter die Lupe zu nehmen."

Hammonds Zunge befeuchtete die Lippen – ganz kurz nur. Dann nickte er und stand auf.

„Also gut. Wir werden den Prototyp der Titan-Sonde durch das Tor schicken. Morgen früh sind wir so weit."

Tick-tick-tick. Immer schneller. Laut wie Kanonenschläge – aber nur in seinem Kopf.

„Wir brauchen keine Sonde", sagte O'Neill.

Der Bann brach endlich auch für Kawalsky. Es riß ihn buchstäblich von der Pritsche hoch.

„Brauchen wir nicht?" schnappte er verdutzt, wie jemand, der hyperventiliert.

Da waren Hammond und O'Neill schon im Korridor draußen und unterwegs.

DER FEIND AUF DER ANDEREN SEITE DES TORES

1

Das adrenalinheiße Gefühl, auf der Jagd zu sein, in Bewegung zu sein – endlich: Es war wie ein Fieber; als würde die Zeit selbst brennen. Alle nötigen Befehle waren erteilt: Der Kontrollraum oberhalb jener Halle, in der das SternenTor inmitten seiner Rampen und Kabelstränge aufragte, brodelte vor Leben, sämtliche Stationen an den Computern und Bildschirmen waren besetzt; das Neon-Licht erlosch, grüne Monitoren-Helligkeit und blinkende rot- und orangefarbene Kontrollichter zauberten hektische Flecken auf die Gesichter der Wissenschaftler; das Stimmengewirr nahm zu – der letzte Check lief.

O'Neill stand an der zolldicken Panzerglasscheibe, spürte Hammond, den Adjutanten und Kawalsky schattenhaft, angespannt neben sich und starrte unverwandt weiter auf das TOR und die in die Halle strömenden Black Beret-Soldaten hinab; Kampfanzüge, Helme, schwere Bewaffnung, Flak, Raketenwerfer – ein bizarrer Tanz, dort unten geschah alles in geisterhafter Lautlosigkeit. Eine ganz große Ruhe überkam ihn – er kehrte in sein altes Leben zurück wie eine Schlange in eine längst abgeworfene Schuppenhaut: Die alte *Jump-Two*-Einheit, der Mann für die blutigen Einsätze, verantwortlich für viel zu viele Tote. Professionell. Zombie. Leben nur im Einsatz auf Leben und Tod. Die Zeit vor Sarah. Die Zeit nach Sarah. O'Neill blockte es ab; er versuchte auch nicht daran zu denken, wie es Private Brandon in diesen Minuten erging – falls sie noch lebte –, oder wie Hammond diese monströse Show auf die Füße gestellt hatte. Vom Feuerüberfall der

Schlangenköpfe war nichts mehr zu sehen; keine Zerstörungen, keine Blutflecken waren übriggeblieben; nur dort, wo die vier Marines gestorben waren, hatte irgend jemand weiße Kreuze auf den Betonboden gepinselt: Ein Versprechen der Rache.

Hammond bewegte sich nervös; zupfte seine Uniformjacke zurecht, deutete auf die Kleenex-Schachtel in O'Neills linker Hand: „Wollen Sie Ihr Konzept erläutern?"

„Jackson ist Allergiker", sagte O'Neill lakonisch.

Kawalsky nickte grinsend. Begriffen. Hammond und der Adjutant starrten ihn synchron an. Ausdruckslose Soldatengesichter. *Cool.* Der Adjutant strich sich über die Haare – eine nicht zu deutende Geste.

Das Tor wurde aktiviert. *Spez. Op. Tech.* Mitch Storey, der schon vor drei Jahren den Startschuß gegeben hatte, rief: „Es geht los! Das Programm läuft. Alle auf Posten!" – und stieß den Zeigefinger auf die ENTER-Taste seines Keyboards. Die Bestätigungen kamen knapp und präzise. Alarm gellte. Das Tollhaus aus Stimmen und energiegeladener Hektik verwandelte sich binnen eines Bruchteils einer Sekunde: Konzentrierte Stille. Summende Computeranlagen. Gepreßtes Atmen. Tausend präzise Bewegungen und Schatten und Licht spiegelten sich in der Panzerglasscheibe, woben ein betörendes Muster, überlagerten die eingefrorene Szenerie in der Halle unten – ein makabrer, doppelt belichteter Film. Sämtliche Lifts stoppten; gewaltige Stahltore verriegelten sich automatisch, sperrten das gesamte 28. Untergeschoß hermetisch von der Außenwelt ab. Waffen wurden entsichert.

Der innere Ring des Tores setzte sich in Bewegung, begann sich mit einem trägen Knirschen zu drehen: Das *Scorpius*-Symbol wanderte nach links, wurde schneller. *Norma* tauchte auf. Dann die anderen Sternbilder: *Libra, Bootes, Virgo, Crater.* Sternbilder wie Sand, Welten wie Sand. Dieses Tor war ein übergroßes Zahlenschloß. O'Neill spürte einen berstenden Schmerz in der Brust; es schien, als werde er von innen heraus aufgerissen. *Ungeduld.* In Gedanken war er bereits unterwegs. Er zwang sich, gleichmäßig zu atmen, blinzelte, starrte weiter. Das *Taurus*-Symbol rastete im oberen Bereich ein; die goldene Ummantelung packte zu – Baggerklauen, die sich unerbittlich schlossen. *Kontakt.*

Das Quarz-Juwel leuchtete auf, strahlte in einem Licht, wie es auf der Erde kein zweites gab. Die Klammer löste sich bereits wieder: Ein Ruck durchlief den Ring; der innere Ring bewegte sich erneut, glitt weiter. Stählernes Schleifen wurde laut. Irgendwo begann irgend etwas zu vibrieren. Ein dumpfes Dröhnen schloß sich an. Etwas MÄCHTIGES erwachte und regte und erhob sich... weit, weit in der Tiefe. *(... als würden sich die Kontinentalplatten verschieben und zerbersten...)* O'Neill kannte es. Es war seit Jahren in seinen Träumen. Seine Wangenmuskeln zuckten.

„Erster Kontakt geschlossen!" brüllte Storey. „Es funktioniert!"

Der Ring drehte sich, rastete ein – KLICK –, drehte sich weiter. Das zweite Zeichen der Kartusche erschien im oberen Bereich. Storey flüsterte atemlos: „*Serpens Caput...*" – Ab jetzt war es nicht mehr aufzuhalten. Nach all den Jahren kannte O'Neill die Symbole und Adreßdaten noch immer so exakt, als seien sie auf die Innenhaut seiner Lider gebrannt; er sagte sie im Stillen auf wie ein Gebet, immer wieder: *Taurus, Serpens Caput, Capricornus, Monocerus, Sagittarius, Orion und... das siebte Symbol: Die Erde.*

Hammond brachte sich mit einem Räuspern in Erinnerung, bestand auf einer Erklärung.

„Jackson wird wissen, daß dieses Ding von mir kommt", sagte O'Neill. „Und nicht von jemandem wie Ihnen – bei allem Respekt, Sir."

Der Adjutant fragte ärgerlich: „Warum schicken Sie ihm nicht einfach eine Nachricht?"

„Nachrichten kann man fälschen. Unterschriften kann man fälschen."

„Sechster Kontakt – geschlossen!“ meldete Storey und tippte zügig weitere Zahlenkolonnen in seinen Computer. Ein junger Offizier wedelte sich mit einem Computerausdruck Luft zu.

Der innere Ring bewegte sich weiter; aus dem Dröhnen wurde ein berserkerhaftes Grollen – pure Energie füllte bereits knisternd die Luft der Halle unten, eine absolut fremdartige, ungeheuerliche, nicht meßbare Macht schob sich über die Realität, verwischte Konturen und Farben, krallte um sich, brach die Struktur des Raumes selbst auf und – O'Neill wußte, was jetzt kam: Das siebte Symbol, und dann –

Er wandte sich ab, warf die Kleenex-Schachtel hoch und fing sie geschickt wieder auf, blinzelte dem Adjutanten zu und ging zur Tür; er verließ den Kontrollraum, eilte die enge Wendeltreppe hinab. Die Stahltore der Halle rumpelten vor ihm auseinander. Er kam rechtzeitig genug, um das kobaltblaue und strahlend weiße Aufflammen im Zentrum des Tores miterleben zu können:

Ein Orkan aus purem Licht tobte brodelnd in die Halle heraus, krümmte sich zuckend und wurde bereits wieder kreischend zurückgerissen – ein gigantischer Schlund loderte, wölbte sich über die Tor-Ringe hinweg, ein Wurmloch von einem Ende des Universums bis zum anderen, ein Abgrund ins Nichts oder vielleicht in die Hölle – ein Gewittersturm sengender Blitze irrlichterte durch die Halle, und mit ihm klirrende Kälte. Rauhreif überzog den Boden und schmolz im gleichen Moment. Irgendjemand stieß einen krächzenden Warnlaut aus – O'Neill beachtete ihn nicht, er trat in den Lichtsturm hinein, ging – nur mehr ein Schemen – die Rampe empor, der Sturm und der Abgrund verschwanden – das Tor war geöffnet – ein sanftes Leuchten und Schillern füllte den inneren Ring, huschende Bewegungen, ein Flüstern und Raunen, wie von Myriaden vom Himmel fallender Sterne.

So wunderschön, schoß es O'Neill durch den Kopf, doch er beachtete es nicht; die Helligkeit blendete ihn bereits, griff nach ihm, lockte ihn *Komm komm komm* und es war, als werde er gepackt und rasend schnell vorwärtsgerissen, auf das Strahlen zu – ein Sog, wie von einem alles zerschmetternden Strudel. Doch er war weit genug entfernt, er schüttelte es ab, lächelte, weil er plötzlich wußte, daß er sich genau danach gesehnt hatte, senkte kurz den Kopf – und warf seine Botschaft an Daniel Jackson in das Licht hinein und ging langsam, ohne den Blick abzuwenden, drei, vier Schritte zurück. Das Tor schloß sich.

Die Finsternis des Weltraums brach herein.

Im Kontrollraum oben lagen sich die Spezialisten des Wissenschaftlichen Stabes schulterklopfend und vor Jubel brüllend in den Armen.

O'Neill schloß die Tür behutsam hinter sich, ging durch das Schattentanzen und die ausufernde Begeisterung der Menschen zu Hammond hinüber. Dessen Augen glitzerten vor eisern gezügelter Erregung.

Einer der Spezialisten meldete: „Wir haben das... ähmm... Objekt auf den Schirmen. Es ist unterwegs. Fünf, vier, drei Sekunden... Und im Ziel. Abydos-Tor."

Hammond wischte sich den Schweiß von der Stirn; tastete über die schütteren, streng nach hinten gekämmten Schläfenhaare.

„Und jetzt, O'Neill?"

„Warten wir. Wenn nichts geschieht, ist das Abydos-Tor noch immer begraben und versiegelt."

„Was, wenn die Schlangenköpfe unsere... Kleenex-Schachtel in Empfang nehmen?" warf der Adjutant ein.

„Dann können sie sich mit unseren Kleenex die Nase putzen", flüsterte O'Neill.

Der Adjutant blieb ungerührt. „Sie könnten uns ihrerseits eine Kleinigkeit vorbeischicken."

O'Neill atmete aus, warf dem Tor einen raschen Blick zu und wischte sich schließlich übers Gesicht. Aber er sagte nichts mehr. Es hätte sich ohnehin alles wie eine Lüge angehört.

2

Eineinhalb Stunden später schreckte er aus einem leichten Schlummer hoch:

Er hatte von Vernichtung geträumt, von einer Explosion des Tores und von Raubvögeln mit Schlangenköpfen, die scharf ausgezackte Löcher in die titanischen Mauern und Decken der Creek Mountain-Anlage rissen. Blutroter Ascheregen quoll aus brennenden, sich überlagernden rauchwolkendüsteren Himmeln. O'Neill's zittrig umhertastende Rechte fand den Lichtschalter und hieb darauf. Helligkeit flutete auf ihn herab; er knüppelte die Alptraumbilder aus seinem Kopf, stand bereits auf und griff nach der Kaffeetasse, trank gierig.

Der Boden des Offiziersquartiers bewegte sich in winzigen harten, rhythmischen Stößen.

Das Tor ist aktiviert.

Es ging los.

O'Neill hetzte hinaus und kam nur Sekunden nach Hammond im Kontrollraum an. Alle schrien durcheinander. Etwas war angekommen. Unten erlosch das Flammen des inneren Rings bereits wieder mit einem Drachenfauchen.

Sie hasteten die Wendeltreppe hinab und wurden unten bereits von einem der Black Berets erwartet. Schweißüberströmt. Verzerrtes Gesicht. Er reichte ihnen wortlos die leere – vor Rauhreif starre – Kleenex-Schlachtel. Der Adjutant riß sie ihm aus den Händen, drehte sie unwirsch, erstarrte und hielt sie Hammond hin. O'Neill konnte trotzdem lesen, was Jackson daraufgekritzelt hatte.

DANKE. SCHICKT MEHR.

Hammonds linke Augenbraue hob sich.

O'Neill lächelte sichelschmal. „Erlaubnis erteilt, ein Team durch das SternenTor zu führen, Sir?"

„Vorausgesetzt, der Präsident stimmt ebenfalls zu – ja. Einsatzbesprechung um Null-Fünfhundert im Kleinen Konferenzraum neben meinem Büro."

„Military Intelligence", sagte O'Neill. Er ließ es ärgerlich klingen – trotz allem: Zeitverlust.

Hammond schüttelte den Kopf. „Military Intelligence, das war die Ära General West. Ich gehöre zum SGC."

„Könnten Sie das mal kurz buchstabieren, Sir?"

Der General grinste zurück.

O'Neill zwinkerte Kawalsky zu, während Hammond und der Adjutant die Tor-Halle verließen. Wenn es darauf ankam, dann verstanden sich Männer wie sie auch ohne Worte: *So gut wie unterwegs.*

O'Neill nickte, wußte, daß er jetzt allein sein und in Bewegung bleiben mußte. Er kehrte in den Kontroll-Raum zurück, drängte sich an den feiernden Wissenschaftlern vorbei, roch ihren Schweiß, ihre versickernde Angst vor einem Angriff und ihren Triumph – dick und zähflüssig wie Pilzsporen in Hühnerbrühe – und trat in die Korridore und Tunnel der Anlage hinaus. Er redete sich ein, befreiter atmen zu können; er dachte an klare Bergseen und Wassermassen, die über moosglitschige Felsen in die Tiefe stürzten, und auf einer sehr viel tieferen Ebene wisperten sehr viel intensivere Gedanken: *Zurück nach Abydos.* Eine Million Lichtjahre durch dieses wahnwitzige Nichts, durch diese Energie-Nabelschnur, die zwei Welten miteinander verband... auf eine ganz und gar UNMÖGLICHE Art und Weise miteinander verband.

Seine Ungeduld wuchs. Er dachte an Meredith Brandon. Er hatte sie nie zuvor gesehen, aber plötzlich wußte er, daß er sie retten mußte; es war ein beinahe religiöses Empfinden, als könne er nur so sein eigenes Seelenheil wiedererlangen. Er spürte, daß er sich in der alten Haut bereits häuslich einrichtete. Vulkan mit Eiswasser-Einspritzpumpe. *Tick-tick-tick.*

Er behielt sein ruheloses Umherstreifen bei, erwartete fast, irgendwo auf die greise Catherine Langford zu treffen, deren Vater 1928 das Tor in der Nähe von Gizeh aus dem Wüstensand gegraben hatte. Natürlich begegneten sie sich nicht; er fragte sich, was aus der Lady geworden war und suchte sein altes Büro auf, schloß die Tür hinter sich ab, atmete den Staub von drei Jahren ein, starrte die fliegendreckverkrustete Sternenkarte und die unverwüstlich tickende Uhr an und spürte erst jetzt, daß seine Hände zitterten. Mit der Linken hielt er noch immer die halbleere Kaffeetasse umklammert. *SGC. Wieder dabei.*

„Darauf trinke ich", murmelte er todernst und leerte die Tasse, lehnte sich gegen die Wand und ließ sich ganz langsam daran entlang zu Boden gleiten. Wartete. *Tick-tick-tick-tick.* Lauschte und sah zu, wie die Zeit verging. Prägte sich seine letzten drei Stunden auf dieser Welt ein.

3

Kawalsky schaukelte auf seinem Sessel vor und zurück und sagte gerade: „... aber der Kaffee ist eindeutig besser als früher."

O'Neill trat ein – in Uniform, das Barett unter den linken Arm geklemmt. *Wieder dabei. Gut, zurück zu sein.* Er hatte seine ganz persönliche Entscheidung getroffen. Er begrüßte Ferretti wortlos, mit Handschlag – keine Zeit mehr für Worte. Es war Punkt Null-Fünfhundert. Hammond, Samuels, der Adjutant und drei weitere Offiziere kamen herein, nahmen an dem ovalen Konferenztisch Platz. Hammond sah sich um, fragte: „Wo bleibt Captain Carter?"

„Im Moment erst auf dem Stützpunkt eingetroffen, Sir", beeilte sich Samuels zu antworten. „Die Sicherheits-Checks dauern noch."

„*Carter?*" sagte O'Neill überrascht und sah von den Briefing-Akten auf.

„Sam Sarter ist im Team", erwiderte Hammond.

O'Neill schüttelte bedächtig den Kopf. „Ich ziehe es vor, mein eigenes Team zusammenzustellen, Sir."

„Nicht für diese Mission, tut mir leid. Carter ist unser Experte in Sachen SternenTor."

„Von welcher Einheit?"

„Sie kommt direkt vom Pentagon."

Ihre Stimme klang wie blankgeschliffener Stahl unter Samt: Höflich, direkt, nur ein ganz klein wenig spöttisch. O'Neills Kopf ruckte hoch; die Schatten in Hammonds angrenzendem Büro schienen lebendig zu sein, dann löste sich Carter daraus, warf die Verbindungstür hinter sich nachlässig ins Schloß und trat an den Konferenztisch heran: Mittelgroß, schlank, etwa sechsundzwanzig, blond, kurzgeschnittenes Haar, ein ebenmäßiges, markantes Gesicht, maßgeschneiderte Uniformjacke, der Rock endete knapp über den Knien; selbstsicheres Auftreten – sie wußte, daß sie sich ihrer aller Aufmerksamkeit sehr, sehr sicher sein konnte.

„Colonel O'Neill, nehme ich an?" In ihren grauen Augen tanzten Funken – noch mehr Spott.

Er sagte fragend: „Sam Carter?" Er hatte sie nicht kommen hören; verdammt, und trotz der Helligkeit des Raumes schien es noch immer, als bewege sich nur ein Schemen mitten unter ihnen und kein Mensch aus Fleisch und Blut. *Kampftraining.* Sie war stark und schnell und hochintelligent. Er mochte sie auf Anhieb. Und er wollte sie bei dieser Mission nicht dabei haben.

Sie ignorierte seine ausgestreckte Rechte und salutierte.

Noch immer ließ sie unter seinem durchdringenden Starren keinerlei Unbehagen erkennen; nur ihr Lächeln vertiefte sich kaum merklich.

„Um ihre Frage zu beantworten: Eigentlich Samantha, Sir." Immer noch lächelnd, wandte sie sich bereits den anderen Anwesenden zu, salutierte ein weiteres Mal. „Captain Samantha Carter, US Air Force, meldet sich zur Stelle."

Hammond nickte, bedeutete ihr, Platz zu nehmen.

„Au, Mann!" flüsterte Kawalsky. „Das glaub' ich nicht."

Sie hörte es trotzdem. „Keine Sorge, Captain. Als ich klein war, hab' ich auch mit Puppen gespielt."

„G.I. Joe?" erkundigte sich Kawalsky boshaft.

Carter blieb sachlich.

„Major Mat Mason.“ Es kam knochentrocken.

„Major – *wer*?“

Ferretti half ihm begeistert aus: „Major Mat Mason – die Astronautenpuppe.“

An Carter gewandt, mit echtem Interesse: „Hatten Sie auch diesen coolen Rückentornister, mit dem er fliegen konnte?“

Hammonds Fingerspitzen pochten nachdrücklich auf die Tischplatte. Ferretti zuckte zusammen, wurde flammendrot – ertappt.

Hammond blieb dienstlich. „Können wir, Colonel?“

O'Neill nickte knapp. „Sprechen wir darüber, wie es ist, durch das Tor zu gehen – für diejenigen, die den Trip zum ersten Mal –“

Carter unterbrach ihn. „Ich habe Ihren Bericht von der ersten Mission im Kopf, Colonel. Ich möchte betonen, daß ich mich seit Jahren auf genau diesen Einsatz vorbereitet habe.“

Ferretti himmelte sie aus dunklen Italoamerikaner-Augen heraus an. Kawalsky widerstand – noch – und bemerkte zynisch: „Was der Colonel sagen wollte, ist: Sind Sie jemals bei einem simulierten Bomben-Sturzflug bei fünf g aus einer F-16 abgesprungen?“

„Ja“, erwiderte sie.

O'Neill zweifelte keine Sekunde lang daran, daß sie die Wahrheit sagte.

„Nun“, räumte Kawalsky nach einem verdutzt-hilfesuchenden Blick zu O'Neill ein, „es ist schlimmer.“

„Dieses Ding“, sagte O'Neill sehr ernst, „transportiert uns eine Million Lichtjahre weit weg – in Nullzeit; fragen Sie mich nicht, wie das funktioniert. Aber wenn wir auf der anderen Seite ankommen, dann sind wir nichts als eine Ladung tiefgefrorenes Fleisch...“

„Als wäre man in einem verdammten Blizzard spazieren gegangen – und zwar nackt“, versuchte es Kawalsky noch anschaulicher zu machen.

Carter blies sich eine Haarsträhne aus dem Gesicht und erklärte: „Das, Captain, ist das Resultat der Kompression, der Ihre Körpermoleküle in der Millisekunde der Rekonstruktion unterworfen sind."

„Yeah, aber – Wie bitte: Körpermoleküle... Rekonstruktion?!"

O'Neill kürzte es ab und wandte sich an den General. „Kein zweiter Daniel Jackson-Wissenschaftler – *bitte*, Sir."

„Ich bin Astro-Physiker", stellte Sam Carter mit einem giftigen Seitenblick klar.

„Und das heißt?" hakte O'Neill nach; herausfordernd.

„Das heißt", mischte sich Hammond ein, „daß sie intelligent genug ist für diesen Trip, Colonel. Und daß sie sich verdammt gut mit diesem SternenTor auskennt."

„Ich habe die komplette Tor-Technologie zwei Jahre lang intensiv studiert – bis zu dem Zeitpunkt, als Dr. Jackson hier ankam und das Tor selbst vollends zum Laufen brachte. Und –"

Sie beugte sich geschmeidig vor, hüllte O'Neill in einen Hauch sündhaft teuren Parfums und lächelte völlig humorlos – „wäre der allergiengeplagte Dr. Jackson nicht so genial erfolgreich gewesen... und daran anschließend so nachdrücklich in seiner Forderung, mitzukommen, dann wäre ich damals schon dabei gewesen. Colonel: Besser, Sie und Ihre Männer akzeptieren, daß ich mich dieses Mal auf gar keinen Fall abwimmeln lassen werde."

„Okay, mit allem gebotenen Respekt, Doktor –"

„Nicht Doktor, sondern *Captain*. In der Army ist es üblich, eine Person mit ihrem Rang anzusprechen, nicht mit ihrem Titel."

„Gentlemen", übernahm Hammond. „Sie werden Captain Carters Wissen brauchen. Außerdem – Ihre Berufung in diese Einheit ist nichts, was diskutiert wird, sondern ein Befehl."

O'Neill sagte. „Super!"

Dieses Mal nahm sie es persönlich. Der Stahl zerschnitt den Samt; blitzte warnend auf. „Colonel, ich bin Air Force-Offizier, wie Sie auch. Die Tatsache, daß sich meine Fortpflanzungsorgane *im* Körper befinden – und nicht außerhalb – bedeutet nicht, daß ich nicht mit allem klarkomme, mit dem auch Sie klarkommen."

Er lächelte sie verschmitzt an, überließ ihr den Punkt; setzte sich, versuchte es zu erklären: „Das hat nichts damit zu tun, daß Sie eine Frau sind. Ich mag Frauen. Ich habe nur mit... Wissenschaftlern ein bißchen Probleme."

„Im Golfkrieg war ich hinter den feindlichen Linien im Einsatz; ich habe *Scud*-Depots hochgejagt. – Ist das taff genug für Sie, Colonel? Oder sollen wir erst noch zwei Runden Armdrücken durchziehen?"

Der Adjutant beugte sich vor; sein Raubvogelgesicht verzerrte sich. „Ich hasse es, dem allgemeinen Enthusiasmus einen Dämpfer zu verpassen – Gentlemen, Captain Carter. Aber ich bin nach wie vor der Meinung, daß es die bessere – sicherere – Lösung wäre, das SternenTor wieder zu begraben, genauso wie es die alten Ägypter getan haben. Nur so können wir diese Bedrohung eliminieren."

„Es wird nicht mehr funktionieren", sagte O'Neill.

„Es hat bisher funktioniert."

„Aber jetzt wissen sie, wie weit wir gekommen sind. Daß *wir* auch eine Bedrohung *für sie* darstellen. Sie haben Raumschiffe. Ras Schiff war so gewaltig wie die große Pyramide. – Was glauben Sie, wie *unser* Tor auf die Erde gekommen ist?"

„Gute Frage", entfuhr es Hammond verblüfft.

„Diese Wesen", sagte O'Neill eindringlich, „brauchen das SternenTor nicht, um hierherzukommen. Sie können das auch auf die altmodische Tour erledigen. Meinen Sie nicht, wir sollten das Tor in der Zeit, die uns bis dahin bleibt, nutzen?"

Hammond schob die Akten von sich und stand auf. „Colonel, ich gebe Ihnen exakt vierundzwanzig Stunden –

danach sind Sie entweder zurück, oder wir haben zumindest Nachricht von Ihnen. Keine Extratouren. Hören wir nichts von Ihnen, schicken wir die Bomben durch."

„Verstanden, Sir."

„Dann läuft der Countdown – *ab jetzt.*"

4

Ringsum Präzisionsarbeit in einem Wirbelsturm – O'Neill empfand sich auf einer düster flammenden, empathischen Ebene als Teil eines Großen Ganzen und sperrte es mit eiserner Disziplin aus, konzentrierte sich ausschließlich auf das, was vor ihm lag: Kämpfen, Überleben, Zurückkommen, ganz gleich woher... mit Private Brandon... und Jackson. Keine Zeit mehr für Gefühle, Gedanken oder gar Worte: Der eine große Schritt stand unmittelbar bevor. Die Halle, der Kontrollraum rückten von ihm ab, als habe er zu viele Benzedrin-Aufputscher mit noch mehr Kaffee hinuntergespült; aber er war clean und dennoch fiebrig-zittrig-eiskalt-wach. Ringsum schien alles zu erstarren, doch er war in Bewegung, das einzige gute und richtige Gefühl. Kamera-Augen, wie in seinen Alpträumen: Das Tor flammte mit eruptiver Wucht und schleuderte ihnen bereits seinen eisigen Kobalt-Quecksilbergruß entgegen, lockte sie, saugte sie an, RISS sie vorwärts mit einer zornigen Wucht – die Rampe hinauf, weiter, weiter. Irgendwo Stimmen. Hammond und der Adjutant. Sekundenlang schien es, als würden sie den Sog ebenfalls spüren und ihm erliegen und wie im Flug gestorbene Schmetterlinge über die letzte Grenze hinaustaumeln und mit auf die Reise gehen. Worte, kaum ausgesprochen, schon ohne jeden Sinn: „... versuchen Sie dieses Mal, Ihre Befehle zu befolgen, Colonel!" Gleich darauf: „Bringen Sie Dr. Jackson zurück, ist das klar?" Er hörte nicht mehr zu, ignorierte ihren militärischen Gruß, ging die Rampe hinauf. Ferretti und Kawalsky bildeten die Vorhut – fünf Yards voraus, Schattenrisse vor dem Feuerschlund des inneren Rings; sie hielten nicht mehr an, drehten sich nicht um. Gleich darauf waren sie in einem Aufglühen verschwunden. *Unterwegs.* Michael Treegardner und Arturo Luna, beide ebenfalls Captains der USAF und Greenhorns wie Carter, folgten ihnen genauso unspektakulär – M-16 schräg vor der Brust.

Er spürte Sam Carters Nähe und Aufregung: Sie schloß zu ihm auf. Kampfanzug, Helm, Einsatzausrüstung, M-16-MPi mit Laserzieleinrichtung verwandelten sie in ein unförmiges, schemenhaftes Neutrum. Sie sagte ironisch: „Sie werden mich wirklich mögen, wenn Sie mich erst einmal besser kennen, Sir."

Das Brodeln des Tores übertönte sein belangloses Murmeln. Seite an Seite legten sie die letzten Schritte zurück. Das LODERN war jetzt überall, es schien bereits ihre Haut auszubleichen, wegzubrennen. Drei Jahre – wie Ascheregen. Er hatte die entscheidenden Schritte auf die Helligkeit zu ganz anders in Erinnerung – beiläufiger, ohne derart intensive Wahrnehmungen, und er begriff es im gleichen Moment: *Zombie. Damals war es ein Selbstmordkommando.*

„Es ist so wunderschön", hörte er Sam Carter sagen. Obwohl sie immer noch bei ihm war, schien ihre Stimme bereits aus einer anderen Welt herüberzuwehen. Sie streckte die Rechte aus, ihre Handfläche strich über das Lodern des Tores – ein kleines Kind, das die Wasseroberfläche eines geheimen Teiches berührt, das eigene Spiegelbild zu fangen versucht.

„Geh'n wir", sagte O'Neill lakonisch und versetzte ihr einen Stoß zwischen die Schulterblätter, der sie nach vorne warf. Dann tat er selbst den Schritt über die Grenze und in das Licht hinein...

... und spürte die BESCHLEUNIGUNG, es war, als werde sein Gesicht bereits von ihm weggerissen, während der Rest seines Körpers noch in der letzten Bewegung erstarrt war und sich in Feuerschlieren auflöste und zu wirbelnden grellweißen Funken wurde und ebenfalls beschleunigte, und erst jetzt, in dieser Nicht-Zeit, kam der Schmerz, ein rasender,

tobender, wahnsinniger Schmerz, und er begriff, daß dieses Mal alles anders war, daß er es dieses Mal, wie auch immer, bei vollem Bewußtsein erlebte: Es war mehr als verbrennen oder Sich-Auflösen oder sterben, viel mehr, und viel schrecklicher, sein Blut explodierte in sprudelnden Fontänen durch seine Poren hindurch, seine Haut riß auf, verschwand, flatternde Fetzen hinter ihm, verschwand, genau wie sein Fleisch, seine Knochen – er hörte ihr Splittern und Bersten, und dann eskalierte es immer noch weiter, noch weiter, und er versuchte zu akzeptieren, daß er keinen Körper mehr hatte und dennoch wahrnehmen und den eigenen dröhnenden Herzschlag hören und denken konnte, und die Beschleunigung NAHM ZU, und mit ihr kam die Kälte des Weltraums und die brüllende Hitze des Höllenfeuers, kam ein wirbelndes Sphärenhuschen, schneller, rasender, kamen kristallklare Splitter aus Licht und gestaltgewordener Nacht und sausten an ihm vorbei: Sternschnuppen in diesem Raum ohne Sterne; so schnell, so ungeheuer schnell, und das Ding, das ihn mit sich trug, mit sich riß, dieses Ding drehte und krümmte und wand sich um ihn herum und vor ihm, und die Beschleunigung nahm zu, nahm zu und alles ringsum verschwamm und zerriß und krümmte sich nach unten... NACH UNTEN, auf einen nadelspitzen Punkt in einem Abgrund zu, der so grauenerregend war, daß er vor Angst und den zu erwartenden neuen Schmerzen kreischte, endlich doch noch kreischte wie eine Furie, während er bereits immer schneller und noch schneller wurde und hinabstürzte in diesen brodelnden, wimmelnden Schlund voller Zähne – und das war sein letzter bewußter Gedanke – bevor ihn das Abydos-Tor ausspie. O'Neill stolperte die vier, fünf Stufen hinab in den gigantischen Tor-Raum und stürzte doch noch. Die schwere Kampfausrüstung machte es zu einer lächerlich unbeholfenen Bauchlandung, doch er blieb nicht liegen, er kroch weiter, weg von der Stelle, an der er angekommen war: Kein Ziel bieten, er konnte nichts sehen, noch immer nicht, viel zu lange schon, sein Gesicht war voller Eiskristalle, er atmete

Nebelschwaden aus, zitterte unter dem Schock der Kälte, dachte wie rasend: *Bewegung in Bewegung bleiben* und empfand eine tollwütige Angst davor, zu erfrieren, zu erstarren und tastete fahrig um sich, spürte das M-16, riß die Waffe zu sich heran, lud durch, kam bereits taumelnd wieder auf die Füße – *und war da. Abydos.* Vor ihm: Prasselnde zinnoberrote, gelbe und weiße Helligkeit. *Fackeln.* Der würzige Geruch von brennendem Harz und Holz. O'Neills Sicht klärte sich, er wischte sich fahrig die tränenden Augen, blieb in Bewegung, spürte, daß die Anderen – alle, bis auf Sam Carter – es ihm gleichtaten. Schatten in einem weitgezogenen Halbkreis inmitten goldener, roter, wogender Helligkeit; die M-16-Gewehre im Anschlag. „Alle okay?" rief O'Neill krächzend und bekam der Reihe nach gemurmelte Bestätigungen. Das Tor schaltete sich ab; das grelle Flammen erlosch.

Nichts geschah. Sie wurden noch immer nicht angegriffen.

Carter kauerte schweratmend am Boden und stöhnte: „Mir ist so verdammt übel!"

„Das gibt sich, Captain", tröstete O'Neill, klopfte ihr aufmunternd auf die Schultern, war in Gedanken bereits weit weg; er ging geduckt, wachsam in den großen, von zahlreichen Fackeln erhellten Raum hinein. Roter Feuerschein loderte über die gewaltigen Steinquader der Wände, leckte in enge Nischen, Torgänge und Wanddurchbrüche, die es vor drei Jahren noch nicht gegeben hatte, schleuderte Farbtupfer in dahinter befindliche enge oder verschwenderisch breite Korridore und Säulengänge, verwandelte feste Konturen in zerfließende Ockerfarben und Schatten. An einem der Korridordurchgänge brannte ein Feuer; ein Dreifuß war darübergestellt, in einem kleinen Kessel brodelte es. Speere, Pfeile und Bogen, eine Art Fell-Rucksack sowie ein scharfgeschliffener Dolch lagen daneben. O'Neill ordnete es militärisch knapp ein: *Hastiger Aufbruch. Aber sie sind nicht weit.*

Er schaltete den Handscheinwerfer ein, bedeutete Ferretti, Kawalsky und den anderen mit einem Wink, ihm zu folgen und trat in den weiten Korridor hinaus. Gewaltige ornamentale Säulen links und rechts trugen eine hohe Decke, die, obwohl ebenfalls aus Stein, wie dunkler Rauch wirkte. Scheinbar körperliche Schatten huschten davon, versickerten hinter Ecken und in steinernen Ritzen – der vor ihm hertanzende Lichtstrahl war nicht schnell genug, um sie zu bannen. O'Neill hörte die Geräusche seiner Gefährten hinter sich, wußte, daß Ferretti und Luna die Nachhut bildeten und nach hinten sicherten – Profis. Kawalsky schloß mit schweren, auf Sand und Staub knirschenden Schritten zu ihm auf, raunte: „Irgendwer ist da." O'Neill erwiderte nichts darauf. Er ging schweigend, hochkonzentriert, weiter in diese fremdartige und doch seltsam vertraute Steinwelt hinein; ein Labyrinth, wie das der Creek Mountain Anlage auf der Erde – doch ungleich schöner und um Jahrtausende älter. Sandverwehungen; kleine Wesen schienen hastig davonzukrabbeln. O'Neills Herzschlag und Atmen beschleunigten sich – es war, als könne er, wenn er nur angestrengt genug lauschte, weit voraus ein anderes, steinernes Atmen hören; ein unirdischer Hauch, der über Wandrisse und Bodenschründe strich; ein klagendes Seufzen; etwas Seidenes, das über steinerne Platten geschleift wurde. Er redete sich ein, daß es nur die Ausläufer der Wüstenstürme von Abydos waren, die sich in die weiten Vorhallen und Kavernen, Tunnel und Gänge verirrten und den Staub und den Sand hereintrugen und irgendwann seufzend erstarben. Aber er war sich nicht sicher. Er war sich nicht einmal mehr sicher, ob dies hier der richtige Weg nach draußen war. Er dachte: *Möglicherweise der Sinn des Ganzen.*

Dann erwachten die Schatten zwischen den hohen Säulen plötzlich zum Leben; Fackeln loderten auf, wirbelten funkensprühend durch die Finsternis, fielen prasselnd und zischend rings um O'Neill und das Team zu Boden. Metallisches Reißen. Gewehre wurden entsichert, stählerne Läufe blitzten auf – überall: vor und hinter ihnen, links, rechts. Zehn, fünfzehn, zwanzig junge Männer, lange Haare, sonnenverbrannte

Gesichter, erdfarbene, weitgeschnittene Tuareg-Kleidung, jeder einzelne schwer bewaffnet, rückten heran. Entschlossen. Sam Carter war ebenfalls in Bewegung, ruckte die MP hoch, entsicherte.

„Nicht schießen!" befahl O'Neill und lächelte bereits, erkannte in den Männern die Kinder von einst. Und dann sah er, nur eine Armlänge von sich entfernt, in den Schatten, Dr. Daniel Jackson. Feuerflecken spiegelten sich in seinen Brillengläsern. Er mußte niesen.

5

Sie hatten sich wie alte Freunde begrüßt, die beinahe erwachsenen Kids, mit lautem Hallo und einer Aufregung, die von viel zu vielen, im Laufe der Zeit immer maßloser übertriebenen Helden-Geschichten von damals herrühren mochte; und so dauerte es nur Sekunden, bis sie alle in einer durcheinanderschreienden und gestikulierenden Menschenmasse vorangetrieben wurden – zu den großen Hallen im Eingangsbereich der Pyramide, in das Basislager der jugendlichen Abydos-Krieger. Ferretti, Treegardner und Luna waren von der begeisterten Menge verschluckt worden, Sam Carter versuchte noch, O'Neill etwas zuzurufen, doch ihre Stimme ging im allgemeinen Aufruhr unter – keine Chance. O'Neill hielt sich in Kawalskys Windschatten, schmunzelte in sich hinein, als er sah, daß sich der große Mann schließlich doch noch dazu hinreißen ließ, Jackson in eine verlegene Bärenumarmung zu nehmen und ihm als Gastgeschenk unbeholfen eine Packung Taschentücher zusteckte. Doch während die Jungen sie mit übermütigem – jetzt eindeutig kindhaftem – Geschrei (das überhaupt nicht zu ihrer eindeutig tödlichen Bewaffnung aus den Beständen der ersten Mission paßte) und Gesten aufforderten, mit ihnen zu kommen und zu feiern, und sie zumindest den Aufforderungen zum Mitkommen lachend und nickend nachkamen, blieb ihm Jacksons Distanziertheit nicht verborgen, und dann wußte er, was es war – daß er im gleichen

Moment begriffen hatte: Sie machten sich selbst etwas vor; sie waren keine alten Freunde, sie waren nicht einmal Freunde: sie hatten einen mörderischen Einsatz überlebt, weil sie letzten Endes mit all ihrem Mut, ihrer Entschlossenheit und ihrem Wissen füreinander da gewesen waren. Und... es war lange her. O'Neill sagte sich, daß es so oder so keine Rolle spielte und verbarg seine Rührung und Verlegenheit hinter purer Sachlichkeit und nichtssagenden Floskeln.

„Ich wußte, daß du diesem Tor auf Dauer nicht widerstehen konntest – zu neugierig", brüllte er über das Lärmen der Anderen hinweg.

Jackson lächelte zaghaft und brüllte genauso vage zurück: „Und ich wußte, daß du ihnen eines Tages die Wahrheit sagen mußt... und zurückkommst. Willkommen auf der Welt der Stürme und des Sandes, Jack. Und die Zeit ist gut gewählt: Die Frauen und Kinder sind aus Nagada auf Besuch gekommen, Abendessen ist fertig, und draußen ist es dunkel und ziemlich windig."

„Warum die Kinder-Miliz am Tor? Ist... etwas durchgekommen?"

„Nein, wir haben nur Vorsichtsmaßnahmen ergriffen. Warum?"

Doch es war unmöglich, weiter zu reden; von überall her strömten noch mehr Nagada-Männer und -Frauen heran, Arme und Hände reckten sich ihm entgegen, klopften ihm auf die Schultern, tätschelten seine Wangen; aufgeregte Gesichter schwebten wie Ballons rings um ihn her in der brodelnden Menge, Münder redeten auf ihn ein, lachten, schrien. O'Neill wünschte sich in die Dämonengewalten des Tores zurück – schnell; und erwiderte das Hallo und lächelte und spürte, daß seine Augen dennoch dunkel blieben vor Sorge und Ernst.

Die großen steinernen Hallen im Eingangsbereich waren mit zottigen Fellen und Tüchern verhängt – ein orientalischer Basar, ein Nomadenzeltlager. Der Sturm, draußen, über der Wüste, war wirksam genug ausgesperrt – selbst sein Toben verlor in der hier vorherrschenden chaotischen Behaglichkeit an Macht. Kochfeuer loderten, Rauch und köstlicher Bratenduft und der Geruch frischgebackenen Brotes stiegen empor und kräuselten sich unter der ornamentverzierten Decke.

Irgendwo meckerten Ziegen, weinten Kleinkinder – und dann begrub der Aufruhr aus Schwatzen und Lachen der aus den Tiefen der Pyramide kommenden Prozession endgültig ALLES unter sich. O'Neill schüttelte noch mehr Hände, sagte „Hi!" zu Sha'uri und beobachtete amüsiert, daß sie und Jackson noch immer genauso schüchtern ineinander verliebt waren wie vor drei Jahren. Er hörte Ferrettis dramatisches „Grüße von der Erde, Doktor Jackson!" und Sam Carters „Doktor Jackson, freut mich, ich bin Doktor Carter!" und Kawalskys bissiges: „Normalerweise will sie aber nur mit *Captain* angeredet werden!", hörte noch mehr Gelächter und Reden – und dachte, immer wieder: Zeitdruck. *Vierundzwanzig Stunden.* Und danach würde hier nichts mehr sein, wie es momentan noch war. Jackson – Sha'uri... *Probleme,* dachte O'Neill. *Große Probleme*. Die Kids zogen sie ungeduldig in ihre Zeltstadt hinein.

„Hier hat sich einiges mächtig verändert", murmelte O'Neill vor sich hin – und sah den hochgewachsenen Jungen aus einem der Zelte treten; und obwohl Jackson zu ihm herüber gestikulierte und ihm zu kommen bedeutete, ging O'Neill einfach weiter, an ihm vorbei, schob und schubste die Menschen vor sich mit sanfter Gewalt beiseite, schuf sich seine ganz persönliche Schneise. Der Junge bemerkte es, blickte hoch und riß die Augen auf, erkannte ihn ebenfalls...
... und wurde ganz ernst und feierlich. Er salutierte; ein hochgeschossener, sehniger junger Krieger. O'Neill erwiderte den militärischen Gruß lächelnd, ein wenig verlegen, sagte nur: „Skaara!"

Dann nahm er ihn in die Arme, drückte ihn kurz – drückte ihn anstelle des Sohnes, den er auf der Erde schon vor so langen Jahren verloren hatte.

„Reden wir", verlangte Jackson, als sich der größte Tumult endlich legte und ringsum die Feier vorbereitet wurde. „Und sag' mir die Wahrheit – bitte. So viele Waffen und Colonels und Captains – ich gehe davon aus, daß dies kein privater Besuch ist."

O'Neill schüttelte den Kopf; er würde ihm die Wahrheit sagen, es blieb keine Zeit für Small talk. „Aliens kamen durch das SternenTor auf die Erde. Vier unserer Leute sind tot, eine Frau, Private Brandon, wird vermißt." Plötzlich standen sie inmitten des fröhlichen Tumults beieinander wie eine Gruppe von Verschwörern. Das Lärmen der Kids rückte von ihnen weg, schnell wie Sonnenlicht unter aufziehenden Sturmwolken. Ferretti sagte mit gedämpfter Stimme:

„Der Anführer der Aliens... er hat wie Ra ausgesehen. Dämonische Augen. Als würden sie von innen heraus glühen."

Jackson blickte sich nervös um, doch keiner der Anderen hatte etwas von ihrem Gespräch mitbekommen; er legte den Arm um Sha'uri, es sah aus, als wolle er sich an ihr festhalten. „Aber... sie sind nicht von Abydos gekommen. Die Kids bewachen das Tor rund um die Uhr. Wir wissen definitiv, daß diese Aliens nicht von hier gekommen sind."

„Nun, von irgendwoher kommen sie, Daniel." O'Neill schloß die Augen, wischte sich übers Gesicht. „Ich muß mich umsehen." Jackson verstand, nickte. Sein sonnenverbranntes Gesicht wirkte plötzlich hager und abweisend. „Kriegsspielchen."

„Darauf läuft es letzten Endes doch immer hinaus, oder? Es gibt keine heile Welt mehr – nirgendwo im Universum."

Er schien darüber nachzudenken; nach einem kurzen Zögern murmelte er, fast widerwillig: „Vielleicht kann ich euch helfen – aber nicht jetzt, der Sturm ist noch nicht vorbei... Morgen. Essen wir, reden wir."

O'Neill schüttelte wieder den Kopf. „Nicht morgen. Jetzt, Daniel. Wir haben nur vierundzwanzig Stunden."

„Und dann?" fragte er sehr gedehnt – und das Begreifen weitete bereits seine Augen.

„Schicken sie die Bomben."

Jackson seufzte, nahm seine Brille ab, begann die Gläser mit einem Zipfel seiner weiten Tuareg-Jacke zu polieren. „Dachte ich mir."

Das Sekundenticken in seinem Kopf: *LAUTER*. O'Neill spürte, wie die Ungeduld übernahm. „Was", sagte er schroffer als beabsichtigt, „willst du uns zeigen?"

Jackson schien gar nicht mehr richtig zuzuhören; er vergrub sein Gesicht in Sha'uris schwarzer Haarmähne, atmete ihren Duft ein, als könne er nur so ergründen, was jetzt falsch und was richtig war. O'Neill bemerkte Sha'uris strahlenden Seitenblick zu ihm herüber; sie war eine wunderschöne Frau; Rehaugen; sie war sanft, beinahe scheu – Jacksons weibliches Gegenstück. O'Neill wußte, daß sie dennoch energisch genug sein konnte: Der Kampf um die Pyramide, Ra's Versuche, sie mitzunehmen, sie zu töten – plötzlich mußte Jack O'Neill daran denken, wie es mit Sarah gewesen war, ganz am Anfang, als sie sich gegenseitig zum Lachen gebracht und ständig miteinander geschlafen hatten und ganz einfach nur glücklich gewesen waren. Die Zeit, bevor sie ihm gesagt hatte, daß sie schwanger war, bevor er verrückt gespielt und sie angeschrien und beschuldigt hatte, ihn unter Druck zu setzen. Er hatte sich im gleichen Augenblick gehaßt dafür; er hatte sich zu jung gefühlt, zu unreif, zu... blutbesudelt. *Zu viele Ausputzer-Jobs für Jump-Two.* Sie war gegangen, und da, endlich, hatte er begriffen, daß er sie nicht nur mochte und gerne mit ihr zusammen war, sondern daß es mehr war, viel mehr. Daß er sie liebte. Daß er längst bereit war, Verantwortung zu übernehmen... für sie, für ihr gemeinsames Kind, für ihre Zukunft. *Alles so einfach.* Er war mitten in einem Blizzard vor dem Haus ihrer Eltern angekommen; war in dem alten Ford Mustang sitzen geblieben, hatte sich einschneien lassen, hatte den ganzen Tag gewartet, bis sie schließlich herauskam und bereit war, sich seine Entschuldigung anzuhören, mit ihm zu reden. Ärgerlich auf sich selbst, diesen Anflug von Schwäche – und Neid? –, wandte er sich ab, tippte Jackson an, brummte: „Überraschung, ich bin immer noch da." Der Doc lächelte. „Guter Witz. Nur Ra ist definitiv tot. – Dieser Mann, dieser Alien, der wie Ra aussieht...", murmelte er, sprach aus, was er dachte. „Er hat ein anderes Tor benutzt. Er MUSS ein anderes Tor benutzt haben."

Carter mischte sich ein. „Es gibt keine anderen Sternen Tore. Nach der letzten Mission habe ich persönlich die Tests in der Creek Mountain-Anlage geleitet. Das SternenTor auf der Erde führt nur hierher."

„Nun...", Jackson vermied es, sie direkt anzusehen, putzte wieder an seiner Brille herum. „Ich denke, Sie liegen falsch mit dieser Annahme."

„Wir haben sämtliche Permutationen am Computer durchgespielt –"

„Umstellung von Elementen einer geordneten Menge", murmelte Jackson und nickte. „Funktioniert nur, wenn alle notwendigen Informationen bezüglich der geordneten Menge vorliegen."

„Scheiß auf den Sturm. Zeig' es uns, Daniel. Jetzt", verlangte O'Neill.

6

Es hätte der Untergang der Welt sein können, oder deren rasend schnell voranschreitende Entstehung; ein flatternder Wechsel aus Schwärze und bizarr vergilbten Farbtönen hüllte sie zusammen mit einem tausendfachen Choral brüllender, tobender, infernalisch kreischender Stimmen und knatternder Geräusche ein, während sie die Stufen der Großen Pyramide hinabstiegen – hinabkrochen –, und das Inferno des Sturmes wurde scheinbar immer noch schlimmer, bis es allgegenwärtig zu sein schien – brutal peitschende Schläge und Stöße von vorn und aus dem violettschwarzen, zuckenden, lodernden

Himmel herab, und aus den Tiefen rechts und links der Stufen schossen eisige Krallen empor und schleuderten Sand und Staub über sie und rissen und zerrten an ihnen.

„Könnte nicht sagen, daß ich diesen Ort vermißt habe“, schrie Kawalsky gegen das Toben des Sturmes an, spuckte Sand und Staub aus und zog es schließlich vor, geduckt weiterzustapfen und den Mund zu halten, während Carter vor lauter Begeisterung immer wieder stehenblieb und mit verrenktem Hals auf die Pyramide hinter ihnen zurückspähte und murmelte: „Das ist unglaublich, das ist einfach unglaub –“ O'Neill packte sie am Arm, zerrte sie weiter. Jackson hatte bereits das Ende der Stufen erreicht und ging ohne anzuhalten weiter; es sah aus, als versinke er in brodelndem Flugsand, inmitten hochflatternder Staubfahnen. Die Kids winkten ihnen, sich zu beeilen. Einer der Jungen schrie: „Nicht weit... Stahlseile gespannt... wir auch hinfinden...“

Im titanischen Schatten der Pyramide folgten sie Jackson in südlicher Richtung; eine lächerlich kleine Prozession geduckter, von den Naturgewalten zerzauster, niedergeknüppelter Gestalten. Fünf Minuten später verfluchte sich O'Neill für seinen Größenwahn; sie hätten sich niemals ins Freie wagen dürfen – nicht bei diesem apokalyptischen Tohuwabohu. Nadelspitze Sandkörner prasselten wie Geschosse in sein Gesicht, röteten es, ließen es bluten; die Wunden entzündeten sich sofort und juckten und brannten wie Feuer. Staub füllte seinen Mund, knirschte zwischen seinen Zähnen, kroch kühl und mehlig unter seine Kleidung, scheuerte auf seiner bloßen Haut; ein beängstigendes Gefühl, völlig davon umhüllt zu werden, lebendig begraben zu werden, begann sich tief, tief in ihm zu regen, dort, wo seine schlimmsten Ängste zuhause waren, und er stemmte sich mit einer Kraft gegen den Sturm, die er längst nicht mehr in sich geglaubt hatte, versuchte schneller voranzukommen, doch Schritt um Schritt sank er tiefer in den zerrinnenden, rieselnden, tuschelnden Sand ein, knöcheltief, wadentief, knietief. Carter fluchte nur Zollbreiten von ihm entfernt und blieb wankend stehen. Im Wetterleuchten sah ihr Gesicht rings um die Schutzbrille wie eine aus Lehm gebrannte Maske aus – *Golem*. „Schaffen es nicht –“ Der Wind riß ihr die Worte von den Lippen, zerfetzte sie, wirbelte sie davon.

Sekundenlang wurde es völlig dunkel – und windstill. O’Neill warf sich nach vorn, kam frei, kroch auf Händen und Knien weiter und spürte Carters Hand an seinem Ellenbogen; sie zog ihn mit beinahe spielerischer Leichtigkeit hoch und mit sich, und gleich darauf war auch Kawalsky an ihrer Seite und schob sie beide fluchend und keuchend weiter. O’Neill bekam noch immer keine Luft; überall in ihm schien es nur mehr Staub und Sand zu geben.

Dann glaubte er festeren Boden unter den Schuhsohlen zu spüren; Kawalsky deutete auf knorrige Pfosten, die tief in den Wüstenboden gerammt waren, und auf daran befestigte Stahlseile. Sie brauchten keine Worte mehr, um sich zu verständigen: Sie hangelten sich an den Seilen entlang, so rasch es ging – die Sturmbestie hielt noch immer den Atem an, ließ sie ihr eigenes rasendes Keuchen hören, das ewige Rieseln und Fließen des Sandes. Sie kamen schneller voran, und die Welt rings um sie herum verging erneut in einem Brodeln und Huschen von Farben und Schwärze, als würden die Wolken nur einen Zollbreit über der Wüste dahintreiben – und dann, ganz unvermittelt, war es vorbei.

O’Neill fühlte sich von mehreren Händen gepackt und vorwärts gerissen; sein Helm scharrte über porösen, gewachsenen Fels, ein Schwall eiskalter Luft schlug ihm ins Gesicht – er tastete sich blind, aber in rasender Hast, an einer von Wind und Wetter zernagten Mauer entlang – abwärts –; die Hände hielten ihn immer noch. Phantomhaft erkannte er einige der Kids – und Kawalskys großen Körper; Carter war vor ihm – geschmeidig, schnell. „Eka esh’orla!“ stieß einer der Jungen aufgeregt heraus. Dann hörte es sich an, als werde eine Marmorplatte über einen steinernen Sarkophag gezogen. Etwas schloß sich mahlend, knirschend hinter, über ihnen – und sperrte den Sturm und den Sand aus. Jackson rief etwas; seine Stimme war nur ein unverständliches Hallen. Weit voraus loderte eine blutrote Flamme auf, Fackeln wurden daran entzündet.

Jackson stand acht, zehn Yards weit unter ihnen auf verwitterten Steinstufen, winkte, mußte niesen, drehte sich herum und erzählte enthusiastisch, bereits im Weitergehen begriffen: „Ich wußte, daß es einen Ort wie diesen hier geben mußte, ich wußte es tief in mir, also habe ich mich auf die Suche gemacht – damals. Zuerst in der Umgebung der Stadt, dann bei der Pyramide... Drei Monate. Dann habe ich die toten Mastadges gefunden: Dutzende. Und die halb vom Sand verwehte steinerne Luke, das Tor im Wüstenboden. Und hier unten... das Tiefe Mysterium. – Captain Doktor, Sie werden es lieben!"

O'Neill bewegte sich wie eine rostige Maschine weiter, sah nicht zurück; das eisige Gefühl tief in ihm war noch immer da; an seinem linken Mundwinkel zuckte ununterbrochen ein Nerv. Irgendwann wischte er sich zittrig über das blutende, sandverkrustete, schweißnasse Gesicht; begriff erst jetzt richtig, daß es über steile Treppenstufen in eine unermeßliche Tiefe hinabging.

7

Die letzte Nachtwache; noch sechs Stunden bis zum Ablauf der Frist, bis zum Eintreffen der Bomben: Ferretti war mit Luna, Treegardner und den Kids in den Tor-Saal der Pyramide zurückgekehrt, und schon bald darauf kamen Sha'uri und andere Frauen und Kinder von Nagada und brachten ihnen Brotfladen, Fleisch, Gemüse und Moon'shain – ein Getränk, das, den holperig Englisch sprechenden Jungen zufolge „die Nacht vergessen machte". Lachen hallte durch den großen Saal; Sha'uri hatte auf eine seltsame, magisch anmutende Art und Weise den Übermut des nie richtig begangenen Willkommens-Festes mitgebracht, und Ferretti hielt sich an seinem M-16 fest und himmelte sie an, beobachtete, wie sie das Essen austeilte, mit den Jungen tanzte und herumalberte... und mußte plötzlich daran denken, daß er noch nie eine Frau wie sie gehabt hatte – es war wie ein böser Zwang. Er schämte sich und bemühte sich nervös, nicht mehr auf ihre Brüste zu starren, die sich unter dem dünnen Leinenstoff ihres Kleides viel zu prall und fest abzeichneten, nicht mehr daran zu denken, wie sie Jackson vorhin zum Abschied liebevoll geküßt hatte; sich nicht vorzustellen, wie sie völlig nackt aussah, wie sie mit Jackson schlief, stöhnte, Zärtlichkeiten flüsterte und kam. Etwa zu diesem Zeitpunkt hatten Treegardner und Luna noch zweiunddreißig Sekunden lang zu leben – und sie vergeudeten diese Zeit mit Banalitäten: Treegardner legte seine Waffe neben sich, bohrte versonnen in der Nase und murmelte schläfrig: „Wär' doch *der* Stoff für's Veteranenblatt BWA. Reisebericht vom anderen Ende des Universums: Schöne Frauen, gutes Essen – und wir mittendrin." Und Luna lächelte verschmitzt und meinte: „Ey, Mann, das hört sich für mich eher nach Mexiko an –"

Er sprach nicht weiter – warum auch immer; vielleicht ahnte er in diesem Augenblick bereits, daß es gleich vorbei sein würde.

Ferretti stand auf, schlenderte durch den großen Raum und das Gelächter und Schwatzen der Jungen, versuchte Sha'uris Geruch wahrzunehmen. Die Fackeln schienen heller zu brennen; Funkenwirbel stiegen von den knorrigen Holzscheiten auf wie Leuchtkäfer. Er hätte Sha'uri – oder irgend eine der anderen Frauen – gerne in den Arm genommen – aber er mochte Jackson. Sie waren fast so etwas wie Freunde. Er hatte vor Sehnsucht feuchte Hände. *So schön*, dachte er. *Vielleicht sollte ich auch hierbleiben, eine Familie gründen, endlich seßhaft werden. Vielleicht hat Sha'uri noch ein paar Schwes–"*

Die Zeit war abgelaufen: Tick-tack, tick-TACK.

Das SternenTor erwachte zum Leben. Die Quarze in den sieben Dreieckshalterungen begannen rasend schnell der

Reihe nach blutrot zu strahlen. Der innere Ring drehte sich mit einem zornigen Mahlmen – rastete ein – drehte sich... Unter den Kindern und Frauen brach kreischende, tollwütige Panik aus – Skaara und die älteren Kids ließen das Essen fallen, hasteten los, rissen ihre Waffen hoch. Ferretti stürzte zu seinem M-16 und brüllte: „Alle in Decku–“

Das Tor explodierte in einem grellen Elmsfeuer, schleuderte lodernde Partikel in den Saal, und mit ihnen kamen bereits die Ungeheuer – riesenhafte, annährend humanoide, stahlglitzernde Gestalten mit monströsen, riesenhaften *Schlangenschädeln.* Rubinrote Dämonenaugen blitzten auf. Bewaffnet: Langgezogene Schemen. Speere. Strahlen-Lanzen. Noch mehr Explosionen. Feuerkugeln irrlichterten mit schrillem Granatwerferheulen heran, zerfetzten fliehende, schreiende Frauen, Kinder. Ferretti spürte einen mörderischen Schlag an seiner linken Stirnseite, sah Blutschlieren davonspritzen und zu Boden regnen und lag bereits auf dem Rücken, krabbelte wie ein kafkaeskes Insekt rückwärts, hörte sich schreien. Eine sterbende Frau fiel über ihn. So bildschön. *Nicht Sha'uri.* Sekundenlang wurde alles schwarz, aber er verlor die Besinnung nicht. Luna zerrte ihn keuchend mit sich hinter einen der Wanddurchbrüche, war bereits wieder unterwegs, nahm Kinder auf den Arm, brachte sie in Sicherheit. Ringsum Schüsse, Schreie – der Weltuntergang. Ferretti stieß Luna weg, in Deckung, stemmte und ruckte sich selbst in eine annährend sitzende Stellung, hob das M-16, *Dauerfeuer* – hörte das Krachen der Schüsse. Die Ungeheuer aus dem Tor stapften weiter. *Gegen Kugeln gefeit. Rüstungen.* Wogende Schemen vor dem Flammen und Schillern des Tores; vielleicht tatsächlich Götter. Feueraureolen umgaben sie, es schien, als zerfresse die Helligkeit ihre Körperkonturen. Ferretti feuerte, feuerte wie von Sinnen weiter, leerte das ganze Magazin in die Phalanx dieser Teufel. Sah sie kommen, immer näher kommen. Irgendwo rechts von ihm stieß Treegardner einen verzweifelten, langgezogenen Kampfschrei aus, hatte das letzte Ersatzmagazin in die Waffe gerammt, zog bereits wieder den Abzug durch... und fand sich in einem Flammenmeer wieder. Ein Feuerball zerschmetterte die Mauer, hinter der er Schutz gesucht hatte, ließ Steinquader zerschmelzen und bersten und zerriß seinen Körper – die obere Hälfe flog fünf Yards weit zurück, die untere brach zuckend und brennend und qualmend zusammen. Ferretti schrie Luna zu, er solle O'Neill und die anderen benachrichtigen, warnen, zu Hilfe holen, aber Luna war längst ebenfalls tot und nur mehr eine schwarzverkohlte Masse. Wie die Anderen. Frauen. Kinder. Das letzte Magazin war leer. Der Lauf des M-16 glühte. Sekundenlang wurde es wieder schwarz um ihn; etwas knackte in seinem Schädel, als würde es in Zeitlupe brechen und immer weiter zerbrechen, doch er war nicht tot. Noch immer nicht. Er spürte nicht einmal Schmerzen. *Adrenalin.* Er lächelte. Begriff erst viel, viel später, daß es still war, zu still – aber nur für zwei, drei Sekunden. Er dachte: *Alle abgeschlachtet. Vorbei. Aus.* Dann begriff er, daß er nicht mehr richtig hören und sehen konnte, daß die ganze Welt auf ihn kippte, immer wieder, und daß er beinahe verrückt wurde vor Angst und vor Sorge um Sha'uri, Skaara. Und im gleichen Moment tropfte ihm Schweiß in die Augen, klärte sich seine Sicht wieder: Er sah die Schlangenköpfe auf der anderen Seite des Saales – dreißig Yards, mindestens; sah, daß sie Sha'uri und Skaara umringten, gepackt hielten, daß alles eskalierte, daß sie irgend etwas mit ihnen anstellten, etwas Grauenvolles, und seine Gedanken hämmerten im Stakkato seines Herzschlages: *Darf nicht sterben bitte nicht jetzt nicht ohnmächtig werden muß wach bleiben O'Neill muß es wissen, muß* – und wußte selbst längst nicht mehr, ob nicht alles nur ein Fiebertraum war:

Ein goldener Schlangen-Dämon trat in den Kreis der Krieger, beugte sich über Sha'uri, und sein riesiger Monster-Schädel teilte sich, klaffte auf, und ein menschliches Gesicht – dunkelhäutig, bildschön – nahm seine Stelle ein, die Augen eines Besessenen starrten Sha'uri an; lange, biegsame Finger zwängten ihre Lippen auseinander, krochen in ihren Mund, betasteten sie, wurden zurückgezogen, strichen über ihren Körper, faßten sie an, wie Ferretti sich dies gewünscht hatte und halb im Sterben noch immer wünschte. Der Dämon grollte: „Jaffaa, gol utant – chel kol, makka Sha.“ Und dann: „Schön. Perfekte Spezies. Vielleicht bist du jene eine.“ *Und Skaara schrie noch immer voller Haß, wand sich und zappelte wie ein Insekt im Griff eines der hünenhaften Schlangen-Krieger, versuchte sein Gewehr hochzubekommen, ihm die Mündung direkt auf den Leib zu setzen und abzudrücken – und schaffte es nie. Der goldene Dämonengott der Schlangen-Krieger streckte seine Rechte aus, preßte sie auf Skaaras Stirn und neues Feuer loderte auf. Der Junge bäumte sich auf, versteifte sich, sackte in sich zusammen. Der Dämonengott wandte sich bereits ab; kehrte zum Tor zurück.* Masken, dachte Ferretti, *es sind nur Masken*, und sackte noch mehr in sich zusammen, spürte, wie mit Strömen von Blut auch sein Leben aus ihm herausrann. *Sie nehmen Sha'uri und Skaara mit. Lieber Gott, lieber Gott.* Er hatte das Gefühl, weinen zu müssen. Unmöglich. Ihm war schwindelig. Stimmen, ohne jede Bedeutung: „... ist nicht deine Waffe. Woher hast du sie, woher?“ Und immer wieder das Grollen des Dämons: „Jaffaa, ola kal oul! Goa'uld gol!“

„Was für ein Scheiß-Geschwätz“, murmelte Ferretti und beobachtete, beobachtete, bis eine Woge aus kobaltblauen und weißen Blitzen über ihm zusammenschlug.

DAS TIEFE MYSTERIUM

O'Neill schloß nur kurz die Augen – überwältigt –, stand ganz still im Zentrum der KAMMER und war bereits wieder im Hier und Jetzt – hatte die gewaltige Kälte und schattendurchflutete Größe des Raumes tief unter der Wüste von Abydos allein mit einem Gefühl der Ehrfurcht erfaßt: Monolithische, konkav gewölbte Wände, die selbst im huschenden

Lodern der Fackeln lediglich mattschwarz schimmerten und hoch über ihnen von etwas Wogendem, Blauschwarzem ausgetilgt wurden – als seien sie nicht real, sondern lediglich ein Trugbild, eine Fata Morgana der stillen Welt unter der Wüste. *Das Tiefe Mysterium.* Spinner oder nicht: Dieses Mal hatte Jackson kein bißchen übertrieben; O'Neill warf ihm einen undeutbaren Blick zu, wartete, bereits wieder ungeduldig, daß er es endlich erklärte – und bemerkte erst jetzt, nach einer nachdrücklichen NA-UND-SIEHST-DU-ES-NICHT?-Geste Jacksons, daß die Wände nicht nur Wände waren. Das, was er auf den ersten Blick für winzige Fugen zwischen den einzelnen Steinblöcken gehalten hatte, waren eine Art altägyptische Schriftzeichen... Symbole. *Tausende von in Stein geschlagenen Symbolen, in Gruppen angeordnet* – sechs, sieben in jeder Reihe; auf allen Wänden. O'Neill hielt instinktiv die Luft an; ignorierte den stechenden Schmerz in seinen Lungen, ahnte, was es zu bedeuten hatte und wagte doch nicht, es *(Sternbilder, tausende, abertausende von Sternbildern – SternenTor-KOORDINATEN... SternenTor-Koordinaten?)* laut auszusprechen, als könne ein Bann zerbersten und alles verschwinden und sie mitreißen. Er war kein religiöser Mensch – aber hier, an diesem Ort, glaubte er den Hauch eines Gottes spüren zu können, und mehr. Er starrte auf steingewordene Jahrtausende. Insignien der Macht. Auf Vergangenheit... und Zukunft der Menschheit.

Sie spürten es alle.

Aber Carter war es, die es schließlich aussprach: „Mein Gott, Dr. Jackson... Verzeihen Sie – aber nicht das SternenTor ist die archäologische Entdeckung des Jahrhunderts. Das hier ist sie, das hier!"

O'Neill schüttelte es ab, wurde sachlich: „Du weißt, was das ist, Daniel?"

„Ich denke schon. Tabellen, eine Art Karte." Seine Stimme klang viel zu harmlos. Katz- und Maus-Spiel. „Karte? Von was? Laß mich nicht raten, ich bin Laie, Soldat, ich will es von

DIR hören, mach schon. Deshalb sind wir hierher gekommen."

Jackson senkte die Lider und sein Geist schien abzuschweifen; es war, als lausche er auf eine innere Stimme. „Nun... Ich bin noch nicht so weit, äh – ich meine, ich konnte noch nicht alles analysieren... Schau's dir an! Es ist ziemlich viel, ich denke, ich werde hier ein ganzes Leben lang zu tun haben –"

„Daniel, so viel Zeit haben wir nicht. Was ist das für eine Karte?"

„Nun... diese Symbole sind deutlich unterteilt in verschiedene Gruppen. Jede Gruppe scheint mit anderen Gruppen in Beziehung gestellt zu sein – siehst du diese feinen Linien? Gut. Und jede Gruppe dieser... äh, nennen wir sie Hieroglyphen... umfaßt sieben Symbole. Also, du siehst, wohin das führt –"

„Sag's uns trotzdem!" zischte O'Neill ärgerlich, die Zeit drängte, drängte sehr.

Jackson breitete die Arme aus, ließ sie wieder fallen – ein großes Kind in seinem ganz persönlichen Superspielzeugreich. „Alle diese Symbole finden sich auch auf dem SternenTor von Abydos. Und einige kann man bei Nacht sogar am Himmel über Abydos sehen, und zwar mit bloßem Auge."

Kawalsky zog geräuschvoll den Naseninhalt hoch; die Kids lachten kurz auf – eine Stimmen-Explosion in der Stille der KAMMER.

„Jack, ich denke, daß es die Karte eines gigantischen Netzwerks ist...", faßte es Jackson endlich zusammen. Schüchtern. Als schäme er sich, in solchen Dimensionen gedacht – kombiniert – zu haben. „Tausende und abertausende von Welten, und auf jeder... ein SternenTor. Tausende und Abertausende von SternenToren. Galaxisweit. Vielleicht noch weiter."

In seinem Schädel begann es zu rumoren; er bekam entsetzliche Kopfschmerzen – und hatte sie im nächsten Moment bereits vergessen. Starrte Jackson an.

Carter schüttelte den Kopf.

„Das... das kann nicht sein, Doktor." Es klang halbherzig; fassungslos; schockiert.

„Warum nicht?" erkundigte sich Jackson lächelnd, gefaßt.

„Weil ich nach der ersten Abydos-Mission ein Jahr lang jede nur erdenkliche Sieben-Symbole-Kombination durchprobiert habe... an Super-Computern. Koordinatennullpunkt: die Erde, alles, wie gehabt. Trotzdem: Fehlanzeige. Das Tor hat auf keine einzige dieser Kombinationen angesprochen... nur auf die Abydos-Koordinaten."

Jackson nickte gedankenverloren; es schien, als führe er nur noch ein Selbstgespräch. „Yeah... Hab' auch ein paar von diesen Kombinationen hier ausprobiert – mit dem Abydos-Tor; hat auch nicht funktioniert. Ich nehme an, daß die entsprechenden Tore zerstört oder begraben worden sind. Aber ich zweifle nicht daran, daß irgendwo dort draußen noch einige existieren, und daß wir sie –"

„Tut mir leid, das glaube ich einfach nicht!"

„Und woher kommt dann unser Ra-Doppelgänger?"

O'Neill sah von Carter zu Jackson und wieder zurück. „Der Punkt geht eindeutig an ihn", bemerkte er schließlich trocken.

Keiner von ihnen beachtete es.

Jackson kaute an einem Bügel seiner Brille herum, redete einfach weiter: „Sehen Sie, ich behaupte ja nicht, daß ich in Astro-Physik die große Leuchte bin... Aber: Könnte es nicht sein, daß es irgendwie mit den Planeten zusammenhängt? Ich meine – vielleicht hat sich ihr Orbit verändert, irgendwas in der Art..."

„Das ist es!" entfuhr es Carter atemlos.

„Wirklich?"

Sie stach mit einem ausgestreckten Zeigefinger begeistert gegen Jacksons dürre Brust. „Wirklich. Wenn wir von dem Modell eines beständig expandierenden Universums ausgehen, dann ist es nur logisch, in dieser unserer Angelegenheit zu berücksichtigen, daß sich alle Körper innerhalb des

Universums konstant weiter auseinanderbewegen – *Sternendrift*."

„Also ist es durchaus denkbar, daß sich die Koordinaten im Laufe der Jahrtausende geändert haben", flüsterte Jackson und setzte sich die Brille umständlich wieder auf.

„Exakt", bestätigte Carter – und mußte niesen.

„Möglicherweise nur minimal", sagte Jackson. „Was sind schon ein paartausend Jahre – kosmisch gedacht?" Und mußte ebenfalls niesen. – „Aber warum hat es zwischen der Erde und Abydos funktioniert?"

Carter rieb sich die Nase, begann auf und ab zu gehen – nervös.

O'Neill sah ihr wortlos nach, dann zu Jackson, dann wieder zu ihr, dachte: *Wissenschaftler* und verwendete seine ganze Willenskraft darauf, sie nicht anzuschreien und auf die rasend schnell vergehende Zeit aufmerksam zu machen.

„Weil", rief Carter plötzlich triumphierend, „Abydos möglicherweise der Planet in diesem Netzwerk ist, der unserer Welt am nächsten liegt. Je näher sie sich sind, desto geringer ist die Differenz in Relation zur allgemeinen Expansion. Je weiter sie voneinander entfernt sind, desto größer die Differenz. Anders ausgedrückt: Hätten wir das Tor auf der Erde ein paartausend Jahre später gefunden und ausprobiert, dann wären wir nicht einmal mehr nach Abydos gekommen."

„Was uns zu der Frage bringt: Können wir die Veränderungen so hoch- oder umrechnen, daß –"

Carter strahlte wie ein kleines Kind, das einen goldenen Ring gefunden hat. „Mit dieser Karte als Basismaterial... Ein Klacks. Ich könnte die Doppler-Analyse zugrundelegen – Computervergleich der gegenwärtigen Sternbilder mit den historisch verbürgten. Das ganze als Computer-Modell... mit allen nötigen Daten, und wir haben die berichtigten, aktuellen Koordinaten..."

„... und können ALLE Tore ansteuern." Jacksons Kopf ruckte hoch, fiebrige Flecken schimmerten auf seinen

Wangen. „Ich sag' dir was, Jack, mit ihr hast du eine gute Wahl getroffen."

„Sie hat sich selbst ins Team gewählt", erwiderte O'Neill ohne mit der Wimper zu zucken – und brachte es auf den Punkt: „Können die Aliens, die uns auf der Erde angegriffen haben, von einer dieser Welten kommen?"

Carter nickte, blähte verächtlich die Wangen. „Eine Zivilisation, die in der Lage war, dieses Tor-Netzwerk zu errichten, dürfte auch imstande sein, fünfzigtausend Jahre Sternendrift zu berechnen."

„Und *Sie* können das auch?" Er unterbrach sich, war nicht zufrieden, ging zu ihr, starrte ihr in die Augen, wollte die Antwort nicht nur hören, sondern auch sehen: „Ich meine... Sie wollen damit sagen, daß wir mit diesen neuen, aktualisierten, Daten in der Lage sind... all diese anderen Welten zu erreichen... Mit *unserem* SternenTor?" Ungläubig. Fassungslos. Fasziniert.

Sie zuckte die Schultern. „Möglich."

Jackson lachte, widersprach: „Jep. Klar funktioniert das."

O'Neill brachte ihn mit einem energischen Wink zum Schweigen, starrte immer noch Samantha Carter an.

Sie blieb unbeeindruckt. „Sir, mit Ihrer Erlaubnis: Ich würde das Ganze hier gerne filmen. Digital-Video. Habe ich immer dabei. Zuhause kann ich das Material direkt in die Computer herunterladen. Zeitersparnis. Schnelle Resultate."

O'Neill nickte. „Tun Sie's. Tun Sie's schnell."

Achtundvierzig Minuten später erfuhren sie vom Überfall der Schlangen-Krieger, von den Toten, von Sha'uris und Skaaras Schicksal.

Noch fünf Stunden und zweiundzwanzig Minuten bis zum Ablauf der Frist, bis zum Eintreffen der Bomben auf Abydos.

DER ABGRUND, DAS VERSPRECHEN

DIE JAGD

1

Blutopfer für einen bösen, hungrigen Sternendämon: O'Neill versuchte den Anblick des Blutes und der Toten auszublenden – ein Gefühl wie Delirium Tremens ohne einen Tropfen Alkohol. Er ging weiter, stieg über verdrehte, verstümmelte Körper, drang tiefer vor in dieses Schlachthaus, glaubte Echos von übermütigem Lachen und Schwatzen zu hören und zitterte innerlich; starrte auf Kinder, Frauen, junge Männer. Auf faustgroße Eintrittswunden, klaffende Löcher im Rücken, im Gesicht; verbrannte Gliedmaßen, verkohlte Kleider. Zerschmetterte, zerstörte Puppenkörper.

O'Neill wischte sich verstohlen über die Augen, hörte ganz weit weg die überlebenden Frauen, Kinder und Männer von Nagada weinen und durcheinanderreden und wehklagen – und dann hörte er nur noch den Jungen, der sie in schriller, kreischender Panik geholt hatte – Tobay – im Schock immer weiterplappern – Kauderwelsch: „*Ra war es – es war der Sonnengott-Dämon, Dani-yer, Ra kam durch das Tor, ich habe ihn gesehen, sein Gesicht unter dem goldenen Schlangen-Schädel, er hat Sha'uri und Skaara mitgenommen!*"

Minuten später fand er Treegardners und Lunas Leichen – und, in einem der angrenzenden Korridore, halb unter einem Teil der eingebrochenen Mauer begraben, den besinnungslosen Ferretti. Carter war an seiner Seite, sagte unnötigerweise: „Verdammt schlimm zugerichtet..." Sie untersuchte ihn, legte ihm bereits einen Druckverband an. „Aber er lebt." O'Neill nickte, erfror innerlich und dankte seinem Erden-Gott für das Geschenk dieses Eispanzers. Jackson kam herbeigestürzt, packte seinen rechten Arm, riß ihn herum. „Jack – sie haben Sha'uri und Skaara. Wir müssen ihnen hinterher, wir müssen –" Er brach ab, weinte, riß sich die Brille herunter und wischte die Tränen weg – trotzig jetzt, zornig. „Es darf nicht sein. Nicht Sha'uri. Nicht Skaara. Bitte –"

„Vergessen Sie's Doktor", sagte Carter mit einer schneidenden Schärfe in der Stimme – sie wollte ihn an das erinnern, was sie in der KAMMER herausgefunden hatten. Viel zuviele Tore und Welten. Viel zuviele Möglichkeiten.

Kawalsky fluchte, sagte „Jesus, Jesus", fluchte wieder. O'Neill befreite sich mit einem Ruck aus Jacksons Griff.

„Bitte, Jack –" O'Neill ohrfeigte ihn – kurze, harte Schläge; dann packte er ihn an den Schultern, schüttelte ihn durch. „Sag mir WOHIN wir ihnen folgen sollen, Jackson, auf welche von diesen abertausenden von Welten! Verdammt – sag mir den Code, die richtige Symbol-Kombination, irgendwas, und ich tu alles für Sha'uri und Skaara, aber wenn du das nicht kannst – dann halt' den Mund!"

Er brach nicht zusammen; er erwiderte sein Starren, so etwas wie Verstehen schimmerte in seinen Augen. „Nadeln im Heuhaufen", flüsterte er und wandte sich endlich ab.

Tobay zupfte an seinem Ärmel. „Bolaa stirbt, Dani-yer, auch er sagt, daß Ra es war, seine Augen, Feueraugen, Ra hat Skaara mit in das *Chaapa-ai* mitgenommen", sprudelte er, und Jackson ging mit ihm. O'Neill schloß sich an. Kameraaugen. Er beobachtete. Dachte fieberhaft nach, murmelte: „Scheiße, Scheiße!" vor sich hin. Starrte das SternenTor an. Hörte zu. Wünschte sich inbrünstig, den Goldenen vor sich zu haben; stellte sich vor, wie er seinen Schlangenhals zudrückte, bis sein verdammtes Hirn aus den Augen herausplatzte – oder eine Bitte um Vergebung, irgend ein Zeichen, daß er verstand, was er diesen Menschen angetan hatte.

Jackson kauerte sich neben dem Jungen nieder, barg seinen Kopf auf dem Schoß, strich ihm die blutverschmierten Haare aus dem Gesicht. „Ganz ruhig, alles wird gut. Sag mir, was passiert ist."

Der schmächtige Körper des Jungen bäumte sich auf; eine dürre Hand krallte sich in Jacksons Jacke. „Es war *Ra*."

„Ra ist tot. *Tao qua, Ra*“, widersprach Jackson, schüttelte den Kopf.

Der Junge flüsterte nur noch: „Tut so weh... bitte. Dani-yer. Du mußt mir... glauben.“

„Ich glaube dir ja –“

„Das führt doch zu nichts!“ O’Neill riß Jackson weg, fuhr den Jungen an: „*Chaapa-ai* – durch den inneren Ring des SternenTores sind sie verschwunden, richtig? Hast du gesehen, wohin? Welche Symbole waren auf dem Ring zu sehen, als sie in das Tor getreten sind? Verstehst du mich – *Zeichen auf dem Chaapa-ai!*“ Haßte sich dafür.

Bolaa weinte lautlos, krümmte sich zusammen, verbarg sein Gesicht in den Händen. „Ich bin *shol-va*. Sie haben Feuer auf uns geschleudert... Die anderen... haben versucht, zu kämpfen, sie aufzuhalten, aber ich bin *shol-va, Dani-yer*, nicht böse sein –“ „Niemand ist böse, niemand, hörst du?“

„So kalt“, flüsterte der Junge und spuckte Blut und lächelte.

Er starb. Jetzt. Jackson blieb bei ihm, bis es so weit war.

„Hat er noch etwas gesagt?“ fragte O’Neill, als der Doc sich schließlich aufrichtete.

„Daß er ein Feigling war. Daß er weggelaufen ist, vorhin. Nichts anderes mehr.“

Kawalskys mächtiger Schatten fiel über sie. „Daniel – was meinst du, ist es möglich... daß es noch einen Ra gibt?“

„Woher, zum Teufel, soll ich das wissen?“ brüllte Jackson verzweifelt los. „Ich weiß nur, daß das hier meine Schuld ist, meine verdammte Verantwortung. Ich hätte das Tor nicht wieder aktivieren dürfen, ich hätte die ganze Pyramide in die Luft jagen und dieses Scheiß-Ding unter den Trümmern verrotten lassen müssen!“

„Colonel“, mischte sich Samantha Carter behutsam ein, „Ferretti braucht dringend richtige ärztliche Hilfe –“

„Geht“, murmelte Jackson wie in Trance. „Ich kann euch zurückschicken und –“

O'Neill schüttelte den Kopf – traurig. Erschöpfung überkam ihn; wenn er die Augen schloß, konnte er bizarre blutige Muster sehen. „Dieses Mal kommst du mit, Daniel. Ich habe meine Befehle."

Jackson lachte nur hysterisch. „Deine Befehle. – Deine Befehle sind mir völlig gleichgültig, Colonel, meine Frau ist irgendwo da draußen. Und Skaara –"

„Und WIR sind deine einzige Chance, sie zurückzubekommen. Ferretti war dabei, vielleicht hat er die Koordinaten gesehen, die sie eingestellt haben. Komm mit uns nach Hause."

Carter hielt ihre Kamera hoch. „Ich habe alles, was wir brauchen."

Jackson stand völlig regungslos vor ihnen – und schließlich nickte er und wandte sich müde an die Überlebenden von Nagada und O'Neill verzog das Gesicht: Er wußte, was jetzt kam; der alte Schmerz – es würde auch in ihm alte Wunden aufreißen. Die Kids von Nagada waren auch seine Kids. Aber das Gefühl, ganz nah dran zu sein an dem Schlangengott – wenn sie nur wach genug blieben, schnell genug handelten – wurde übermächtig und brennend heiß. Er wandte sich ab, ging bereits zu dem Tor hinüber, während Jackson den ganz harten Job tat.

„Wenn... wenn wir durch das *Chaaka-ra* gegangen sind, dann werdet ihr es begraben, wie wir das alle zusammen schon einmal getan haben – damals, nach dem Sieg über Ra. Dann verlaßt diesen Ort."

Einer der Jungen fragte: „Du kommst zurück, Dani-yer?"

„Nein... nein. Ich kann nicht. Niemand kann das, für eine lange Zeit nicht. Deshalb müßt ihr tun, was ich sage. Ich will, daß ihr das Tor schließt. Daß ihr es niederreißt und einen schweren Deckstein darüber legt. Es kommt nichts Gutes durch dieses Tor... Habt ihr verstanden?"

Sie schwiegen alle wie versteinert.

Jackson räusperte sich den Hals frei. „Dann, in einem Jahr... Ein Jahr ab dem heutigen Tag... nehmt ihr den Stein weg und richtet das Tor wieder auf. An diesem Tag werde ich...“ Er stockte nur ganz kurz; kaum merklich. „... werde ich versuchen, zurückzukommen. Mit Sha’uri. Sagt es ihrem Vater: *In einem Jahr*. Ich werde sie nach Hause bringen. – Aber wenn ich nicht komme, wenn ich es nicht schaffe..., dann müßt ihr das Tor wieder begraben. Dieses Mal für immer. – *Joa qua*? – Versprecht es mir.“

Vielleicht stand die Zeit tatsächlich still – ein Zeichen der Gnade; vielleicht aber würde diese Nacht auf Abydos auch niemals zu Ende gehen. O’Neill hörte Jacksons Stimme, hörte die Menschen von Nagada wie in einem fassungslos heruntergebeteten Rosenkranz antworten: „Ja, wir versprechen es. Wir werden alles tun, wie Dani-yer es sagt...“ – und starrte auf Kawalsky, der Lunas und Treegardners Körper in die Leichensäcke packte und zum Tor trug; der große Mann hatte Tränen in den Augen; O’Neill starrte auf Carter und Ferretti – und sah Schlangen-Krieger, wo keine waren.

Jackson kam zu ihnen; er aktivierte das Tor, trat in den Kobalthauch hinein und verschwand. O’Neill ging als letzter; verschleuderte seinen Haß auf den Schlangengott im ganzen Universum –

2

–und kam in einem Wirbel aus Bewegungen, in einem Aufruhr aus gellenden Alarmsirenen und hochruckenden Gewehrläufen im Herzen der Creek Mountain-Anlage an, rekapitulierte, nur um es nicht zu vergessen, sich nicht in eine falsche Sicherheit zu wiegen: *Es ist nicht vorbei, nicht vorbei, die Jagd hat gerade erst begonnen.* Die Schmerzen hielten sich in Grenzen; seine Sicht war nur für einen kurzen Augenblick getrübt. Mit einem Seitenblick vergewisserte er sich, daß auch die anderen angekommen waren: Kawalsky zerrte schwer atmend zusammen mit Carter die Leichensäcke die Rampe hinab; war Carter mit dem verletzten Ferretti behilflich. Black Berets eilten herbei, packten den Mann auf eine Trage, transportierten ihn ab. Der Adjutant brüllte in ein Walkietalkie: „JETZT – schließt die Iris!" Ein donnerndes Kreischen – hinter O'Neill; er fuhr herum, Mpi im Anschlag, bereit, zu feuern: Das Flammen des Tores blendete ihn, ließ ihn blinzeln – dann schaltete es ab; eine gigantische stählerne Iris entfaltete sich und versiegelte den inneren Ring. Kein Angriff. O'Neill atmete langsam aus, spürte, wie sich das Hämmern seines Herzens stabilisierte, ging rückwärts, den Finger noch immer am Abzug, die Rampe hinab, zog Jackson mit sich. Schwärze flutete in die Halle zurück. Der Alarm verstummte. Gewehre wurden entsichert.

Vor der Panzerglasscheibe zum Kontrollraum rumpelten Stahlplatten auseinander.

Hammond kam ihnen mit raschen Schritten entgegen, nickte zu dem Tor hinüber. „Das ist unsere Versicherung gegen jede weitere böse Überraschung. Besser, als es zu begraben." Sein Blick streifte flüchtig über Jacksons Gesicht, seine Tuareg-Aufmachung, dann sah er die Leichensäcke und Ferretti und das Blut – und versteifte sich; wandte sich bereits an O'Neill: „Was ist passiert, Colonel?" – Seine Stimme nur ein eisiger Hauch.

Er faßte es so kurz wie möglich zusammen: „Wir waren auf Erkundung. Das Basis-Camp in der Großen Pyramide wurde überfallen. Eine Menge Leute von Nagada – vor allem Frauen und Kinder –, sind tot, Treegardner und Luna ebenfalls, Ferretti wurde schwer verletzt."

„Die gleichen Feinde, die uns angegriffen haben?"

„Darauf würde ich wetten, Sir. Sie sind durch das Tor gekommen, und sie haben Jacksons Frau und einen meiner Jungen mitgenommen."

Er starrte ihn verblüfft, fragend, an. „*Ihrer* Jungen?"

„Die Kids, die damals mit uns gegen Ra gekämpft haben, Sir."

Jackson hob die Hand, Zeigefinger ausgestreckt – unterbrach verlegen: „General – hi, ich – ähm... bin Daniel Jackson, ich weiß, wir haben uns noch nie getroffen, aber ich möchte im Team sein, wenn wir diese Mörder verfolgen – und vielleicht wär's ganz gut, nicht zu viel Zeit mit Reden zu vergeud –"

„Jackson, – Sie sind nicht in der Position, Forderungen zu stellen!"

O'Neill griff vermittelnd ein: „Sir, wir wissen jetzt: Die Aliens kommen nicht von Abydos. Jackson hat Beweise für ein gigantisches Netzwerk aus lauter SternenToren gefunden. Sie können überall sein... sie können die Welten einer ganzen Galaxis als Versteck nutzen."

Hammond schwieg, forschte in ihren Augen. Der Adjutant trat lautlos neben ihn.

Carter dauerte das Ganze viel zu lange. „General, Sir –", sagte sie energisch. „Diese Beweise existieren wirklich – ich habe sie auf Film. Tausende von Symbolen, tausende, vielleicht noch viel mehr mögliche Koordinaten. Tausende neuer Welten."

„Und unser SternenTor kann uns dorthin bringen, auf diese Welten?"

„Mit den neuen Daten... und vorausgesetzt, wir sind in der Lage sie –"

Er unterbrach sie schroff. „Ja oder nein!"

Sie nickte bedächtig. „Ich glaube, ja, Sir." Und wurde dienstlich: „Erbitte Erlaubnis, die Daten in unsere Computer herunterzuladen und die entsprechenden Analysen machen zu dürfen, Sir."

„Erlaubnis erteilt, Captain. Sämtliche Computer der Basis stehen zu Ihrer Verfügung." An die Anderen gewandt, immer noch gereizt, beinahe zähnefletschend: „Wir werden reden. Null-Achthundert im Kleinen Konferenzsaal. Ruhen Sie sich aus. Liefern Sie mir die *richtigen* Argumente."

O'Neill fluchte. „Null-Achthundert ist zu spät, Sir. Wir –"

„Verdammt, Colonel, Sie erteilen hier keine Befehle!" Sekundenlang starrte O'Neill ihn beinahe angeekelt an, schüttelte den Kopf – das Sekundenticken blieb. Wurde schneller.

Jackson hustete. „Hören Sie, General –“

Aber Hammond hörte nicht, sondern wandte sich ab, ging mit steinernem Gesicht zu Kawalsky und den Leichensäcken hinüber, starrte darauf hinab, schacherte um das, was sie alle am wenigsten hatten: Zeit.

PLANET CHULAK
SKAARA: DER SKLAVENPFERCH

Der Zeit der Finsternis und der Starre folgte eine Zeit abgrundtief reißender Schmerzen und dann, wie der Flügelschlag eines Alptraums – das Erwachen: Skaara delirierte, spie klumpiges Blut und glaubte, von sensenartigen Waffen zerfleischt zu werden. Er hörte dumpfe Trommelschläge in großer Tiefe, langsam und rhythmisch und so bedrohlich, daß er zu wimmern begonnen hätte, wäre ihm bewußt gewesen, daß er einen Mund hatte, und er hörte das Klirren von Waffen und träumte von Ra und großen Wolkenschatten vor jener grellen Sonnenscheibe, die sein Zeichen war – und die Wolken verwandelten sich und wurden zu gigantischen Vogelschwärmen, die in weiten Spiralen hoch emporstiegen. Plötzlich wußte er, daß es wichtig war, nicht mehr länger hier – wo immer dieses *hier* auch sein mochte – zu verweilen. Doch er hatte vergessen, daß er Augen besaß, er vermochte sich nicht zu orientieren und geriet in Panik – und dann war Sha'uris begütigende Stimme irgendwo über ihm und er wußte, oder glaubte zu wissen: sie war mißbraucht von diesem Ungeheuer und längst tot, es konnte nicht sein, nichts von all dem konnte sein, doch er hörte sie immer noch Flüstern und Raunen *„Komm zurück, kleiner Bruder, zurück in diese Welt, ich brauche dich, du darfst nicht sterben, du darfst kein Seelenloser bleiben, komm, ich bin hier, ich warte auf dich, komm...“* und je länger er ihr zuhörte und sich *zurück*tastete durch die Schwärze, desto überzeugter war er davon, ihr glauben zu

Wirtskörper
der Götter

Kampf am
SchlangenTor

Der Tod kommt
in die Tiefen Verliese

Teal'c und die letzte Entscheidung

Teal'c im Herzen des SGC – ein neuer Freund?

In den Sklavenpferchen von Chulak

Das letzte Mahl

Sha'uri und Skaara sind die Auserwählten der Goa-uld

Teal'c der Schlangen-Krieger

Rückkehr
nach
Abydos

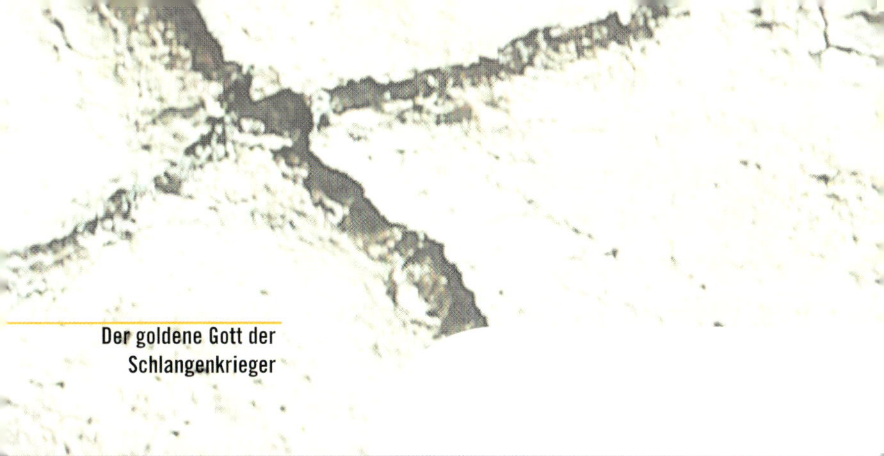

Der goldene Gott der Schlangenkrieger

Shaùri

Das letzte Mahl

Tor zu
tausend Welten

O'Neills
Gottesurteil

O'Neill/Hammond:
Die Wahrheit über die
Abydos-Mission

Kein Entkommen

Der Dämon triumphiert

Kampf am SchlangenTor

Vermählung mit einem Dämon

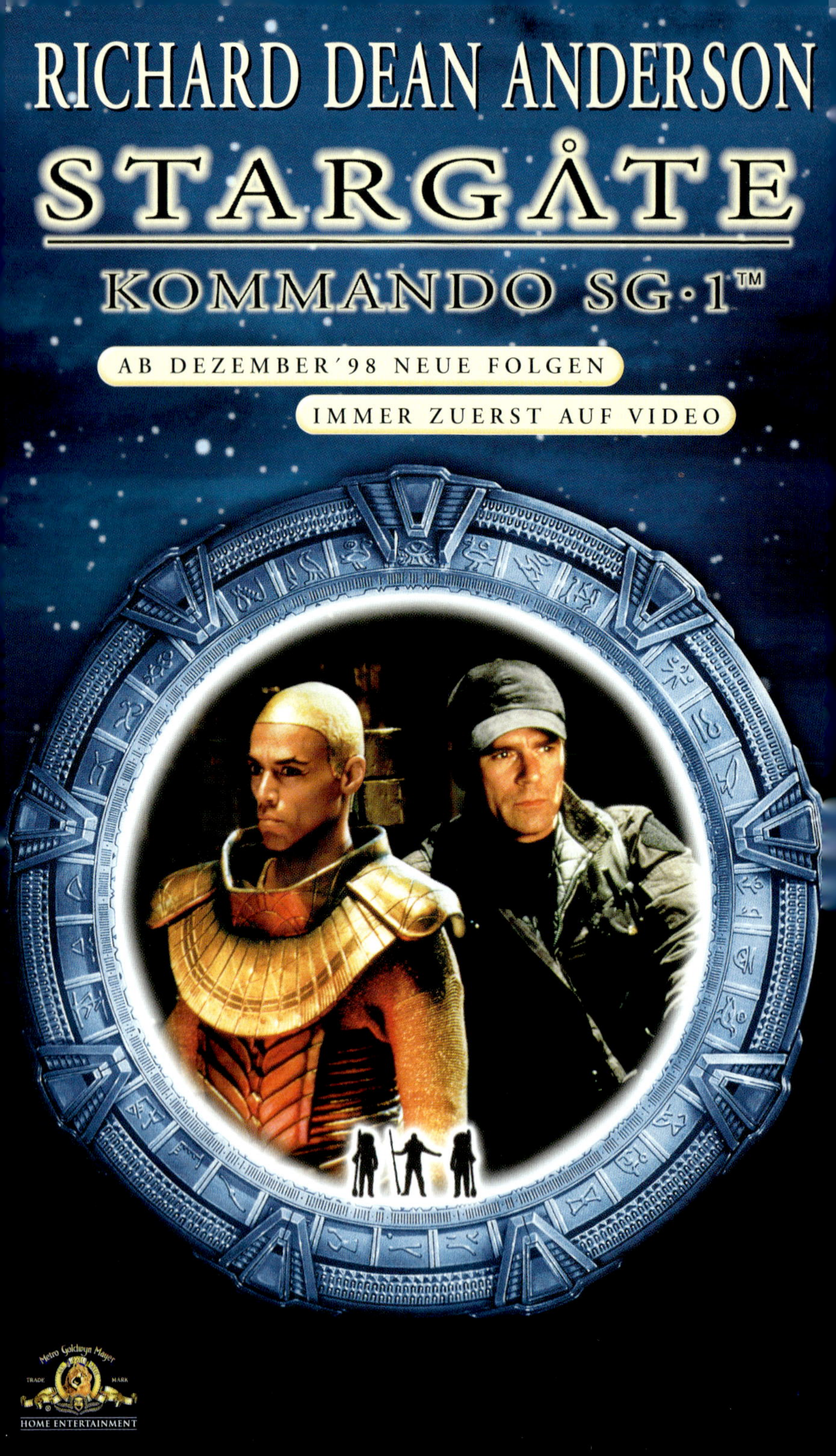
RICHARD DEAN ANDERSON
STARGÅTE
KOMMANDO SG·1™
AB DEZEMBER '98 NEUE FOLGEN
IMMER ZUERST AUF VIDEO
Metro Goldwyn Mayer
TRADE MARK
HOME ENTERTAINMENT

können. Der Klang der Trommeln wurde lauter. Gellende Hornsignale gesellten sich dazu, das Kreischen von Stahl auf Stahl, und das harte Stampfen von Schritten. Der Vogelschwarm aus den Abgründen seiner Träume war unvermittelt überall um ihn herum – unzählige aufgescheuchte, flatternde, flüchtende Körper, gellende Entsetzensschreie, das Gefühl einer übermächtigen, vielkörperlichen NÄHE. Sha'uris Stimme zerbarst und Skaara versuchte noch, einzelne Splitter davon festzuhalten – und krallte stattdessen zitternd, ziellos um sich, fand irgendwo Halt und wurde mitgerissen. Der Mann, an dessen Bein er sich festklammerte, stürzte unter der unerwarteten Last bereits nach dem nächsten Schritt, fuhr fluchend herum und schlug kreischend und spuckend auf ihn ein – kaum mehr als ein verwahrlostes wildes Tier.

Skaara begriff, daß er sehen konnte, daß er zurück war aus der *Sha'auru-elain*, der Seelenlosigkeit, starrte in blendende Fackel helligkeit und wurde von einem mörderischen Fausthieb getroffen. Er riß beide Arme hoch, schützte sein Gesicht, ließ sich einfach zur Seite fallen. Der Strom in heller Panik flüchtender Menschen war überall; Füße trampelten auf ihn ein, über ihn hinweg, schwitzende, schreiende Gestalten purzelten über ihn, und so kugelte er sich zusammen, ertrug es, bis es kaum mehr zu ertragen war und raffte sich dann doch auf, schlug und trat um sich, wie alle anderen, kämpfte sich auf die Füße und ließ sich von der Flut schattenhafter Leiber mittragen.

Einzelheiten, in fliegender Hast: Lange, basaltschwarze Steinraum-Wände, loderndes Licht aus großen Kohlebecken, Fackeln an hohen Wänden, rechts armbreite Luken in den Wänden – Tageshelligkeit flutete in die dunstige, von den Körperausscheidungen hunderter menschlicher Wesen ekelhaft stinkende Schwärze herein, Staubteilchen tanzten darin wie Se'oermsi-Schwirrer über den Wüsten von Abydos. Dann war die Flucht bereits zu Ende, sie hatte ohnedies nirgendwo hingeführt; die Menschen-Wesen rotteten sich im hintersten, dunkelsten Teil des Stein-Raumes zusammen; wie Mastadges, die sich vor Blitz und Donner und Sturm fürchten. Der Aufruhr aus hundertfacher Bewegung legte sich, nur das Schreien und Wimmern dauerte an und schien sich im Gegenteil noch zu steigern. Er verstand es nicht; es interessierte ihn auch nicht. Skaara brüllte Sha'uris Namen in den Tumult und drehte sich Ausschau haltend um sich selbst – und erstarrte, verstand im Bruchteil eines Herzschlages alles: Das dumpfe Schlagen der Trommeln war nicht Bestandteil seines Fieberwahns gewesen, genausowenig wie das Stahlklirren, das Stampfen der Schritte.

Etwas kam bereits näher. Das Böse. Sie.

Er spürte den gesamten Stein-Raum um sich herum erzittern.

Er spürte seinen gesamten Kopf erzittern – als werde sein Ich gleich zurückgerissen in die *Sha'auru-elain.*

Ein heißer Stich der Angst durchraste ihn.

Zweihundert Schritte entfernt – flache, geflieste Treppenstufen, dann das andere Ende des Stein-Pferchs: ein fünf Mannslängen breites und drei Mannslängen hohes Stahlgitter-Portal, Schlangenkopf-Wächter, mit Feuer-Speeren bewaffnet. Eine Prozession aus ebenfalls schlangenköpfigen Kriegern und in bunte, fließende Stoffe gehüllten eunuchenhaften Dienern näherte sich durch den Stein-Raum dem Menschen-Vieh. Skaara blieb nicht stehen; er dachte an seinen Geist-Vater, O'Neill-der-Krieger-von-der-Erde, dachte an den Feuerzeug-Talisman, den er damals, in seiner Kind-Zeit, von ihm bekommen hatte und den er seither stets bei sich trug, und drängte und stieß sich unauffällig genug durch die dicht an dicht stehenden Gestalten, suchte Sha'uri – und war endlich an ihrer Seite.

„Du wirst leben“, raunte er ihr zu und ballte die Fäuste, wartete ab, lauerte auf seine Chance. Gedanken, wie fließender Sand:

Wir sind nicht mehr auf Abydos – sie haben uns durch das Chaaka-ra *mitgenommen fort weit fort von der Wüstenwelt und O'Neill-der-Krieger in die Gewalt des Goldenen Gottes der Schlangen – sterben wir werden alle sterben.* Eine große Ruhe überkam ihn. Er würde Sha'uri beschützen, wie sein Geist-Vater ihn und sie alle beschützt und zu kämpfen gelehrt hatte gegen Ra, den Sonnendämon. *Sie sind nicht unsterblich,* dachte er, *sie sind nur –*

Das Donnern der Trommeln endete abrupt. Die Schlangen-Krieger bezogen Aufstellung – drei Schritte vor dem Menschen-Vieh. Wieder kam zuckende, flatternde Bewegung in die Masse; einige versuchten nach rechts auszubrechen und erstarrten mitten in der Bewegung, als die Feuer-Speere nach ihnen hieben, den Weg versperrten, das stumme Versprechen eines gräßlichen Todes. Auf stählernen Rüstungen flirrten blutrote Fackellichtflecken. Die riesigen Schlangenschädel ruckten vor – *Angriffsbewegungen, Schlangenbewegungen. So echt!* Skaara erwartete, das Auseinanderklaffen mächtiger Kiefer zu sehen, giftschillernde Fangzähne zu sehen. *Es sind nur Masken*, dachte er, um sich zu beruhigen, um die Panik, die in ihm hochschoß, aufzulösen. Und hörte das böse Echo: *Sind es nur Masken?* Er schob Sha'uri hinter sich, spürte ihren stoßweisen Atem in seinem Genick.

Spürte den Blick des hünenhaften Anführers der Ungeheuer auf sich ruhen. In großen, blutroten Augen blitzte es auf. Ein gewaltiger gepanzerter Arm ruckte, Stahlfinger deuteten auf Sha'uri. Aus dem Schlangen-Schädel grollte es in der Sprache des Alten Gottes: „DU!"

Die Menschen-Vieh-Masse teilte sich; Erleichterung puffte hoch wie ein Fliegenschwarm von einem toten Mastadge-Kadaver.

Skaara schüttelte ungläubig, verneinend den Kopf, dachte *Nicht Sha'uri nicht Sha'uri er kann sie nicht gesehen haben nicht hinter mir oh bitte –*

Die Schlangen-Krieger senkten ihre Waffen; ein Netz aus Feuer knisterte in den Mündungslöchern – bereit, hervorzubrechen und zu verbrennen und zu töten.

„Nein!“ brüllte Skaara jetzt laut, breitete beide Arme aus, schützte Sha’uri mit seinem Körper.

Der Anführer der Schlangen-Krieger setzte sich in Bewegung; eine herrische Geste schlug seine Begleiter in Bann. Keiner von ihnen schickte den Feuertod auf die Reise. Noch nicht.

Skaara atmete nicht mehr. Er starrte dem Ungeheuer entgegen.

Sah voller Grauen, daß sich sein Schlangen-Gesicht zu verändern begann: *Sie zerflossen, das Rot der Augen verwandelte sich in etwas Weiches, Goldenes, und der keilförmige Schädel wich zurück wie Sand vor dem Großen Sturm und darunter kam* – ein Menschengesicht zum Vorschein: Dunkelhäutig, massig, sehr ernst; auf der Stirn ein goldenes Schlangen-Symbol. Grüne Augen funkelten.

Das Menschen-Vieh kreischte hundertfach auf – jetzt war die Flucht nicht mehr zu stoppen; nach allen Seiten brachen Lumpengestalten durch und stürzten und kauerten sich zusammen und schrien immer noch fürchterlicher.

Der Schlangen-Mann beachtete sie nicht.

Er deutete wieder auf Sha’uri. „Namth, Lac! Nur sie. Keiner von euch.“

Skaara spannte sich an, schüttelte den Kopf, war bereit, sich vor und auf ihn zu werfen.

Vielleicht las er seine Gedanken. „Dein Tod kann ihr nicht helfen“, grollte er, und seine Stimme hatte plötzlich nichts Menschliches mehr.

„Wer bist du?“

„Ich bin Teal’c, ich bin der Sher-Tekaschsch der Schlangen. Ich habe dir meinen Namen genannt, ich fürchte deine Rache nicht.“

Drei, vier weitere Schlangen-Krieger rückten vor – Gestalt gewordener Stahl, gestaltgewordene Schwärze. Die Feuer-Speere senkten sich. Energie begann zu knistern.

Skaara wurde von hinten gepackt, beiseite gestoßen, plötzlich waren Dutzende von Händen auf ihm, an ihm, an seinen

Kleidern. Das Menschen-Vieh riß, zerrte, stieß ihn weiter, hielt ihn gepackt, geiferte: „Sie wollen nur SIE, nur SIE allein, keinen von uns, keinen, keiner von uns muß mit ihnen gehen und dem Goa'uld gegenübertreten, laß sie, laß sie..." und andere taten dasselbe mit Sha'uri, trieben sie mit Hieben und Stößen auf die Schlangen zu. Ein blutroter Vorhang explodierte vor Skaaras Augen; mit einem gellenden Schrei schlug er zurück, mitten hinein in die vor ihm wirbelnden verzerrten Gesichter, hörte Knochen splittern, sah Blut spritzen, biß in Hände und Arme, kratzte und stieß und schleuderte sie tatsächlich zurück und hörte Sha'uri schreien. Die Schlangen packten sie, rissen sie hoch, trugen sie davon.

Sha'uri kreischte: „Ben Joa qua, Skaara..." Und dann, in der Sprache Ra's: „Ich habe keine Angst vor euch! Ich –"

Sie beachteten es überhaupt nicht. Die Eunuchen und noch mehr Krieger umringten sie, schirmten sie, nahmen sie mit. Der Trommelschlag begann von Neuem. Der Krieger, der Skaara seinen Namen gesagt hatte, verwandelte sich in die Große Schlange zurück, sicherte ihren Rückzug – ein stählernes Monument in einer schattenhaften Menschen-Brandung. Skaara sprang ihn trotzdem an, schlug zu...

... und wurde von einem nachlässig anmutenden Rückhandschlag zehn Schritte weit davongeschleudert.

Der Hüne sagte noch einmal, beinahe tröstend: „Dein Tod kann ihr nicht helfen", und wandte sich ab.

Skaara brüllte wie von Sinnen und schnellte bereits wieder hoch, hetzte hinter ihm her und wußte – während er so schnell rannte, wie noch niemals zuvor in seinem Leben – er würde ihn nicht mehr einholen können, wußte, daß Sha'uri verloren war und er sie nicht hatte beschützen können, dachte: *Goa'uld*, und allein dieser Begriff, dieser Name, weckte einen Schrecken in ihm, eine kreatürliche Angst, die ihn beinahe den Verstand verlieren ließ.

Das Eisen-Portal schloß sich, als er noch zwei Schritte weit von ihm entfernt war; der Trommelschlag entfernte sich mit der Prozession, mit Sha'uri. *(Die Goa'uld... Die Schlangen-Götter... Was werden sie ihr antun?)*

Skaara rannte gegen die armdicken Gitterstäbe an, schlug wie ein Berserker dagegen, rüttelte daran und schrie noch immer seine Verzweiflung, seinen Haß, seine Herausforderung hinter den Schlangen-Kriegern her, spürte, daß die Verantwortung für Sha'uris Verderben seine lebenslange Qual bedeutete.

STERNE

Sterbende atmen anders – O'Neill zögerte nur ganz kurz, bevor er den Vorhang behutsam zur Seite schob. Kawalsky saß neben Ferrettis Bett auf einem ungepolsterten Stuhl, den Kopf auf die Brust gesunken; doch bereits O'Neills katzenhaft lautloses Eintreten, eine winzige Veränderung in der Struktur der Krankenzimmerluft, ließ ihn übergangslos hellwach sein.

„Der Doc meint, er wird es schaffen", raunte O'Neill, ohne den Blick von Ferretti zu nehmen. Sie hatten seine Wunden versorgt: sein Schädel war rasiert, bandagiert; die linke Stirnseite, das linke Auge waren nur mehr bluttriefende Krater gewesen.

Er sah sehr blaß und schwach aus – auf eine seltsame Art und Weise alt; und er schien mit den frisch gestärkten Laken des Lazarettbettes verschmolzen zu sein, eine Menschen-Larve inmitten eines Kokons aus Schläuchen und Drähten. Aus dem Tropf am Kopfende des Bettes rieselte eine dunkle Flüssigkeit, Pumpvorvorrichtungen rumorten leise, trieben Flüssigkeit durch Schläuche und in Ferrettis Arme, holten Abfallprodukte über andere Schläuche aus ihm heraus. Hinter dem Bett ein langgezogener Monitor, grüne Reflexe auf dunklem Grund, unablässig kommentiert von einem hellen Piepen: Noch lebt er, noch lebt er, noch – O'Neill sah erst jetzt, als er die Hände auf den Gitterrahmen des Bettes legte, daß

Ferrettis Brust sich regelmäßig genug hob und senkte. An seinem Hals zuckte eine dick geschwollene Ader. Sein Mund stand halb offen, als wolle er gleich etwas sagen.

Aber er sagte nichts. Das Piepen des Monitors veränderte sich nicht.

„Sie bleiben die ganze Nacht, Captain?"

Kawalsky nickte lächelnd.

„Yessir."

O'Neill senkte den Kopf, starrte Ferretti aus brennenden Augen heraus noch eine Sekunde länger an, nickte Kawalsky ebenfalls lächelnd zu und ging.

In diesem Teil der Creek Mountain-Anlage war es so still wie auf der der Erde abgewandten Seite des Mondes; es gab zu viele Schatten in diesen labyrinthischen Tunneln und Korridoren, sie krochen zwischen den Rohr- und Kabelleitungen an der Decke herum, ballten sich in Nischen und unter Türen und in Seitenfluren, regten sich selbst im steten Luftrieseln der Klimaanlage: Zu viele Einladungen, nachzudenken, sich zu erinnern. O'Neill ging zu den Aufzügen; obwohl er lange und ausgiebig eiskalt geduscht und sich zivile Kleidung angezogen hatte, fühlte er sich immer noch beschmutzt, es war, als würden Ratten in seinen Eingeweiden um sich beißen. Er dachte an Meredith Brandon, an Sha'uri, Skaara. *Der zweite tote Sohn.* Gedanken wie radioaktiver Fallout. Er haßte diese angeordnete, auferzwungene Untätigkeit. Er fragte sich, ob Samantha Sam Carter schlief – schüttelte den Kopf: Nein. Undenkbar. Echos von Hammonds Stimme: *Sämtliche Computer der Basis stehen zu Ihrer Verfügung, Captain.*

Am Ende des Korridors hockte Daniel Jackson; Rücken an der Wand, Beine hochgezogen, beide Arme darumgeschlungen, als müsse er sich selbst festhalten, um zu verhindern, daß er sich in Nichts auflöste.

Er sah hoch und lächelte müde. „Ich denke, sie wissen nicht so recht, was sie mit mir anfangen sollen. Weiß ich ja selbst nicht so recht."

O'Neill nickte, zog ihn mit einem Ruck hoch, erfaßte, daß auch Jackson geduscht und sich umgezogen hatte – Erden-Outfit: Leinenhose, Hemd, Uniformjacke – und sagte: „Komm. Raus hier."

Sie meldeten sich ab und fuhren nach oben, verließen die gewaltige unterirdische Anlage, traten in den Schnee hinaus, blinzelten in das allgegenwärtige Flutlicht und die darin eingehüllten Schatten der Wachtposten, atmeten, schwiegen, schlenderten ziellos über den Exerzierplatz und weiter, bergan. Die Kälte tat gut. Es hatte aufgehört zu schneien, und der Nachthimmel war hoch und sternenklar; die Luft roch nach einem neuen Anfang, nach Weite und Geheimnissen.

Vielleicht spürte Jackson es auch. Er seufzte und entspannte sich ein wenig. „Diese Jahre auf Abydos, Jack... Das war eine schöne Zeit, obwohl mir die Menschen dort nie geglaubt haben, daß ich kein Gott bin – du weißt schon, jeder, der durch das SternenTor kommt –"

„Daniel Jackson, der Erlöser von Abydos", brummte O'Neill boshaft.

Er ging nicht darauf ein, war in seinen Erinnerungen verstrickt, wie Ferretti in den Schläuchen und Drähten der Lebenserhaltungssysteme. „Das erste Jahr hab' ich ununterbrochen versucht, sie von dieser ständigen Verbeugerei abzubringen: *Hi, bitte, tut das nicht...* "

„Und es ist dir kein bißchen in den Kopf gestiegen. Du wirkst noch ganz natürlich."

„Sha'uri hat es begriffen: Schluß mit dem Götzendienst. Sie war so ganz anders, ich meine... keine Spur mehr von Ehrfurcht und *Ich-bin-dein-Geschenk-mein-Gott-nimm-mich-hin.* Naja, ich glaube, das hat angefangen, als ich mich zum ersten Mal um den Haushalt gekümmert habe." Er räusperte sich ein wenig verlegen, lauschte ihren im Schnee knirschenden Schritten. „Ich meine, wir waren verheiratet. Es war nicht mehr nur diese Geschenk-Sache, verstehst du? Wir wollten es beide. Richtig verheiratet, große, große Feier. Aber diese

Haushalts-Sache... Sie lachte sich halb tot. Ich hatte einige... nun Probleme mit dem Mehl-Mahlen. Hast du schon jemals versucht, dein eigenes Mehl zu mahlen?"

Die Sterne, so hell, so wunderschön.

„Bin gerade dabei, es wieder zu lernen", gab er lächelnd zu.

Jackson nickte, als habe er nichts anderes erwartet, bemerkte seinen Blick, die Sterne.

„Wenn ich dort draußen etwas vermißt habe, dann vielleicht ein paar von den superkonservativen archäologischen Fachidioten, die mich damals, vor der ersten Mission, wegen meiner... äh... Ideen ausgepfiffen haben... Professor Romney. Doktor Ajami. Naja, und Junk Food. Junk Food wär' manchmal auch nicht schlecht gewesen. Aber sonst... Ich hatte alles. Verdammt, ich wußte nicht, wie viel ich hatte, wie glücklich ich war. Es war wie erwachsen und trotzdem Kind sein. Es war... umwerfend. Ich hätte wissen müssen, daß so etwas nicht für alle Ewigkeit gutgehen kann. Darf."

„Weil es ungerecht wäre?"

„Ja. Den andern gegenüber. Dir gegenüber. Mister Arzumanian gegenüber – ließ mich immer anschreiben. Tkenchenko – Reifen und kleine Wohnungen, Kredite gegen Aufpreis – gegenüber... ich glaube, dem schulde ich immer noch eine Monatsmiete."

„Hat Mrs. Langford alles bezahlt."

„Hat sie. Ah ja. Trotzdem. Ihr gegenüber war's möglicherweise am ungerechtesten. Ihr Vater hat das Tor gefunden, als sie noch ein Kind war, und dann dauert es siebenundsechzig Jahre, bis das Geheimnis gelüftet wird, aber da ist sie schon eine alte Frau. Sie konnte nie mitkommen. Und heute... heute gehört ihr nicht einmal mehr das Tor. Heute gehört das Tor..."

„Dem SGC. Aber das ist supergeheim." O'Neill verzog spöttisch das Gesicht.

„Was ist mit dir?" erkundigte sich Jackson. „Wann lerne ich deine Frau kennen?" O'Neill blieb stehen. Sie waren weit genug gegangen, die Helligkeit der Scheinwerfer vor den monolithischen Stahltoren der Creek Mountain-Anlage war nur mehr eine gleißende Kuppel weit hinter, unter ihnen in der Dunkelheit – ein Gefühl der Sicherheit und Geborgenheit. Er stieß die Luft aus. „Oh, wahrscheinlich... nie." Er zögerte, zuviel preiszugeben, dachte: *Freunde? Wir?* Dann erklärte er es doch: Als ich damals zurückkam, war sie fort. Wir haben es später noch einmal miteinander versucht, aber es... ging nicht mehr." Er zuckte die Schultern.

„Tut mir leid." Jackson vermied es, ihn anzusehen.

„Mir auch. Aber das auszusprechen... hat nichts mehr geändert. Es ist zuviel passiert. Ich denke, in ihrem Herzen hat sie mir vergeben, auch den Tod unseres Sohnes. Sie konnte nur nicht... nur nicht vergessen... so sehr sie es auch wollte. Vor der ersten Abydos-Mission habe ich mich zu lange gehen lassen. Selbstmordticks. Zwangshandlungen. Rituale. Ich war leer, konnte gar nichts mehr tun, hab' den Pflanzen bei der Photosynthese zugesehen. Aggressionen gegen mich, gegen Sarah... Oh, ich hab' sie nie geschlagen, ich hab' das mit Worten getan – oder mit Schweigen. Ich glaube, das alles kann man gar nicht so leicht vergessen, ganz gleich, wie stark man ist." Er zuckte resignierend die Schultern.

„Und wie ist das mit dir?" hakte Jackson mit einer ganz brüchigen Stimme nach.

Jack O'Neill horchte in sich hinein; kannte die Antwort – die Wahrheit –, sprach sie aus, vielleicht zum ersten Mal.

„Mit mir ist das genau umgekehrt herum. Ich werde mir niemals vergeben können." Er schnappte nach Luft, starrte die Sterne an, wünschte sich, fliegen zu können, brachte den Satz zu Ende: „Aber manchmal... kann ich vergessen. Manchmal."

PLANET CHULAK
MEREDITH BRANDON: FLEISCH

Sie war nie wieder ganz zu sich gekommen. Es schien ihr, als sei beim Durchgang durch das Tor ihr Geist und ihr

Körper nicht mehr richtig zusammengefügt worden – etwas fehlte, und die LEERE an dieser Stelle produzierte unablässig pures Adrenalin und das Adrenalin sprudelte geysirhaft durch ihre Adern und kreischte *Nein-nein-nein,* ein endloser, sabbernder Idioten-Monolog, und etwas anderes, Dunkles, war dazugekommen; sie konnte es nicht benennen, noch nicht, sie nahm es nur mit einer Tiefenströmung ihres Bewußtseins wahr, und während das geschah, wurde die Angst schlimmer, etwas Verzehrendes, und nur um irgend etwas dagegen zu tun, kratzte sie sich die Arme blutig und starrte und wartete... wartete.

Sie war nicht allein in diesen wunderbaren Harems-Gemächern aus Marmor und Gold und langen, fließenden, goldhellen Seidenstoffen und seltsamen Purpur-Düften, die sie an das alte Rom und die Geschichten aus Tausendundeiner Nacht zugleich denken ließen; da waren anderen Frauen, Dutzende, alle wunderschön und gebadet und gesalbt und in kostbare weiße Gewänder aus Brokat und durchsichtigen Tüllschleiern gehüllt und mit wertvollen fremdartigen Schmuckstücken behängt. Sie sahen aus wie Frauen von der Erde, aber sie stammten nicht von der Erde. Sie sah ihre Gesichter, ihre Bewegungen, ihre Angst, sie hörte sie sprechen, weinen – sie wußte Bescheid. *Genauso gedämpft wie ich. Fleisch*, dachte sie völlig zusammenhanglos, *nichts als Fleisch für den Schlangengott.*

Als die Schlangen-Krieger kamen und sie auswählten und mitnahmen, war sie längst bereit. *Private Meredith Brandon, US Air Force*, schrillten ihre Gedanken – nur, damit sie es nicht vergaß. Doch die Panik drang nie ganz bis nach außen durch. Das, was tief in ihr neu hinzugekommen war, versuchte sie wieder zu betäuben, hüllte sie in einen Panzer aus Eis *und* Feuer. Sie wehrte sich, bäumte sich im Griff der Schlangen-Krieger auf, doch es war, als schwebe sie, und als schlage sie nur auf Wolken ein. Weite Räume; ein luxuriöses Labyrinth voller Fackelhelligkeit und Wärme. Weithin hallende Schritte.

Springbrunnen und herrliche Blumenarrangements in weiten, säulengesäumten Räumen. Irgendwo tollten Hunde umher und aufgeregte Eunuchen beeilten sich, ihrer habhaft zu werden und sie wegzubringen. Wuchtige Trommelschläge dröhnten, zwanzig, dreißig Diener verneigten sich unterwürfig in einer einzigen synchronen Bewegung, als sie einen weiteren, nahezu kreisrunden Saal betraten und ein weitgeschwungenes Halbrund aus Treppen hinabstiegen. Im Herzen dieses Raumes – ein schneeweißer Sarkophag. Sie glaubte Blutflecken auf dem Boden sehen zu können, glaubte Blut riechen, schmecken zu können, doch das Dunkle in ihr flüsterte ihr beruhigend, dämpfend, zu, daß sie schon lange nicht mehr zwischen Wirklichkeit und Alptraum zu unterscheiden wußte. *US Air Force*, dachte sie wieder, und dann war es wie eine Erlösung, dann fiel ihr wieder ein, daß sie stark und durchtrainiert genug war, daß sie sich wehren konnte, richtig wehren konnte – und ruckte im Griff der Schlangen-Monstrositäten herum und rammte dem neben ihr gehenden halbnackten dunkelhäutigen Mohren-Imitat das Knie gegen den Solar plexus, sah befriedigt, wie er Galle erbrach und nach hinten stürzte – Aufruhr brachte. Schreie gellten los. Sekundenlang geriet die Phalanx der in Eisen und Stahl gerüsteten Krieger in Unordnung. Meredith Brandon riß sich los, stürzte auf ein Knie, dachte noch immer nicht nach, sondern handelte weiter, überließ sich ganz den antrainierten Reflexen. *US Air Force. Kein Fleisch.* Doch während sie noch glaubte, hochzukommen, zu rennen, während sie noch das Gleiten und die Spannung in ihren Muskeln wahrnahm und das Adrenalin in ihr Warnungen und Befürchtungen kreischte *(Wo willst du hin wo das ist nicht mehr die Erde nicht mehr die Erde bring es hinter dich es wird vorbeigehen er ist auch nur ein Mann soll er dich haben denk an deine Welt an den Sturm und den Regen denk an)* war es schon längst vorbei. – Sie wurde mit einer beinahe zärtlichen Geste gepackt und herumgezogen... und ER stand vor ihr, halb im Dunkel eines Alkovens, zurückverwandelt in einen Menschen, die wunderschönen Augen mit dezenten Kajal-Lidschatten versehen. Er trug eine lange, schwere Goldrobe und wirkte dennoch so schmal, verletzlich... so *liebenswert?!*

Und genau in diesem Augenblick sagte er: „Liebenswert..."

Meredith Brandon spürte einen rasenden Anflug von Zittern und dachte: *Wie kann er wissen, was ich denke? Wie kann ich verstehen, was er sagt?* Mit weichen, nahezu lautlosen Schritten kam er vollends aus den Schatten des mit weiten Schleiern verhängten Nebenraumes in das Goldlicht des großen Saales heraus und lächelte – und das, begriff sie mit der tausendfach sensibilisierten Witterung des OPFERS, war das Schrecklichste von allem – denn dieses Lächeln war nicht echt, irgend etwas stimmte nicht damit. *Kein Hunger auf Fleisch, nicht diese Art Hunger, es ist etwas anderes... Schlimmeres. Viel Schlimmeres.*

Er roch gut; nach Räucherwerk und den tiefgrünen Fluten der großen Ströme, und er ergriff ihre linke Hand, zwang Meredith Brandon, sich um sich selbst zu drehen. Dunkelhäutige Diener eilten herbei, nackte, schweißglänzende, muskelstarrende Oberkörper, Arme, Hände –

Sie wurde gepackt, festgehalten; irgendjemand riß ihr das Brokat-Tüll-Gewand vom Leib, setzte sie splitternackt seinen Blicken, seinem Lächeln aus. Das Dunkle in ihr zersplitterte – uraltes Spiegelglas. Sie bäumte sich auf, ruckte in den Händen der Diener, trat um sich, spuckte sie an, schrie: „Laßt mich LOS!"

Doch er lächelte nur noch herzlicher und hob seine linke Hand.

'Zeitlupe. Alles gefror. Meredith Brandon sah das Goldgespinst auf seiner Handfläche, den augenförmigen Quarz – sah das böse Leuchten daraus hervorbrechen und wie ein Hagelsturm aus lauter Glassplittern in ihre Augen eindringen. Etwas Fahles, Krankes breitete sich in ihr aus. Die Zeit lief wieder normal. Ihr Körper erschlaffte mit einem Ruck, wurde von den Dienern aufgefangen, gestützt, weiterhin dargeboten.

„Gut", lobte er, wie man auf dem Fleischmarkt ein besonders saftiges, bluttriefendes Stück lobte. Seine Stimme hatte bereits nichts Menschliches mehr an sich, war in ein Dämonengrollen verwandelt, in etwas speichelsprühend Gieriges. „Sehr gut... Ja... Doch nicht ich bin es, den du letzten Endes zufriedenstellen mußt..."

Die Schlangen-Krieger verwandelten sich: Die gigantischen Schädel zerflossen, zogen sich zurück, offenbarten menschliche Gesichter. Weitere Diener eilten herbei, rissen Meredith Brandon hoch, hoben sie in den weißen Sarkophag. Sie fühlte nichts mehr. Sie war nie wieder ganz zu sich gekommen. Es schien ihr, als sei beim Durchgang durch das Tor ihr Geist und ihr Körper nicht mehr richtig zusammengefügt worden – etwas fehlte, und die LEERE an dieser Stelle produzierte unablässig pures Adrenalin und das Adrenalin sprudelte geysirhaft durch ihre Adern und kreischte *Nein-nein-nein-nein*. Sie konnte nichts mehr fühlen.

Sie war erstarrt. Ausgeliefert. Stierte zu ihm empor. Glaubte zu wissen, was jetzt kam – und täuschte sich entsetzlich.

Es wurde schlimmer. Tausendfach schlimmer.

Am Rand ihres Gesichtsfeldes: wogende Schattenbewegungen. Ein Gifthauch aus hundertfacher, angespannter Erwartung. Raunen. Trommeln. Hornsignale.

„*Yametha, re!*" befahl der Schlangengott, und die Schleier des Alkovens hoben sich. Eine dunkelhäutige, dunkelhaarige Frau trat heraus – Augen geschlossen, Kopf leicht angehoben, ein stilles Lächeln auf dem Gesicht – in Trance; der Rhythmus der Trommelschläge wurde schneller, intensiver. Schwüle Hitze füllte den Raum, immer noch mehr Räucherwerk verbrannte in den großen Schalen... Mit den behutsamen, gezierten Schritten einer Blinden kam die Frau heran, blieb neben dem Sarkophag stehen, teilte ihr Gewand in Bauchhöhe und offenbarte eine obszön klaffende, kreuzstichartige Wunde.

Etwas Blutrotes, Schleimtriefendes bewegte sich darin und drängte ins Freie.

Hautlappen teilten sich mit einem Schmatzen. Schuppenhaut schabte und scharrte auf schweißtriefender Menschenhaut.

Schleimiges Gleiten und Schmatzen.

Etwas Langes, Schlangenhaftes: Ein ekelhaft bleiches *Ding* aus Haut und Sehnen und fleischig-zitternden, nervös aufgestellten Kiemen und...

... FANGZÄHNEN.

Es fauchte sie an; ringelte sich mühselig weiter aus dem geblähten Bauch der Frau hervor, wand und stieß sich zu zwei Dritteln heraus und schwebte naß und glänzend wie ein riesiger neugeborener Wurm auf Meredith Brandon herab; witterte. Brandon spürte den Eishauch. Hörte... fremde Gedanken.

Gutes Gefäß... gutes Gefäß? So lebendig. Will hinüber, HINEIN, aber vorsichtig... muß vorsichtig sein in dieser Auswahl es ist für viele Jahrhunderte, ein neues Gefäß, neu, ganz neu, nur für mich, für –

Brandon hörte Explosionen – in sich; zerbarst unter dem nachfolgenden Druck des Grauens, dachte, konnte wieder denken: *In mich hinein IN MICH HINEIN? LASS ES NICHT LASS ES NICHT BITTE –*

Sie verlor die Besinnung, war sofort wieder wach, warf den Kopf hin und her – starrte das Ding, das Schlangen-Etwas, an – *so nahe, so nahe lieber Gott!* und wußte, daß sie selbst katatonisch blau anlief, spürte, wie ihre Arme und Beine trotz des Banns spastisch zuckten und zappelten. Aber sie konnte nicht davonlaufen. Außerdem: Es war nicht wahr. Es konnte nicht wahr sein. Sie träumte. Aber das Ding hing in der Luft über ihr, über ihrem Gesicht, ihrem Hals, atmete, bebte – witterte, taxierte sie. Und wandte sich ab. *Nicht das richtige Gefäß, schwach, zu schwach für mich, mich ganz allein in all diesen Jahrzehnten, Jahrhunderten, nicht richtig, falsch, ganz falsch...* Zog sich in die blutige Höhlung im Leib der Frau zurück.

Die Augen der Frau öffneten sich mit einem Ruck. Hellwach.

Kaltes Glitzern. Das Gewand schloß sich über ihrem Leib. Sie kehrte lautlos in die Schatten zurück. Das Geräusch der Trommeln verstummte.

Der Schlangengott beugte sich vor, sah immer noch lächelnd auf Meredith Brandon herab.

„Was für eine Verschwendung“, sagte er sanft und bedauernd.

Brandon wußte, was er damit meinte. Tränen der Erniedrigung, des Zorns, des Entsetzens verschleierten ihre Sicht. Sie versuchte ihn anzuspucken, brachte jedoch nur gurgelnde Laute zustande. Bemerkte noch, daß einer der Schlangen-Krieger mit geweiteten Augen zu ihr herstarrte – *voller Mitleid oder Grauen?*

Der Schlangengott preßte ihr die linke Hand auf die Stirn – *das Goldgespinst, das Dämonenauge aus Quarz, das Licht.*

Letzte Wahrnehmung: Die Stimme des Schlangengottes: „Nameth Sha! – Schickt die nächste...“

Brandons Augen und Gehirn zerbarsten in einer blutigen Eruption.

O'NEILL: DAS KOMMANDO

1

Null-Achthundert.

„Achtung!“ – Der General betrat den Kleinen Konferenzraum, nickte dem salutierenden Adjutanten und den acht anderen uniformierten Anwesenden knapp zu, ließ sich bereits am Kopfende des ovalen Tisches nieder und eröffnete das Briefing – *Eiltempo, keine Vorrede, keine Vorstellungen.*

„Gentlemen, Captain Carter, ich weise darauf hin, daß alles, was in diesem Raum gesprochen wird, als *top secret* klassifiziert ist. Colonel O'Neill –"

Er wandte sich ihm zu, fixierte ihn mit der Wucht einer heransausenden Abrißbirne.

„Sir!"

„Was wissen wir über den Feind, das wir vor der zweiten Abydos-Mission nicht wußten?"

O'Neill paßte sich Hammonds Tempo an; faßte lakonisch zusammen: „Nicht viel mehr. Diejenigen, die den Überfall in der Großen Pyramide von Abydos überlebt haben, behaupten, es sei *Ra* gewesen."

„Ich dachte, der ist tot, Gentlemen. Was stimmt also?"

Jackson beugte sich vor, mischte sich ein – unbeholfen, bemüht: „Oh, er *ist* tot, General... Ich meine –" Er warf O'Neill einen um Beistand heischenden Blick zu. „Diese Bombe. Ich denke, er muß tot sein, wirklich, äh... Sir."

O'Neills seufzte. *Schlechter militärischer Umgangston. Zeitverschwendung.*

„Also: Wer benutzt die SternenTore?"

„Gott", entfuhr es Jackson.

„Was?" schnappte Hammond, gereizt über die neue Störung, und starrte ihn zornrot an.

„Nicht Gott-Gott... äh, also, unser Gott", erwiderte Jackson, und war stotternd um Schadensbegrenzung bemüht. „Ra hat Gott nur gespielt – in diesem Fall den ägyptischen Sonnengott. Einschüchterungstaktik. Gib ihnen etwas, vor dem sie wirklich eine Heidenangst haben können... Verstehen Sie? Er hat ihnen ihre Religion gegeben, ihre Kultur, Menschen mit Tierschädeln – Horus, Hathor, all das... und hat sie damit bereits auf der Erde versklavt, lange, bevor er Tausende von ihnen nach Abydos oder sonstwohin verschleppt hat, um sie dort in den Großen Quarzminen für sich... äh... arbeiten zu lassen. Ich denke, es war sehr in seinem Sinn, sie alle glauben zu lassen, daß er... der einzige seiner Art ist."

Carter griff es auf: „Also könnte es genausogut sein, daß Ra nicht der letzte seiner Rasse war..."

„Daß er möglicherweise noch einen Bruder hatte. Den guten Ray," knurrte Kawalsky zynisch und ließ seine Fingerspitzen einen hektischen Trommelwirbel auf die Tischplatte werfen.

„Genau das, was wir jetzt brauchen", fauchte O'Neill ärgerlich, in seinem Schädel loderten Zeitansagen wie Blitzlichtgewitter – Deja-vu-Ahnungen von Sterben und vom Tod; von etwas Ungeheuerlichem, das es aufzuhalten galt... Schnell, schnell. Er ignorierte die Krämpfe in seinem Bauch.

„Moment, Moment", rief Jackson. „Die Abydos-Legenden sprechen von einem Dämon, der in des Menschen Leib wohnt, ersparen Sie mir das exakte Zitat. Also: Ein Wesen, das andere Wesen – in unserem Fall Menschen – als Wirtskörper benutzt... oder benutzen muß, um selbst überlebensfähig zu sein. Wenn wir zugrunde legen, daß es noch einen anderen – oder andere (Plural) Leute – dieser Spezies geben könnte... Dann ergibt sich daraus: Wer sagt, daß sie nicht dasselbe tun – oder tun müssen?" Er starrte sie triumphierend der Reihe nach an; genoß ihre Erschütterung, das Einsickern der möglichen Wahrheit. Hammonds Mund öffnete sich, doch Jackson war noch nicht fertig. Rote Flecken der Aufregung breiteten sich auf seinen Wangen aus – er wedelte mit dem bereits gezückten Taschentuch, verzichtete darauf, sich zu schneuzen, brachte Hammond mühelos zum Verstummen, sprudelte weiter: „Sie hatten tausende von Jahren Zeit, und, eingedenk ihres Netzwerkes aus SternenToren... tausende von Welten. Sie können überall überleben. Sie übernehmen andere Wesen; sie verschwinden *IN* ihnen. Die perfekte Tarnung."

O'Neill spürte, daß er Recht hatte; spürte es mit jeder Faser seines Körpers, seiner Instinkte – dunkle Erschütterungen in einem wuchernden Raum.

„Es passiert immer noch", sagte er krächzend. „Es kann in diesem Moment passieren."

„Vielleicht“, flüsterte Jackson und wurde kalkweiß, „vielleicht haben sie deshalb Sha'uri und Skaara geholt –“

Hammonds Gesicht sah aus, als werde es zu Stein; mit einem Wink brachte er Jackson zum Schweigen, wechselte, bereits wieder an O'Neill gewandt, das Thema – unmenschlich sachlich, die einzig richtige, zeitsparende Reaktion: „Colonel, Sie haben die größte Erfahrung in der Bekämpfung dieses Feindes. Angenommen, es kommt zu einer offenen Konfrontation –“

O'Neill lächelte kalt. „Wir haben sie einmal geschlagen.“

„Einen von ihnen“, sagte der General.

„Und alle seine Horus-Krieger“, sagte O'Neill trotzig.

„Ich werde das als *Vielleicht* akzeptieren“, räumte Hammond mit einem kehligen Knurren ein. Er sah Carter an. „Captain – Sie sind davon überzeugt, daß das SternenTor uns mit diesen neuen Daten, die Sie von Abydos mitgebracht haben, auf jede gewünschte Zielwelt innerhalb dieses... Netzwerkes aus Sternen-Toren befördern kann?“

„Die Computer sind gefüttert, Sir. Das Resultat wird sein: Revidierte, aktualisierte Ziel-Koordinaten, hunderte, wenn nicht tausende von möglichen Ziel-Planeten. Yessir, ich bin davon überzeugt, daß das Fakt ist.“

Hammonds Gesicht entspannte sich; ein grimmiges Lächeln ließ seine Mundwinkel kurz zucken, dann hatte er sich wieder in der Gewalt. Er faltete die Hände, als wolle er beten. „Machen wir uns nichts vor. Diese Sache hier ist beides: eine enorme Chance *und* höllisch gefährlich. Wir haben es mit einem Feind zu tun, dessen Technologie so weit entwickelt und fremdartig ist, daß wir nicht einmal den blassesten Schimmer davon haben, wie sie auch nur funktionieren könnte...“

O'Neill sagte: „Aber sie funktioniert. Wir können dieses Tor bedienen. Wir –“

„Wir hätten dennoch gut daran getan, es niemals auszugraben.“

Carter schnaubte.

„Mit allem Respekt, General: Es *ist* ausgegraben worden, und jetzt sollten wir uns dieser Jahrhundert-Herausforderung stellen. Schicken Sie uns durch dieses Tor... Bedenken Sie, wieviel wir lernen können! Was wir zurückbringen können –"

„Was Sie zurückbringen können – genau das, präzise, ist es, was mir wirklich eine Scheiß-Angst einjagt, Captain", brummte Hammond unwirsch, aber nicht abweisend. Dann wurde seine Stimme geschäftsmäßig: „Wie auch immer. Der Präsident der Vereinigten Staaten von Amerika ist Ihrer Meinung. Vorausgesetzt, daß sich Ihre Theorien bestätigen und das Tor auf die neuen Koordinaten anspricht, ist vorgesehen, daß neun Teams gebildet werden. Ihr Aufgabenbereich: Die Erkundung der Planeten dieses Sternen-Tor-Netzwerkes, die Ausschaltung jedweder Bedrohung für die Menschheit, und, falls dies möglich sein sollte, das Knüpfen friedlicher Kontakte mit den Bewohnern dieser Welten. Sämtliche neun Teams werden unter absoluter Geheimhaltung operieren. Sie unterstehen direkt dem Präsidenten und dem SGC, vertreten durch mich."

Jackson mußte niesen; putzte sich umständlich die Nase.

Hammond ließ sich nicht stören. „Colonel O'Neill!"

„Yessir?" Fragend.

„Ihr Team wird künftig unter dem Code SG-1 geführt. Im Team sein werden Sie selbst, Captain Carter –"

„Und ich!" versetzte Jackson.

Hammond schüttelte bedächtig den Kopf. „Doktor Jackson, Sie brauchen wir genau hier. Als Ansprechpartner für alle Teams. Ihre Kenntnisse von den alten Kulturen, den alten Sprachen – das ist zu kostbar, um –" „Sir, Entschuldigung, Sir – nein. Ich meine, ich weiß, letzten Endes ist es natürlich Ihre Entscheidung..." Ein hilfloses Lächeln huschte über sein Gesicht, aber seine Stimme klang sehr entschlossen. „Es ist nur so, ich muß wirklich in O'Neills Team sein. – Meine Frau ist da draußen, General. Ich kann nicht hierbleiben. Unmöglich. Ich muß sie suchen, ich muß mit –"

Hammond atmete durch. „Ich werde es in Erwägung ziehen."

Ohne Jacksons Reaktion abzuwarten, sprach er bereits Kawalsky an. „Captain Kawalsky – Sie übernehmen das Kommando des SG-2-Teams."

„Übernehme ich?" platzte Kawalsky verblüfft heraus und setzte sich kerzengerade zurecht.

„Colonel O'Neill war der Meinung, daß es Zeit für Sie ist, ein eigenes Kommando zu führen."

Kawalsky stierte zu ihm herüber – strahlte vor Freude und Dankbarkeit übers ganze Gesicht.

O'Neill hob abwehrend beide Hände. „Ein flüchtiger Moment der Schwäche, Captain."

Es blieb keine Zeit für Gelächter; die Tür des Konferenzraumes wurde aufgerissen, Samuels salutierte, trat ein. „Bitte um Verzeihung, Sirs – Captain Ferretti ist bei Bewußtsein!"

O'Neill war bereits auf den Füßen und in fließender Bewegung, hetzte aus dem Raum – ein Wettlauf gegen das Uhrengeräusch in seinem Kopf.

Hammond rief ihm hinterher: „Erlaubnis zum Wegtreten erteilt, Colonel!"

2

Vollgepumpt mit Adrenalin erreichte er die Krankenstation, folgte den Stimmen und dem Piepen des Herz-Monitors hinter dem grünen Vorhang. Das rasende Ticken in O'Neills Kopf verstummte – er wertete es als Zeichen: *Auszeit. Zeitlosigkeit. Atemschöpfen.* Der enge Raum mit seinen Lebenserhaltungsapparaturen zoomte aus der Wirklichkeit davon. Ferretti war wach und hatte bereits Besuch: Der Doc war da und zwei schlaksige, übernächtigt aussehende Assistenzärzte, sowie zwei Angehörige des Wissenschaftlichen Stabes – Mitch Storey und Martin ‚Mash' Smithers; sie hatten ihn in eine annähernd sitzende Stellung bugsiert, redeten hektisch, angespannt, voller Erwartung, auf ihn ein. Kissen stützten seinen

Rücken. Über seinem Schoß war ein Plastikgestell mit einem Laptop plaziert. Ferretti starrte mit der Konzentration eines Fanatikers auf den kleinen Bildschirm, nickte gedankenabwesend zu allem, was um ihn herum geredet wurde. O'Neill trat lautlos näher, schob Storey und Mash weg. Hinter ihm reihten sich Kawalsky und Carter ein. Ferretti bemerkte keinen von ihnen – oder wollte sie nicht bemerken. *Keine Zeit. Beschäftigt.* Sein Gesicht wirkte wie Talg, die dunklen Augen unter den buschigen Brauen schienen mehr und mehr darin einzusinken. Aber noch spiegelten sie das Flimmern des Bildschirms wider – ein bleicher Kontrast zu dem grellen Lebensfunken, dem unumstößlichen Willen, etwas zu Ende zu führen.

Ferretti konnte nicht sprechen – aus seinem Mund ragte eine bizarre, mit Heftpflastern am rechten Mundwinkel angeklebte Plastikkanüle; noch mehr Schläuche waren daran befestigt; Speichel rann über seine Lippen, sammelte sich schaumig in den Mundwinkeln, am Kinn. Schlucken war etwas für die Gesunden. O'Neill beschloß, Krankenhäuser und ihren Formaldehyd-Geruch für immer zu hassen. Der ganze Raum stank nach verbrauchter Lebenskraft.

Tick. Die nächste Sekunde. *Tack.* Noch eine. Der Bann war bereits gebrochen, die Zeit lief weiter. Ferretti hob mühsam seine bandagierte rechte Hand, tippte auf den Bildschirm; er bewegte die Lippen wie ein Kind, das sein erstes sinnvolles Wort zu sagen versuchte – und produzierte ein gurgelndes Alptraumgeräusch – an seinem Hals schwoll eine Ader an, pochte wie rasend. Storey und Smithers jubelten los.

Es reichte. „Hey“, sagte O'Neill, lenkte Ferretti ab, zwang ihn, hochzusehen.

Sein Gesicht verkrampfte sich wie unter Schmerzen, es war, als sehe er ihn zum ersten Mal. Das Lid senkte sich, hob sich. Das Piepen des Herz-Monitors veränderte sich, beschleunigte... und normalisierte sich wieder.

„Hör zu, Ferretti: Was immer sie dir gesagt haben – du mußt das hier nicht tun –“ O'Neill brach ab, seine Kehle fühlte sich wie geschwollen an. Er wußte, daß er nur Lügen plapperte – Ferretti *mußte* es tun, *jetzt*, so schnell wie möglich; es war die einzige Chance, den Dämonen-Gott aufzuspüren, nein, zu erledigen, und Brandon, Sha'uri und Skaara wiederzufinden, ihnen zu helfen, sie zurückzuholen. Mash Smithers half ihm aus der Verlegenheit, raunte ihm erklärend zu, während Ferretti noch erwartungsvoll aus seinem einen Auge zu ihm hochblinzelte: „Colonel – er liefert uns die Symbole! Verstehen Sie? Er hat alles gesehen, er hat sich den Code gemerkt, den die Schlangen-Schädel auf dem Abydos-Tor eingestellt haben. *Er zeigt uns, wohin sie verschwunden sind.*"

Ferretti nickte, gurgelte seine Bestätigung heraus. Hob erneut die Rechte, tippte nachdrücklich auf den Bildschirm. O'Neill sah zum ersten Mal richtig hin: Auf dem Display, in Zeitlupe, grobkörnig – der äußere Ring des Abydos-Tores; ein langsames Drehen. Die Symbole schwebten von links heran, hielten auffordernd inne, schwebten weiter. Ferrettis Hand verharrte, wartete. Das nächste Symbol, eine Art doppelt gekrümmtes ‚L'. Die Hand senkte sich, zittrige Fingerspitzen tippten auf den Bildschirm, das Zeichen leuchtete rot auf, wurde vergrößert, wanderte nach rechts und reihte sich an sechster Stelle in eine Aufstellung anderer Symbole ein.

„Du hast alle sieben Symbole gesehen?" entfuhr es O'Neill ungläubig. „Du weißt wirklich, wohin sie gegangen sind?" Sein Gesicht prickelte unter einem eisigen Feuer.

Aufbruchsstimmung.

Er schämte sich dafür, obwohl er wußte, daß Ferretti es verstand – es genauso wollte... mit aller Kraft.

Ferrettis Auge richtete sich wieder auf ihn – ein brennender, triumphierender Blick.Es dauerte unendlich lange, bis er genügend Kraft gesammelt hatte und energisch – haßerfüllt – nicken konnte. Der brennende Blick sagte: *Laß mir meine Rache, Jack.*

Auf dem Bildschirm drehten sich die Symbole weiter; drehte sich das bizarrste Glücksrad der Welt.

Ferrettis angestrengten Atemzüge. Die schneller werdenden Piepstöne des Herz-Monitors. Der Doc sagte etwas; es klang warnend. Keiner beachtete ihn. Ferretti lächelte und hob wieder die Hand – dieses Mal ganz entspannt, beinahe fröhlich. Und zeigte ihnen das siebte Symbol.

3

Das Warten hatte ein Ende; ab jetzt war es wie ein Sog: Die Erleichterung über den Durchbruch ließ O'Neill innerlich vibrieren.

Die Teams waren zusammengestellt und bereit: Kampfeinsatz für SG-1 und SG-2 – O'Neill, Carter, Jackson, Kawalsky, Warren und Casey, alle bereits in Kampfanzügen, eilten im Laufschritt den Korridor entlang, zur Tor-Halle. Der Adjutant hielt mühelos mit O'Neill an der Spitze der Teams Schritt und erteilte letzte Instruktionen:

„Colonel, ich erinnere Sie daran, daß die Errettung von Doktor Jacksons Frau oder selbst diejenige von Private Meredith Brandon als lediglich zweitrangig eingestuft sind. Sie haben vor allem anderen dafür zu sorgen, daß die Bedrohung für unsere Welt ein für allemal auszuschließen ist. Sie haben vierundzwanzig Stunden Zeit. Für den Fall, daß Sie diese Frist verstreichen lassen und nicht rechtzeitig ins Basis-Lager zurückkehren, gilt als angeordnet, daß SG-2 die Mission abbricht und ohne Sie und Ihre Leute zurückkehrt."

„Verstanden, Sir, großzügige Zeitvorgabe, Sir", erwiderte O'Neill kalt.

Kawalsky relativierte es vieldeutig: „Keine Sorge, Colonel: SG-2 wird nicht ohne Sie abreisen."

Der Adjutant warf ihm einen giftigen Blick zu. Niemand beachtete es.

„Okay, reden wir über den Code-Geber", fuhr der Adjutant ungerührt fort – und wedelte mit einem Gegenstand herum, der mehr als allem anderen einer TV-Fernbedienung ähnlich sah. „Sobald Sie unterwegs sind, werden wir unser Tor wieder versiegeln. Einmal draußen, kommen Sie nie wieder zurück, es sei denn, Sie hüten dieses Ding hier wie eins Ihrer Eier. Aktivieren Sie es erst, wenn Sie das andere Tor aktivieren und zurückkehren wollen. Es sendet ein codiertes Signal, das die Stahl-Iris öffnet. Verlieren Sie's, und Sie werden nie wieder zurückkommen."

O'Neill nahm ihm die Fernbedienung ab, ohne hinzusehen, und warf sie lässig zu Carter hinüber; ganz dienstlich fügte er hinzu: „Sie haben den Adjutanten gehört: Hüten Sie dieses Ding wie eins ihrer Eier, Captain."

„Verstanden, Colonel", erwiderte Samantha Carter grinsend.

Der Adjutant reichte einen zweiten Code-Geber wortlos an Kawalsky weiter.

Sie betraten das waffenstarrende Tohuwabohu der großen Halle, drängten sich durch, hörten via Lautsprecher den Aufschrei der Spezialisten im Kontrollraum: „Halterung sieben – geschlossen. ES FUNKTIONIERT! WIR HABEN KONTAKT!"

Der tumultartige Beifall aller Anwesenden ging unter im krachenden Einrasten des inneren Ringes.

Das SternenTor erwachte zu brodelndem, feuerspeiendem Leben – gewalttätiger, monströser als jemals zuvor: Strahlende Helligkeit loderte fünfzig, sechzig Yards weit aus dem inneren steinernen Rund hervor, breitete sich aus, bildete Lichtaureolen; sekundenlang schien es, als wolle sie sich durch achtundzwanzig Stockwerke gewachsenen Fels und massiven Stahl nach oben brennen. Das riesenhafte DING in ihrem glutflüssigen Zentrum wurde endgültig zu etwas Mystischem und Ungeheuerlichem. Ein Schwall eisiger, nach Stahl und Staub riechender Luft schlug ihnen entgegen – und wurde zusammen mit der Flammenhelligkeit zurückgesaugt: der Schlund war geöffnet und bereit, sie aufzunehmen und davonzuschleudern... Weiß-blaues Feuer bildete eine trügerische, schillernde Membran, verbarg den nur Zollbreiten dahinter klaffenden lichtjahrmillionenweiten Abgrund. Die Techniker brachten den gedrungenen, an eine Sparausgabe eines Panzers erinnernden Transporter – Bewaffnung und Ausrüstung der Teams. Rollten ihn die Rampe hinauf. Ein Scherzkeks hatte Ferrettis Vornamen FRED auf die linke Seite gepinselt. Schwer bewaffnete Black Berets und Angehörige der Military Police sicherten das Ganze. Irgend einem der Anwesenden mußte der Kopfhörer verrutscht sein – O'Neill hörte die letzten hektischen Trommeltakte von *Sympathy for the Devil*, schmunzelte und dachte: *Perfekt.* Rückte sich den Helm zurecht. Nahm das M-16 entsichert in Hüftanschlag. Bereitete sich auf den Entmaterialisationsschmerz vor. Das Flackerlicht des Tores verwandelte alle Bewegungen in unnatürliche Zuckungen.

Der Countdown war längst eingeleitet. Alarm gellte – sicherte ihrer aller Aufmerksamkeit. O'Neill bemerkte Hammonds massigen Schattenriß an der Panzerglasscheibe des Kontrollraumes und kniff die Augen zusammen. Hammond nickte ihnen zu, griff sich das Mikrophon der Lautsprecheranlage. „SG-1 und SG-2: Sie haben vierundzwanzig Stunden, nicht länger. Danach wird der Code, mit dem die stählerne Iris von draußen zu öffnen ist, modifiziert. Das Tor wird versiegelt. Danach gibt es keine Möglichkeit mehr, zurückzukommen. Haben Sie das verstanden?"

O'Neill nickte.

„Dann los", dröhnte Hammonds Lautsprecherstimme zu ihnen herab. „Nehmen Sie Gefechtsformation ein. Seien Sie auf das Schlimmste gefaßt. Und... kommen Sie zurück. Gottes Segen mit Ihnen allen!" *Kein falscher Pathos.* Er ließ es sachlich klingen.

O'Neill gab seinen Leuten den Einsatzbefehl mit einem knappen Hochrucken der behandschuhten Linken. Einer der Techniker auf der Tor-Rampe händigte Kawalsky die Fernsteuerung für den Transporter aus; Kawalsky grinste und setzte das Gefährt in Bewegung, schickte es durch das aufflammende Tor... und folgte ihm. Casey und Warren gingen als nächste, dann Jackson, Carter.

Der Adjutant salutierte, als O'Neill ihn passierte. Er nickte ihm zu, lächelte matt, sperrte bereits alles AUS. Hochkonzentriert. Die letzten Schritte die Rampe empor: Er schloß die Augen nicht, hielt dem sengenden Toben des Lichtes ohne zu Blinzeln stand, erinnerte sich daran, daß es half, an etwas ganz anderes zu denken und glitt durch die Membran hindurch wie durch Quecksilber – und stürzte ins Herz eines blauschwarzen Gewittersturmes. Löste sich auf. Wurde atomisiert davongeschleudert. Lernte das Grauen kennen und vergaß es wieder.

Und stürzte mit dem restlichen Schwung jener Bewegung, mit der er auf der Erde in das SternenTor hineingetreten war, auf einer Welt, die immer noch die Erde hätte sein können und es doch nicht mehr war, aus dem SternenTor hinaus und glaubte sich vage an einen Namen und eine lächerlich banale Geschichte aus seiner Jugend zu erinnern. Der Name: Gerald Franz; die Geschichte: Vor langer Zeit waren sie Freunde gewesen; sie hatten sich geschworen, zusammenzuhalten – gegen alles und jeden und wenn es sein mußte, sogar gegen die ganze Welt; zwei verängstigte Kinder, die niemals eine richtige Familie und Vertrauen und Liebe und Wärme kennengelernt hatten und sich gegen alle Chancen all das erobern wollten. Frauen. Familie. Glück. Es war nicht gutgegangen. Gerry Franz hatte Chris kennengelernt und geheiratet – zwei Symbionten in der Zentrifuge; und er selbst war in der Army und bei *Jump Two* und in einem weltweiten Schlachthaus gelandet und Sarah war erst viel, viel später in sein Leben getreten, und Gerry hatte seinen Job verloren und statt in seiner Not näher zu rücken, über seine Probleme zu reden, ihn einzuweihen, so, wie er ihn eingeweiht hatte in alle seine Probleme und Gedanken, hatte er immer seltener von einer großen Familie lauter Gleichgesinnter geschwärmt und stattdessen angefangen, Bücher zu schreiben – Anfängerromane, die kein Verleger haben wollte.

Er war zu einem Besessenen geworden; er redete nur noch von Geld, von einem Erfolg, der zweifellos kommen *mußte*, wenn er nur verbissen genug weiterschrieb und immer weiterschrieb. Er hatte ihre Freundschaft vergessen. Vielleicht hatte er sogar sich selbst vergessen. Er verdiente keinen Dollar mit seiner Schreiberei – und machte dennoch weiter. Und er hatte ihm dabei geholfen. Bis zu diesem Tag, an dem Gerry nicht einmal mehr die Zeit gefunden hatte, ein Buch für ihn zu verpacken und zur Post zu bringen, dieses Buch, das er ihm Wochen zuvor noch in den höchsten Tönen angepriesen und verkauft hatte.

Begründungen: *Keine Zeit, hol's dir ab, schließlich sind wir Freunde, du hast mehr Zeit als ich.* War das Freundschaft? Wie wertete man Zeit? Wessen Zeit war kostbarer? Und: Warum erinnerte er sich ausgerechnet jetzt an diesen Klacks? Weil er sich nach all diesen Jahren immer noch an seine Traurigkeit erinnerte, an seine Zerrissenheit? An das Finale?

Er war an diesem Tag ziellos bis zum Morgengrauen durch die Stadt gefahren und schließlich vor Gerrys Haus gelandet. Er hatte ihn auf der Veranda sitzend vorgefunden – die Augen verdreht, Erbrochenes im Gesicht und auf der Brust. Gerrys Haare – schneeweiß. Er konnte nicht mehr reden – Schlaganfall, Schock... so gleichgültig. Das Haus war leer, Chris und die Kinder waren fort. Auf der hinteren Treppe: große Blutflecken, eine blutverschmierte Axt. Irgend etwas war passiert, aber O'Neill wußte, er würde niemals in diesem Leben erfahren, was, und plötzlich interessierte es ihn auch nicht mehr. Er hatte Jahre damit vergeudet, Gerry Franz zu beweisen, daß er sein Freund war, und Gerry hatte es in all dieser Zeit nicht richtig, mit dem Herzen, begriffen oder diese Freundschaft gar erwidert: Drei, vier hektische Besuche nach Geschäftsschluß, ein paarmal zusammen essen gehen, das war zu wenig – es war vorbei. Gegen jede Vernunft fühlte er sich schuldig, doch er konnte und wollte ihm dennoch nichts mehr beweisen. Übrig war nur noch Müdigkeit. Er legte ihm den

Arm um die Schultern, spürte Gerrys Zittern und sein vergebliches krampfartiges Bemühen, ein einziges verständliches Wort über die Lippen zu bekommen und murmelte hilflos „Ist gut, Gerald, ist ja gut“, und stand auf und rief einen befreundeten Arzt an und ging, ohne sich noch einmal umzudrehen – ließ die zerstörten Träume und Hoffnungen seiner alptraumhaften Kindheit und Jugend endgültig hinter sich.

Wie auch den Schlund des SternenTores.

Der sekundenbruchteilkurze Sturz war zu Ende, O'Neill begriff es noch rechtzeitig genug und rollte fluchend über Kopf und linke Schulter ab, spürte gewachsenen Felsboden unter sich, schlitterte flache Steinstufen hinab und registrierte mit Sinnen, die es gar nicht geben konnte, daß die Anderen erst jetzt, nach ihm, ankamen und genau wie er sich überschlagend weiterstürzten, durcheinanderpurzelten. Eiskristalle überzogen sein Gesicht. Kälte prickelte in seiner Herzgrube und fauchte im nächsten Moment auch von außen heran. Er blinzelte die Augen frei, kam auf die Füße. Es ging leichter als beim letzten Mal, auf Abydos. *Gewohnheitssache.* Er bewegte sich so geschmeidig und schnell wie noch niemals zuvor in seinem Leben; nahm die Umgebung in sich auf – spürte, wie das Grauen zurückkehrte *(Etwas ist falsch. Stimmt nicht. Was*-was-*WAS?)* obwohl es keinerlei sichtbaren Anlaß dafür gab.

Das Tor schaltete sich ab.

Das Grollen und Brodeln des Schlundes verstummte – Stille kehrte ein.

Sie waren alle wohlbehalten auf der Welt des Schlangen-Gottes angekommen – und es war, so weit O'Neill, während er sich wachsam um die eigene Achse drehte, blicken konnte, ein einsamer, friedlicher, schöner Ort: Sie befanden sich hoch in den Bergen im Freien – auf einer Meilen durchmessenden, mit niedrigem Gras bewachsenen Lichtung im Zentrum einer Felsensenke. Tiefgrüne Wälder zogen sich weite Hänge empor. Klare, frostige Luft; Hochnebel. Oberhalb der

Waldgrenze schwangen sich schneegepanzerte Gletscher höher und höher, bis sie mit den Wolken verschmolzen.

Das Schlangenwelt-Tor selbst ragte auf wuchtigen, steinernen Sockeln im Zentrum der Lichtung in einen eisgrauen Himmel – ein verwittertes Relikt aus uralter Vergangenheit, scheinbar seit Jahrtausenden tot und vergessen und dennoch voller geheimer MACHT. Das Gefühl der Einsamkeit und Verlorenheit in seiner Nähe, inmitten dieser Weite, wurde so stark, daß O'Neill sich räusperte, nur um etwas zu hören – auch die Anderen waren wie gebannt und starrten und schwiegen, während sie das Gelände professionell genug sicherten.

Gleichzeitig schienen die normalen Geräusche dieser Welt zurückzukehren – in einer langen, gemächlichen Flut: Heftige Windböen pfiffen scheinbar aus allen Richtungen heran, harkten durch das Grasland, ließen es rascheln und raunen, trieben knisternde Dornenknäuel vor sich her, peitschten träge flatternde, krähenähnliche Vögel ungestüm bis zu den Wolken hinauf und verfingen sich jammernd und säuselnd in den haarfeinen Fugen zwischen innerem und äußerem Tor-Ring. Es war, als verankere sich die Wirklichkeit rings um sie herum neu. *Trügerisch.*

Dann sah er die Spuren.

O'Neill folgte ihnen bis zu den roh behauenen Basaltblöcken, die in acht, zehn unregelmäßigen Kreisen weit – *unermeßlich weit!* – um das Tor herum angeordnet waren: eine bizarre Stonehenge-Imitation. Kreischende Vogelschreie hallten von den Wäldern zurück...

... und übertönten Daniel Jacksons hektisches Niesen, seine klägliche Frage: „Hat irgendwer Taschentücher dabei?"

Er ignorierte ihn; starrte auf die zwei mal zwei Yards durchmessende kreisrunde Fläche vor sich: Niedergetrampeltes, verkümmertes Gras. Es sah wie eine Landefläche für kleine fliegende Teppiche aus. Er schüttelte den Kopf über die eigene Phantasie – dann fielen ihm Ra's *Transfer-Scheiben* in der Großen Pyramide von Abydos ein, die Feuerringe, in denen Anubis und die Horus-Krieger wie aus dem Nichts heraus materialisiert waren und –

Er entschied, daß es eine Landefläche *war.* Sehr nachdenklich geworden, sah er auf einen sich in der Ferne verlierenden Trampelpfad – auf den einzigen anderen Hinweis, daß es von Zeit zu Zeit Leben gab an diesem Ort.

(Transfer-Scheiben: Der Schlangen-Gott... Er kann überall sein auf diesem Planeten kann in Nullzeit kommen und wieder verschwinden und wir haben nur vierundzwanzig Stunden und sind zu Fuß – ein Witz ein verdammter Witz)

Dann betrachtete er genauso aufmerksam den hüfthohen Block direkt vor sich: Winzige Schriftzeichen waren dicht an dicht in den Stamm eingemeißelt worden, die Oberseite bestand aus drei übereinanderliegenden Steinplatten – jede ein wenig kleiner als die vorhergehende; darauf, in konzentrischen Kreisen angeordnet: dieselben bizarren Symbole wie in Jacksons tiefem Mysterium auf Abydos. Den pilzartig gewölbten höchsten Punkt dieser *Vorrichtung* zierte ein kopfgroßer, rosafarben schimmernder Quarz. Auch ihn erkannte O'Neill: *Er war mit den Quarzen in den Dreiecksummantelungen des äußeren Tor-Ringes identisch.*

O'Neill drehte sich um, starrte zu dem SternenTor zurück und zu dem Transporter, dann wieder auf die Steinplatten, murmelte: „Irgendwas stimmt nicht –"

Carter kam zu ihm, rieb sich fröstelnd die Hände, meinte: „Es muß eine Art... Zeremonienplatz sein."

O'Neill nickte, bedeutete Kawalsky und den Männern des zweiten Teams, auf der Hut zu sein und die Minen und Stinger-Raketen auszupacken; rief Jackson zu sich, blickte ihn auffordernd an.

Das Fauchen des Windes nahm zu. Schneeflocken wirbelten durch die Luft, tupften auf braunverfärbte, bereits steifgefrorene Grashalme, wirbelten weiter.

Jackson hielt sich die Hände vor den Mund, blies warmen Atem hinein. „... Kultstätte", nuschelte er kaum verständlich.

„Das Tor ist... muß eine Art Bestandteil ihrer spirituellen Kultur sein. Seht ihr diesen großen Steinklotz da drüben, rechts von dem Tor? Das ist der... Altar. Möglicherweise für Opferhandlungen. Dieser Ort hier ist buchstäblich wie geschaffen für Götzendiener."

O'Neill spürte es mit jeder Faser seines Körpers.

Und begann richtig zu frieren.

„Sorgen wir dafür, daß wir unterwegs sind, bevor die Götzendiener kommen", sagte er fast ärgerlich. „Du findest heraus, wie dieses Tor zu justieren ist –"

Jackson warf ihm ein scheues Lächeln zu. „Schon erledigt... Colonel. Wir stehen direkt vor der Schaltzentrale – also, ich meine diesen komischen runden Stein-Tisch mit den Symbolen und dem Quarz obenauf. Frag mich nicht, wie sie das mit der Energie machen. Aber dieses Symbol hier repräsentiert –"

„Sag Kawalsky Bescheid", bestimmte O'Neill und ging bereits weiter.

„Yeah, gut... Ähm, also, dieses Symbol hier –"

Er hörte längst nicht mehr zu, ging den anderen bei den taktischen Vorbereitungen zur Hand, war in Gedanken bereits aus dieser Lichtung, diesem Talkessel heraus und in Bewegung, die Berghänge hinab, in der Todeszone... auf der Jagd, dachte: *Brandon-Sha'uri-Skaara.* Beschwor die Dämonen seiner ganz persönlichen Besessenheit.

PLANET CHULAK
SHA'URI: ZÄHNE

Etwas riß an ihrem Verstand, verlangte häßlich zeternd nach Aufmerksamkeit und raunte ihr bösartig zu, daß sie das Schlimmste noch vor sich hatte – aber das wußte sie längst.

Sha'uri zog sich tiefer in sich selbst zurück, konzentrierte sich auf das Licht der Götter von Abydos, auf diesen warmen, goldenen Schein, der ihr Frieden und Erlösung versprach und sie damit lockte, näher zu kommen, immer noch näher: Ein neugieriges Kind in den großen Sanddünen von Ay'q-onur, weitab von allen Oasen, von allen Handelsrouten. Sie hörte das Flüstern des Windes; spürte seine behutsamen, warmen Streichelbewegungen auf der goldbraunen Haut ihrer Arme und fühlte sich so unsagbar gut; und in der Realität wurde das Schlagen ihres Herzens langsamer... etwas Flatterndes – ein winziger, sterbender Vogel. Sie machte weiter, konzentrierte sich noch angestrengter auf das Licht und das ewige Rinnen und Rieseln und Fließen des Sandes von Abydos und schmeckte den Geruch von...

... *Blut?!*

Etwas veränderte sich – beschleunigte, riß ihren Geist mit erbarmungsloser Brutalität zurück, fort von der behütenden Helligkeit und der Wärme: Es begann mit einem schrillen Heulen, mit in den Ohren schmerzenden tierhaften Geräuschen von Kampf und Verzweiflung, mit einem rasenden Wirbel gräßlicher Erinnerungen. Bestien mit riesigen Schlangenschädeln stürzten sich auf die Frauen in den goldenen Gemächern, trieben sie wie Vieh auseinander, wählten die nächste aus und schleppten sie davon; und kehrten Stunde um Stunde allein wieder zurück. Holten die abermals nächste. Und die nächste.

Aus dem anfänglichen verhaltenen Wimmern und gelegentlichen Weinen der anderen Frauen wurde rohe Panik: Sie hörten das Schreien und Kreischen...und die jäh einkehrende Stille aus jenen fernen Bereichen der Festung heranwehen – und wußten, was geschah – und auch ihnen selbst drohte. Zwei von ihnen verloren den Verstand über diesem WISSEN und zerfetzten sich gegenseitig die Pulsadern, starben mit einem triumphierenden Lächeln auf den Lippen – der Grausamkeit des Schlangengottes für alle Zeiten entkommen.

Blut. Soviel Blut.

Sha'uris Herz schlug bereits wieder schneller, kräftiger. Sie hörte ein zufriedenes *eisiges* Lachen. Ganz nahe.

Schuppenhaut strich über ihr Gesicht... ihren Hals... und weiter, tiefer hinab, über ihre Halsschlagader, ihre Brüste.

Sha'uri kehrte mit einem Ruck in die Wirklichkeit ihres ganz persönlichen Alptraumes zurück – sie war ohnehin nicht lange genug in der *Shala'yhar*-Trance gewesen, um den eigenen Tod *richtig* herbeizuführen und wußte im gleichen Moment alles: *Sie selbst war die nächste* und sie riß die Augen auf und fand sich in einer weiten, dunstigen Schwärze wieder.

Fackeln wurden links und rechts von ihr entzündet; Feuerlohen fauchten empor, mit Harz getränktes Holz prasselte und knackte.

Das Ungeheuer stand dicht vor ihr, ein in goldene Gewänder gekleidetes überirdisches Wesen – es überragte sie, betrachtete sie aufmerksam – Schlangen-Krieger und Eunuchen und Sklaven-Jungen umringten sie, berührten sie flüchtig, schoben, drängten sie vorwärts: Dutzende, Hunderte, eine schattenhafte, atmende, schweißtriefende Mauer. Der betörende Duft von Lavendel erschwerte jeden Atemzug; es kam ihr vor, als würden ihre Lippen, ihre Brüste schmerzhaft anschwellen. Anderes Räucherwerk ließ ihre Augen tränen. Jetzt loderten überall in dem parkweiten Saal Fackeln auf – weiße, orangerote, violette Irrlichter in einem ungeheuerlichen Schattenwogen; Trommeln wurden geschlagen, langsam, schneller, langsam. Es war, als pumpe Sha'uris Herz in einem annähernd gleichen Rhythmus.

Das starre Schlangengrinsen des Monstrums verschwand, der klobige Schädel verwandelte sich in etwas Schattenhaftes, wurde zu einem menschlichen – männlichen – Gesicht.

Hinter ihm hoben sich Schleier raschelnd von einem Portal, das in einen pechschwarzen Alkoven führte. Eine hochgewachsene Frauengestalt stieg geziert über am Boden liegende seltsam vertraut geformte Gegenstände hinweg und trat heraus – Augen geschlossen, ein Lächeln auf den Lippen, den Kopf leicht zur Seite geneigt, als lausche sie inneren Kommandos – Trance.

Der Metall-Salzgestank des Blutes wurde explosionsartig stärker; er schien die große Frau einzuhüllen wie ein gräßliches Parfum.

Sha'uri glaubte das gierige Schwirren großer Fliegenschwärme zu hören – und starrte die Gegenstände auf dem Boden des Alkovens genauer an: Wimmelnde Massen auf weichen Rundungen – eine schwirrende, summende zweite Haut.

Tatsächlich Fliegen, schoß es ihr durch den Kopf, und wie gebannt starrte sie immer weiter hin, sah winzige Körper hochflirren und wieder zurücksinken, sah papierene Flügel wirbeln und im Fackelschein gleißen wie flüssige Smaragde – sah strähnige blonde Haare unter dem Wimmeln und Drängen der Fliegen zum Vorschein kommen und sofort wieder verschwinden – erkannte plötzlich das Gesicht einer der Frauen, die vor ihr abgeholt worden war – und jetzt, endlich, ließ sie die grausame ERKENNTNIS zu: Dort drüben lagen keine Gegenstände, sondern... Körper.

Tote Körper.

„Nein! Dani-yer – t'chackra va!" Sha'uri stieß einen gellenden Schrei aus und stürzte sich auf den dunkelhäutigen Sklavenjungen, der sie am rechten Handgelenk festhielt – überrumpelte ihn vollkommen, schlug ihm ihre Zähne in den Hals, biß zu, schmeckte sprudelndes Blut und hörte sein Kreischen und war bereits frei und in Bewegung. Eunuchen eilten herbei, umklammerten sie unbeholfen und mit aufgeregtem Schnattern, und sie biß und krallte um sich und wußte doch, daß alle anderen Frauen vor ihr dasselbe zumindest versucht hatten – und trotzdem nicht entkommen waren. Vielleicht gehörte es dazu.

Immer noch mehr schattenhafte, ekelhaft schwammige, schwitzende Körper warfen sich auf sie, bis sie endgültig das Gleichgewicht verlor und in die Knie brach und unter einer wimmelnden, keuchenden, stoßenden Leibermasse begraben lag. Die Schlangen-Krieger beendeten den Tumult, rissen sie unter der erstickenden Last hervor, zwangen sie, das Ungeheuer von Neuem anzusehen.

Der goldene Gott der Schlangen nickte, klatschte gemächlich Beifall, flüsterte: „Oh, gut, diese hier hat Temperament...“ Das Zischen einer Schlange. Die Zufriedenheit des Jägers.

Seine Augen weiteten sich; das Weiß seiner Pupillen explodierte in sengendem Feuer. Plötzlich waren seine Gedanken und Befehle in ihr, in ihrem Kopf, überall, zwingend, unausweichlich: Sha'uri taumelte, sackte im Griff der Schlangen-Krieger zusammen, verlor die Besinnung, kam in einer Flutwelle reißender Schmerzen, schreiend, zornig, bereits wieder um sich tretend, spuckend, kämpfend wieder zu sich; es war, als drehe sich der gesamte Saal.

Schattenhände rissen ihr die Kleider vom Leib. Andere Hände hoben sie hoch, trugen sie zu einem schneeweißen Sarkophag.

Das Monstrum war dicht vor ihr, berührte sie mit einem blitzartigen Vorschnellen der linken Hand. Noch mehr Feuerhelligkeit, dieses Mal direkt in ihrem Kopf – eine träge Lavaflut. Sie konnte sich nicht mehr bewegen; es war, als werde sie zu Holz; sie glaubte das Knarren und Bersten großer Holzfasern IN SICH zu hören, verdrehte die Augen, starrte zu dem Ungeheuer und seiner Gefährtin empor –

– starrte auf den nackt dargebotenen Bauch der Frau, auf diesen riesigen, zum Bersten gewölbten Leib, in dem sich jetzt zuckend eine schattenhafte, blutrote Kreuzstichwunde öffnete und etwas Zähnestarrendes, Langes, Geschmeidiges, Schleimtriefendes ausstieß – Knorpel und zähe Kiemenhaut und Muskeln und zittriges, totenbleiches Fleisch. Sie hörte ein gieriges Zischen und Fauchen, und das Etwas schwebte aus dem Körper der Frau herab und berührte sie – zuerst behutsam, als koste es von dem Salzgeschmack ihrer Haut – dann ungeduldiger, eindeutig gieriger. Es schnupperte, witterte, kostete *tatsächlich von ihr. Es war feucht und eiskalt und weich wie totes Fleisch, das seit Tagen in einem Keller liegt.*

Es kroch über ihren nackten, schweißglänzenden Bauch – höher; Schuppenhaut kratzte und schabte über ihre Haut, hinterließ eine schleimige, stinkende Alptraumspur. Höher. Weiter.

Zwischen ihren Brüsten.

Die Trommelschläge waren jetzt überall: brachten Kopfschmerzen – es war, als müsse ihr Schädel zerspringen. Noch immer unmöglich, zu schreien. Ekel ließ sie würgen. Sie würde ersticken.

Dann ringelte sich der restliche Leib des ETWAS aus der Leiböffnung der Frau und landete mit einem nassen, fleischigen Klatschen auf ihr – und JETZT konnte Sha'uri schreien: ihr ganzer Körper zuckte vor Angst, sie kreischte, bis ihre Stimmbänder versagten, bis ihre Lungen sich verkrampften, bis sie nur noch von dem einen Gedanken beseelt war: Luft, Lufteinsaugenbitte.

Sie wollte nicht ersticken.

Sie wollte nicht, daß dieses DING über sie kroch. Höher. Gierig.

Sie wollte nicht, daß sie seine *Gedanken direkt in ihrem Kopf hörte:*

(Gut – gutes – Fleisch meines für lange Zeit – meines – gut – so gut – die richtige Wahl – meine Wahl – endlich – endlich –)

– und der goldene Gott der Schlangen wandte sich an das Etwas auf ihren Brüsten, an ihrer Kehle, und flüsterte: „Ein gutes Behältnis, meine Liebe, ein sehr gutes Behältnis für lange Zeit – es stellt dich zufrieden, ich spüre es, meine Liebe, meine Königin..."

(Gutes Fleischbehältnis – nur für mich – mich – mich gute Wahl – endlich – oh – endlich – schnell – kann es nicht mehr erwarten schnell oh schnell –)

– und das Etwas auf ihrem Leib atmete rascher und ringelte, stieß sich weiter, um ihren Hals herum, und erneut griffen schattenhafte Hände herab und packten Sha'uri, drehten sie um, legten sie behutsam auf den Bauch, und sie schrie immer

noch, kreischte ohne Atem zu holen, begriff, daß das nicht mehr wichtig war, daß nichts mehr wichtig war – außer – außer –

Der Schlangengott beugte sich zu ihr herab, strich ihre schweißverklebten Haare aus dem Gesicht, flüsterte: „Pschht, meine Liebe, es ist eine große Ehre...“

Sha'uri schüttelte den Kopf, versuchte verzweifelt die Herrschaft über ihre Muskeln und Körperbewegungen zurückzubekommen, sich herumzuwerfen, das ETWAS unter sich zu begraben, zu hören, wie es zerquetscht wurde, wie es mit einem NASSEN, schrecklichen Laut zerplatzte und Blut und Eiter und Schleim verspritzte und zuckend verendete. Oh, sie würde es genießen, sie würde vor Glück schreien und lachen und –

Doch nichts von alledem geschah.

Sha'uris Schreien verstummte; sie lauerte auf jede neue Bewegung der Bestie. Jetzt: Das Etwas auf ihrem Rücken richtete sich zähnefletschend auf, verharrte kurz – und stieß mit der Wucht einer Stahlfeder auf sie herab, grub und fraß und wand sich zuckend in das Fleisch ihres Nackens –

(tieftief hinein zu den Nervensträngen so gutes Fleisch-Behältnis so gutfürmichallein endlich)

– schlang sich um ihr Rückgrat und krallte und saugte sich daran fest – stellte den Kontakt her, übernahm triumphierend die Kontrolle.

DER SCHWARZE PALAST

1

Drei Stunden und zwölf Minuten der Frist waren um: O'Neill legte Tempo zu, beschleunigte aus dem Wolfstrab heraus in eine schnellere Laufart, spürte, daß die Anderen aufschlossen. Sein Atem kam ganz ruhig und lang und gleichmäßig; seine Beinmuskeln fühlten sich noch immer locker und leicht genug an, hatten genügend Spannkraft und Reserven –

es war ein gutes Gefühl; es war, als schmiere der Schweiß beim Laufen sämtliche Muskeln und Gelenke.

Als sie den Steilhang erreichten, wurde das Schneetreiben heftiger; Aufwinde peitschten nadelspitze Eiskristalle mit sich und ließen die Kronen der himmelhohen Tannen des Waldes wie riesige Wasserfälle rauschen; Holz krümmte sich ächzend und knirschend; kleine Tiere huschten durch algenlange Grassträhnen, brachten sich raschelnd und wimmelnd in Sicherheit. Es schien, als verändere sich die gesamte Welt unter bestialischen Schmerzen. O'Neill stoppte, schaute noch einmal auf die Uhr. Drei Stunden, neunzehn Minuten, achtunddreißig Sekunden... neununddreißig... vierzig. Fluchend zog er den Ärmel der Kampfanzugjacke darüber, nahm sich vor, die Zeit zu ignorieren und damit zu entmachten, und drehte sich um. Kawalsky brachte den Transporter in Stellung, grinste zu O'Neill herüber, signalisierte: *Alle taktischen Manöver für einen sicheren Rückzug sind getroffen – und wir haben noch Reserven.* O'Neill teilte seine Meinung nicht. Im Wald schrien Vögel. Lautes Flügelschlagen verriet panische Flucht. Der Sturm heulte jetzt scheinbar direkt über ihnen. Schneeflocken rieselten durch die Tannenkronen, brachten einen kalten Hauch mit sich, überzogen den Waldboden mit einer ersten spärlichen weißen Schicht und verwandelten die Felsen und Steinbrocken des steil abwärts führenden Pfades in eine trügerisch glitzernde Rutschbahn.

O'Neill winkte Kawalsky zu sich. „Zeit, sich zu verabschieden", sagte er.

Kawalsky verstand sofort. „Die ganz große Verteidungslinie", sprach er es aus. „Gute Gegend. Gute Deckung."

„Gute Übersicht", fügte O'Neill hinzu und nickte zu dem steilen Pfad hinüber.

„Okay. Wenn wir in fünfzehn Stunden nicht zurück sind –"

„Kommen wir und retten euren Arsch", knurrte Kawalsky.

„Negativ, Captain. Dann befolgt das SG-2-Team ganz exakt die erhaltenen Befehle: Ihr verschwindet von hier und kehrt zum Tor und zur Erde zurück – ist das klar?"

„Yes, Sir!" Es klang unzufrieden.

Er nahm keine Rücksicht darauf. „Haltet die Stellung hier oben. Paßt auf euch auf."

„Yes, Sir!" Kawalsky grinste bereits wieder – entschlossen. Warren und Casey begannen bereits, die Feuerwerks-Utensilien abzuladen.

O'Neill nickte den Männern von SG-2 zu, bedeutete Carter und Jackson, sich an den Abstieg zu machen, und folgte ihnen in das dichter werdende Schneetreiben hinein.

„Bringt mir ein T-Shirt mit", rief Kawalsky hinter ihnen her und salutierte – unverwüstlich.

2

Sie brachten rutschend und schlitternd und fluchend vierhundert Yards Höhenunterschied hinter sich und folgten einem zweiten, nicht mehr ganz so steilen Geröllfeld, das inmitten zerklüftet aufragender Felsenklippen und dunkler, verkrüppelt überhängender Tannen weiter bergab führte und schließlich in eine schmale Waldschneise mündete. Dunkel- und hellgrüne Schatten tanzten vor und über ihnen; mehr und mehr schien es, als seien sie in einem endlosen wogenden Tunnel aus gewaltigen, knorrigen Ästen und rasiermesserscharfen grünen Klingen unterwegs – Gespenster auf der Fährte von Gespenstern in einer gespenstischen Waldwelt. Es wurde dunkler; es war nicht mehr so eiskalt. Die Schneeschicht auf dem Boden schmolz bereits wieder – die Nässe verwandelte die Moos- und Humusschicht in einen scheinbar bodenlosen Morast. Weder O'Neill noch die anderen sprachen etwas, und so blieben ihre angestrengten Atemzüge und das Geräusch ihrer Schritte, das gelegentliche metallische Schaben eines Waffenlaufs auf dem Stoff der Kampfanzüge für eine lange Zeit die einzigen Geräusche in der allgegenwärtigen Stille.

Eine halbe Stunde später blieben die immergrünen Nadelhölzer hinter ihnen zurück; Mischwald – Espen, Pappeln, weiße und silbergraue Birken, Kiefern, Eichen sowie eine Art Redwood-Bäume – und dichte Schonungen nachwachsender Schößlinge, struppiger, dornenüberwucherter Büsche und Sträucher ersetzten sie. Die Lichtstrahlen der tief im Osten stehenden violettroten Sonne sickerten nur noch spärlich durch das Blätterdach; Muster aus Licht und Schatten legten sich über die Spuren. Man konnte nicht mehr weit sehen. O'Neill versuchte nicht an die Opfer der Schlangen-Köpfe zu denken; versuchte sein Dämonen-Mantra genauso zu ignorieren wie das unerbittliche Vergehen der Zeit.

Jackson schloß jetzt dicht zu ihm auf, beschwerte sich: „Hat jemand eine Idee, wo wir im Laufschritt hinrasen?"

„Abwärts. Raus aus den Bergen", antwortete Carter lakonisch. „Immer diesen Spuren hinterher."

„Sie wollen mir doch nicht weismachen, daß die Schlangenköpfe mit ihren Opfern hier heruntermarschiert sind –"

„Es sind die einzigen, die frisch genug sind und von dem Schlangen-Tor wegführen."

„Und? Was beweist das schon? Vielleicht hat Ferretti sich geirrt."

„Erzählen Sie mir von Sha'uri, Doktor."

Er starrte Carter verdutzt an; von seinem Kinn tropfte Schweiß. „Das... das ist ein Ablenkungsmanöver?"

„Warum nicht?"

„Nun, sie war... ist..." Er brach ab, verzweifelt.

O'Neill sagte: „Sie war ein Gastgeschenk."

Es war hart genug; es riß Jackson aus seiner Traurigkeit. „Verdammt, das ist nicht fair, Jack, du weißt genau, daß ich Sha'uri niemals –"

Oh, und ob er das wußte – aber er machte dennoch weiter: „Die Ältesten der Stadt Nagada hatten beschlossen, daß ihr neuer Gott Dani-yer ein bißchen... Spaß haben sollte. Wollten, daß er locker wird, ein paar Wunder bewirkt..."

„Und Sie haben das akzeptiert?“ erkundigte sich Carter empört.

„Akzeptiert? Hören Sie, Captain, Doktor... ich bin kein Sex-Maniac, ich bin –“ Er stolperte und O’Neills Linke zuckte vor, stoppte seinen Sturz, bevor er richtig begann. Jackson rückte seine Brille zurecht, nickte, ließ seine Zunge über die Lippen huschen – hielt weiterhin trotzig mit O’Neill Schritt. „Okay, okay – lacht mich aus, aber ich vermisse sie schrecklich. Verdammt – es tut so weh. Ich bin keiner von diesen Rambos – ich bin... ich war Wissenschaftler, ich brauche geordnete Verhältnisse und ich brauche Abydos und die Menschen von Abydos und meinetwegen auch die Mastadges –“

O’Neill stoppte, hielt ihm den Mund zu, signalisierte Carter, aufzupassen – doch sie war bereits lautlos wie ein Schatten in den Dornengestrüppen links des Pfades untergetaucht – entsicherte ihr M-16. O’Neill beeilte sich, es ihr gleichzutun.

„Was?“ malmte Jackson flüsternd an O’Neills Fingern vorbei.

„Jemand kommt.“

3

Der Wind frischte auf und trug neuen Schnee mit sich heran; aus dem verspielten weißen Wirbeln einzelner Flocken in den Schatten zwischen den dicht stehenden Bäumen wurde ohne jeden Übergang ein beständiges pulveriges Fallen – die gedämpften Farben des Waldes vergingen in einem lautlosen, zornig tobenden grauen Nichts, und das Knirschen von Schritten, das angestrengte Atmen zahlreicher Wesen war in dieser frostigen Atemlosigkeit umso deutlicher zu hören.

O’Neill kniff die Augen zusammen und widerstand dem Impuls, die Augengläser vom Helm herunterzuziehen und anzulegen; schob sich mit Jackson tiefer in die Schonung hinein und hinter das gewaltige Wurzelfächerwerk eines gestürzten Baumriesen; es roch intensiv nach Feuchtigkeit und Moosen und – nach uralten Pilzen. O’Neill ließ den Pfad nicht aus den Augen. Wartete. Das Geräusch der Schritte näherte sich, und als sei der Schall auf dieser Welt auf eine seltsame Art und Weise viel zu langsam, waren die Gestalten im nächsten Moment bereits – viel früher als O'Neill das erwartet hatte – zu sehen: Es schien, als würden sie geradewegs aus dem schneeüberzogenen Pfad emporwachsen – große, gegen das Schneetreiben schwerfällig vornübergebeugt gehende... Kreaturen, deren Körper im Dämmerlicht den Eindruck vermittelten, als würden sie sich unablässig verändern... mit der sie umgebenden Schwärze verfließen. Sie trugen lange Stäbe, deren obere Enden jeweils einen tiefblauen Quarz sowie einen stilisierten Schlangenschädel trugen. O'Neills Gehirn faßte die Erkenntnisse zusammen: *Keine Waffen... keine Strahlen-Lanzen. Nur –*

Im gleichen Moment wußte er es; das Begreifen kam aggressiv über ihn – ein Zug, der auf einen anderen Zug zuraste: Es waren schwere, grün-beige gefleckte Winter-Kapuzenkutten, die sie so massig und monströs wirken ließen. Das riß ihn weg von der kreatürlichen Angst, die sich bereits in ihm zu regen begonnen hatte. *Menschen.* Es waren nur Menschen – wie auf Abydos. Zehn, zwölf, eine lächerlich kleine Prozession auf dem Weg in die Berge – und zu dem SternenTor.

O'Neill gab Jackson frei, glitt an Schößlingen und bereits größeren Bäumen vorbei, folgte ihnen lautlos im Unterholz, erhaschte weitere Blicke auf sie, speicherte alle Details: Bleiche Gesichter, ziemlich alt, ziemlich harmlos – sofern vernunftbegabte Wesen das überhaupt sein konnten – kahlgeschorene Schädel. Auf der Stirn: das Schlangenzeichen. Dann fiel ihm Jacksons Gerede ein: *Ein Ort für Götzendiener.*

Carter lief schattengleich an seiner Seite. Er hatte sie nicht kommen hören; er wußte, daß er sich nie daran gewöhnen würde.

„Irgendwelche Waffen?" raunte sie ihm zu.

Er schüttelte den Kopf. Und begriff im gleichen Augenblick, daß er einen großen Fehler gemacht hatte:

Er hatte Jackson alleingelassen.

Es war absolut nicht gut, Jackson alleinzulassen.

Der Doc war bereits unterwegs, rief erleichtert „Jack, es sind Mönche!“ und brach, begleitet von Knirschen, Splittern und Krachen unbeschwert wie eine Dampframme durch das Unterholz der Schonung und trat auf den Pfad hinaus – zeigte sich den Götzendienern.

O'Neill schüttelte den Kopf, bemerkte Carters seltsam fragenden Blick und kommentierte es mit einem ziemlich resignierenden Tonfall für sie: „Der Mann hat sich nicht geändert.“ Er hetzte los, das M-16 im Anschlag; fühlte Carter wie einen kalten Lufthauch weiter neben sich.

Die Kapuzenträger bemerkten sie überhaupt nicht, so konzentriert starrten sie Jackson an – ihre blassen Gesichter schienen hinter dem Schneetreiben rasend schnell zu zerfließen, bis nur noch ihre großen, vorgewölbten dunklen Augen existierten.

Jackson winkte ihnen – und rief: „Hi!“

O'Neill und Carter glitten ebenfalls auf den Pfad hinaus, nahmen Jackson unauffällig genug in die Mitte; sicherten mit vorgehaltenen Waffen.

Der Anführer der Mönche sagte verständnislos: „Cha'e – ria kamutun?“ , streifte seine Kapuze in den Nacken, wandte sein Gesicht dem Himmel und dem Schnee zu und breitete beide Arme aus. Große weiße Flocken tupften auf sein ausdrucksloses Geistergesicht, schmolzen in den Augen.

„Wir kommen aus dem... äh... SternenTor“, versuchte Jackson die Unterhaltung am Laufen zu halten. „Versteht ihr? Aus dem *Chaaka-ra* –“

„Ah – *Chaaka-ra!*“

Sie fielen in einer einzigen, synchronen Bewegung auf die Knie, neigten die Köpfe, reckten ihnen die Schlangen-Stäbe entgegen.

„Nein – nicht, bitte -“

Jackson hastete zu ihnen; für eine endlose Sekunde sah es

so aus, als wolle er sie höchstpersönlich hochziehen und ihre Kleidung säubern –

O'Neill räusperte sich. Zwang ihn, zu ihm herzusehen. Schüttelte den Kopf.

Jackson räusperte sich ebenfalls – verlegen.

„Freunde von dir?" erkundigte sich O'Neill zynisch, ging zu ihm, spielte mit dem Gedanken, ihn niederzuschlagen oder zumindest die Beherrschung zu verlieren und ihn anzuschreien.

„Na ja, also *so* kann man das nicht interpretieren –", verwahrte er sich und errötete.

„Woher hast du gewußt, daß sie friedlich reagieren?"

„Hab' ich nicht gewußt", erwiderte Jackson und sah – plötzlich alarmiert – von O'Neill zu den knienden Kapuzenträgern und wieder zu O'Neill zurück.

„Es sind Götzendiener der Schlange", sagte Carter leise, um es ihm endgültig zu verdeutlichen.

Er schluckte krampfhaft. Sein Gesicht wurde seltsam schlaff – ein Zeichen bloßliegender Nerven. „Ich dachte nur..." Er setzte von Neuem an, wurde ärgerlich. „Verdammt, wo bleibt unsere gute Reputation, wenn wir die ersten Leute, denen wir auf einer neuen Welt begegnen, gleich abknallen?"

„Reputation –?"

„Es sind Mönche." Er breitete die Arme aus. „Sie huldigen dem SternenTor –"

„Und wir sind durch dieses SternenTor gekommen", sagte Carter und nickte verstehend.

„Sie halten uns für Götter. Sie werden uns helfen. Besser, als weiterhin Lederstrumpf zu spielen. Zeitersparnis – kapiert?"

„Götter? – Wir? Schräg!" murmelte Carter.

„Passiert uns ständig", meinte O'Neill.

Jackson wartete ihre Antwort erst gar nicht ab, sondern drehte sich mit einem Ruck herum, stapfte zu dem Anführer der Kapuzenträger, zog ihn auf die Füße.

„Sie müssen das nicht tun. Bitte."

„Chuu'ula-al'asslala?" sagte der Mann verstört.

„Asslala... Wählen. Jack, er will, daß wir etwas auswählen"

„Frag ihn nach der nächstgelegenen Stadt", schlug O'Neill gereizt vor.

Jackson gehorchte.

4

Zeitersparnis... Ein Flop. Die Kapuzenträger waren alt und geschwätzig und dementsprechend viel zu langsam – und da sie hartnäckig darauf bestanden, sie auf der Pilgerstraße nach Chulack, der einzigen Stadt des Planeten Chulack und *Ort des Schwarzen Palastes* und der *Großen Auslesefeierlichkeit* zu begleiten, und Jackson dies begeistert gestikulierend und plappernd akzeptierte, vergingen weitere dreiundfünfzig Minuten, bis weit voraus, am Ende eines zerfurchten Karrenweges, der durch vom Schnee überzuckerte Weinberge führte, das Ziel ihrer Wanderschaft auftauchte. Es bot einen gespenstischen Anblick:

In dem perlgrauen Licht einer Dämmerung, die nun schon seit Stunden unverändert andauerte, kreisten struppige Vögel über verkrüppelten, dunklen, blattlosen Bäumen und den wuchernden Ausläufern einer Stadt, die sich um die Flanken eines kegelförmigen Berges schmiegte; O'Neill sah Rauchfahnen aufsteigen, sah nachtschwarze, seltsam vertraute und doch unermeßlich fremdartige Gebäudeumrisse, sah mit der Umgebung verschwimmende Stadtmauern und, dahinter, darüber, in Terrassen aufstrebend, Torbögen und Treppenstufen und neue Mauern und Giebel und Dächer und stumpfe Lichtreflexe darauf – und bemerkte im gleichen Moment, daß er von der Seite angestarrt wurde und fuhr herum. Der Anführer der Mönche sah hastig weg und schritt schneller aus, doch das eigenartige Lächeln auf seinem blassen Gesicht erlosch nicht.

„Was ist?“ fuhr O’Neill den Mann aggressiv an – und erhielt anstelle einer Antwort lediglich ein noch eigenartigeres Lächeln: undeutbar.

(Opferlämmer)

Fluchend ging O’Neill weiter, kümmerte sich nicht darum, daß Jackson neben ihm herstolperte und sich voller Begeisterung über die Grundmuster der Chulack-Sprache ausließ. O’Neill konnte das Lächeln des Kapuzenmannes noch immer nicht einordnen und hatte plötzlich Angst. Er fühlte sich schutzlos ausgeliefert. Er dachte wie rasend darüber nach, was sich hinter den Begriffen *Schwarzer Palast*, *Große Auslesefeierlichkeit* verbergen mochte, grübelte, bis ihm der Kopf schwirrte und er sich mit Gewalt zur Ruhe zwingen mußte, um nicht laut aufzuschreien. Zum ersten Mal seit Beginn dieser Mission zweifelte er daran, Brandon, Skaara und Sha’uri noch einmal lebend zu sehen; es war vermessen... nein, größenwahnsinnig, zu glauben, mit fünf Marines auf diese Welt kommen und aufräumen zu können. Das hier war nicht die Erde; und nicht einmal auf der Erde hatte es immer funktioniert mit dem amerikanischen Aufräumen. Eine seltsame Art übersteigerter angespannter Wachsamkeit breitete sich in ihm aus; es war, als könne er präziser sehen, hören und fühlen als jemals zuvor. Doch gleichzeitig schien es der Stadt vor ihnen mühelos möglich, sich wie ein bizarres Chamäleon-Wesen seinen Blicken auf geradezu magische Art und Weise zu entziehen:

Es hatte längst aufgehört zu schneien; dennoch wurden aus festen Konturen zerfließende Schemen, während sich der Eindruck einer wuchernden steinernen Masse gleichzeitig verstärkte. Aus dunklen Fensteröffnungen wehte eisige Kälte. *Dieses Zwielicht*, dachte er und vermißte die Sonne mit einer solchen Intensität, daß es ihn körperlich schmerzte, *dieses ewig gleichbleibende Zwielicht.*

Zehn Minuten später nahm die Dämmerung sie auf – sie betraten Chulack durch ein weit offenstehendes Tor.

Keine Wachen auf der Stadtmauer. Die gesamte untere Ebene der Stadt war sehr still und wirkte wie ausgestorben oder, noch schlimmer: wie in panischem Grauen fluchtartig verlassen. Das Gefühl einer mörderischen Bedrohung wurde übermächtig –

„Was für eine Stadt!" sagte Jackson mit der Begeisterung eines Pubertierenden.

O'Neill achtete auf die Umgebung: Ein Labyrinth enger, verwinkelter gepflasterter Gassen und Straßen nahm sie auf, öffnete sich immer wieder unversehens auf weite Plätze hinaus, verschluckte sie von neuem; ihre Schatten huschten über verwitterte Mauern; seltsame Echos, wie von geifernden und schlingenden wilden Hunden, hallten aus den Tiefen der ausgestorbenen Stadt heran – und verstummten. Weiter. Weiter. Die Mönche plapperten und winkten ihnen freudestrahlend mit ihren Schlangenkopf-Pilgerstäben – die Kapuzenkutten bauschten sich unter hektischen Bewegungen.

Großzügige, halbrunde Treppenfluchten luden ein, die höhergelegenen Ebenen der Stadt aufzusuchen; mächtige, langgezogene Gebäude mit säulenverzierten Fassaden standen dicht an dicht. Und plötzlich wußte O'Neill, WAS ihm an dieser Stadt schon aus der Ferne so vertraut vorgekommen war –

Jackson sprach es eine Zehntelsekunde früher aus:

„Das – das ist das ROM der Kaiserzeit!" Seine Stimme klang, als müsse sie zersplittern, doch das geschah nicht; er redete, drehte sich um die eigene Achse, redete und redete, während sie weitergingen und ihn mit sich zogen. „Jack, schau dir das an, diese prachtvollen Bauwerke... Das Ganze sieht aus wie der Südhang des Palatin in der Antike... Perfekt erhalten. Da vorn, das ist die Nachbildung des Apollo-Tempels, den Octavian-Augustus im Jahre 28 vor Christus nach seinen siegreichen Schlachten für seinen ganz persönlichen Schutzgott hat erbauen lassen... Weiter rechts – dieser lange, halbrunde Säulengang: die Außenmauer des Circus Maximus...

Und das Ganze mündet dort oben im... *Forum Romanum*. Lieber Gott, es sieht aus, als hätten sie alles zusammengewürfelt, aber... irgendwie paßt es. Die gewaltigen freien Plätze... die Foren: rechts der Tempel des Antoninus Pius und der Faustina, dahinter, dieser riesige Komplex mit den... äh.. Balkonen... die Basilica Aemilia. Weiter hinten: Der Janustempel. Die Rostra... äh: die Rednertribüne, dahinter das Senatsgebäude, die hohen Mauern des Forum Julius Caesar. Auf der anderen Seite des Platzes, dieses eher winzige Tempelchen hinter dem Säulen-Prachtbau der Markthalle, das ist der Tiberiusbogen... die Basilica Julia, davor der Tempel von Castor und Pollux. Geradeaus weiter, dort oben: der Bogen des Septimius Severus, der Saturn-Tempel, der Tempel der Concordia und des Vespasian – und über allem... das monumentale Tabularium, das Staatsarchiv, und, wiederum links davon, diese titanische Anlage... Treppenfluchten, Bogengänge, Innenhöfe, Säulen, Tordurchgänge, Mauern, Mauern, Mauern... das ist der Tempel des Jupiter Capitolinus –"

„Nein, der *Schwarze Palast*", murmelte Carter sehr, sehr ernst und stoppte Daniel Jacksons überschwenglichen Redefluß. Plötzlich schien auch ihm bewußt zu werden, daß das hier keine archäologische Pilgerfahrt war, sondern Ernst.

Möglicherweise blutiger Ernst.

Diese ganze Stadt – eine Falle.

Die Kapuzenträger befahlen ihnen, sich zu beeilen und geleiteten sie in die berghohen Schatten zwischen den Gebäuden, die Jackson *Basilica Aemilia* und *Senatsgebäude* genannt hatte. Es war, als würden sie eine unsichtbare Grenze überschreiten – aus einer steinernen Ödnis kamen sie auf einen weiten Platz, in dessen Zentrum humanoide, in lange, fließende Tuniken gehüllte Wesen in Scharen zusammenströmten. Plötzlich gab es auch wieder normale Geräusche – Schritte, das erwartungsfrohe Durcheinanderreden Tausender von Stimmen: Murmeln, Raunen, vereinzelte Rufe.

„Menschen", flüsterte Carter atemlos.

„Wie auf Abydos“, stimmte Jackson begeistert zu. „Möglicherweise ebenfalls vor Jahrtausenden von der Erde entführt und hier angesiedelt und über Generationen hinweg auf genau diesem Entwicklungsstand gehalten.“

Auf einer gewaltigen Tribüne am Ende des Platzes marschierten Schlangenkopf-Krieger in Doppelreihen auf; stählerne Brustharnische glitzerten, die Kettenglieder ihrer Rüstungen verursachten ein bedrohliches allgegenwärtiges Klirren. Schwarzgekleidete Herolde folgten ihnen im Gleichschritt aus dunklen Säulengängen nach, hoben Gegenstände an die Lippen, die wie riesenhafte, mit Zacken und Stacheln versehene Schneckengehäuse aussahen – und verharrten. In den schießschartenschmalen Fenstern des zehn Mannslängen aufragenden Tempel-Gebäudes hinter der Tribüne loderten Fackeln auf, wurden lange rote und schwarze Stoffbahnen ins Freie geschleudert – und der allgegenwärtige Wind packte mit zahllosen ungestümen Klauen zu, bauschte sie, peitschte sie knatternd empor und verformte sie zu scheinbar lebenden Himmels-Monstrositäten. Schmetternde Hornsignale ließen die Menschen auf dem großen Platz verstummen; gleich darauf wandten sich alle wie ein einziger riesiger Organismus den Kapuzenträgern und ihren fremdartigen Begleitern zu, wichen beiseite. O’Neill starrte in ehrfürchtige, andächtige, freudestrahlende Gesichter, dachte wirr: *Bei allen: Schlangensymbole auf der Stirn.* Dachte: *Zu spät, um davonzulaufen.* Der ungeheuerliche Organismus aus Tausenden von Leibern umgab sie – teilte sich geräuschlos vor ihnen und schloß sich wie mit erleichtertem Seufzen hinter ihnen, schwemmte sie voran, zu der großen Tempel-Tribüne.

„Eine Zeremonie“, murmelte Jackson. „Sieht so aus, als hätten sie uns erwartet...“

„Sieht so aus, als hätten wir ein paar verdammte Probleme“, berichtigte O’Neill.

Noch fünfzehn Yards bis zu der großen Tribüne. Das eiskalte Prickeln im Nacken wurde stärker. Kaleidoskopische

Bilder und Gedanken wirbelten durch O'Neills Verstand – der Angriff der Schlangenköpfe in der Abydos-Pyramide, die vielen Toten, Ferrettis zertrümmerte Schädelseite, sein zerstörtes Auge; gepreßte Atemzüge; das Piepen des Herz-Monitors; Skaara, Sha'uri – damals: Der Kampf gegen Ra's Horus-Krieger, gegen dic *Udajeets*-Flugmaschinen.

Die blutroten Dämonenaugen an den Seiten der Schlangenkopf-Helme schienen IHN zu fixieren. Dutzende, Hunderte von Strahlen-Lanzen in stahlgepanzerten Fäusten. *Das hier war das Ende des Weges.* Die Erwartung der Menge breitete sich aus wie ein giftiger Hauch, schwebte – lastete – über ihnen. O'Neill zwang sich, nicht loszustürmen. *Blinder Aktionismus – dumm.* Eine böse Stimme tief in seinem Hinterkopf plapperte: *Jetzt jetzt jetzt laß sie nicht den ersten Zug tun–*

Hunderte dumpfer Trommelschläge übertönten sie; ließen den gepflasterten Boden vibrieren, veränderten selbst die Struktur der Luft... machten sie körperlich, klebrig. O'Neills Lippen formten die Worte: „Nur Einbildung, nur Einbildung –" Das Zwielicht über Chulack schien sich mit der fiebernden Erwartung der Menge zu vereinen; stürzte zusammen mit den Stoffbahnen wie steingeworden über sie alle herein; die Menschenmassen schwankten unter unfühlbaren Windstößen – Massenhypnose.

Weitere Hornsignale gellten.

Dutzende Fackelträger eilten von rechts und von links herbei und bezogen vor der großen Tribüne Aufstellung – es sah aus, als würde der Tempel in Flammen stehen. Aus den tiefen Schatten der Säulengänge ergoß sich eine lärmende Prozession aus halbnackten, dürren Sklavenjungen, bildschönen Tänzerinnen, die leuchtende Blüten streuten, fetten Eunuchen und greisen Würdenträgern in protzenden Gewändern.

Jackson schloß mit zwei, drei überraschend energischen Schritten zu den Mönchen auf, zerrte ihren Anführer mit einer beinahe groben Bewegung zu sich herum, verlangte ungeduldig: „Sagt mir, was das alles soll... Wir interessieren uns nicht für dieses... dieses Schauspiel. Meine Frau ist hier. Wir müssen sie finden. Ihr Name ist *Sha'uri* –"

Der Mönch nickte eifrig und deutete auf die Tänzerinnen. „Yai, yai – Sha'-rei!" – Sinnlos.

Noch drei Schritte bis zu der Tribüne, zu den Fackelträgern. O'Neill reckte den Kopf, schätze ihre Chancen ein – miserabel. Die Schlangenkopf-Krieger waren überall. Die Trommelschläge verstummten. Hornsignale schienen die Luft BERSTEN zu lassen. Ein unermeßliches, scheinbar ewig andauerndes Raunen und Wispern fuhr durch die Menge; die Mönche und alle anderen sanken demütig auf die Knie und neigten den Kopf.

Jackson wandte sich an O'Neill, der unbeeindruckt aufrecht stehen blieb, stieß hervor: „Damals, im alten Rom bedeuteten diese –"

Er vollendete den Satz nie.

Aus den Schatten der Säulengänge traten zwei weitere Gestalten – lautlos wie Gespenster, ganz in goldene Gewänder gehüllt.

Atemlose Stille kehrte ein.

Die Zeit lief schneller – ein Tausendfüßler auf der Flucht. O'Neill erkannte das Gesicht des Mannes sofort. RA. Oder sein Zwillingsbruder: *Ray* – ha-ha. Er trug keinen Helm; schien nicht bewaffnet zu sein. Sein Gesicht war geschminkt; Lidschatten betonten die großen, mandelförmigen Augen – er wirkte ganz entspannt, als lausche er einer inneren sanften Melodie. Neben ihm: eine Frau... das Gesicht verschleiert – der Körper hinter weiteren Schleiern und goldener Seide nur schemenhaft nackt zu erahnen: schlank und doch weiblich und verführerisch – und plötzlich barst Jack O'Neills Kopf beinahe vor Gedanken, die er nicht denken wollte und trotzdem wie ein Besessener dachte und dachte –

Die Tänzerinnen hoben den Schleier vom Gesicht der Frau – aufreizend langsam, Teil eines Rituals.

Der goldene Gott der Schlangen wandte sich ihr zu, betrachtete sie voller Stolz und grollte in einer Sprache, die sowohl in O'Neills Ohren wie auch direkt in seinem Kopf dröhnte:

„Ash-ja-shsht! Dies ist der vorletzte Akt der feierlichen Zeremonie der Auslese und Erneuerung auf dieser Heiligen Welt Chulack und ihrem Schwarzen Palast – ich, Apophis, Goa'uld aller Schlangen, Herr der Tore aus Nebel und Ewigkeit und Lord-König von Chulack und tausend anderen Welten, habe als erster meiner Rasse die Wahl getroffen... Kniet nieder und HEISST EURE KÖNIGIN WILLKOMMEN!"

Der Schleier fiel.

5

Hunderten von Kehlen entrang sich ein andächtiger, inbrünstiger Laut – und immer noch mehr Stimmen fielen ein, bis sich das Geräusch *steigerte* und zu einer unablässig wiederholten Litanei wurde: *Ach-quo'chon, ach-e-quo'chon... Ash-ja-shsht!* – und selbst der Wind die kehlig immer hastiger hervorgestoßenen Worte aufzugreifen und zu den flatternden Bannern emporzutragen, anzutreiben, schneller zu machen schien, immer noch schneller, bis die Menge in schierer Raserei tobte und der große Platz und das Zwielicht und die Schatten zwischen und IN den Gebäuden widerhallten: *Ash-ja-shsht! Ash-ja-shsht – unsere Königin – unsere Königin*

Jackson hatte nur noch Augen für die Frau; seine Lippen zuckten, dann murmelte er ungläubig: „Sha'uri?"

Sie war so schön und zerbrechlich, wie auch O'Neill sie in Erinnerung hatte – *Das Ende des Weges.*

O'Neill wußte, was jetzt kam – trotzdem handelte er um den Bruchteil einer Sekunde zu spät.

Jackson stürzte bereits los, drosch die verdutzten Mönche mit wuchtigen Tritten beiseite, setzte über kniende, herumrückende Menschen hinweg, erreichte den Rand der Tribüne und entriß einem der Männer seine Fackel, zog und stieß sich mit den Füßen zappelnd hoch, rief – jetzt seltsam flehend –: „Sha'uri, ich bin es, Sha'uri... um Gottes Willen –"

„Knie nieder vor deiner Königin!"

Daniel Jackson schüttelte ganz langsam den Kopf, hörte gar nicht richtig zu, starrte nur Sha'uri an, fixierte sie, als fürchte er, sie müsse verschwinden wie ein Traumbild, wenn er sie nur einen Moment nicht mehr beachtete – und ging immer weiter auf sie zu. Begriff nicht, was er tat, was er sah. Sie war es tatsächlich – sie stand leibhaftig vor ihm; und war doch unsagbar fremd und fern. O'Neill war ebenfalls längst in Bewegung, hetzte hinter Jackson her, obwohl er wußte, daß er einen nicht mehr wiedergutzumachenden Fehler beging, hetzte hinter ihm her und dachte voller Grauen: *Tot. Sie ist wie... tot.* Und gleichzeitig war es, als teile sich sekundenlang seine Wahrnehmung, als sei er Jackson und O'Neill, als bewege er sich schnell und langsam – gefühllose Kamera-Augen, Großaufnahme: Sha'uri erwiderte Jacksons Blick mit nachlässiger Überheblichkeit – eine Göttin, die ein auf dem Weg vor ihr sinnlos im Kreis herumkrabbelndes Insekt betrachtet; sie erkannte ihn nicht – oder gab vor, ihn nicht zu erkennen. Ihr Gesicht, ihre Haltung wirkten... marmorkalt.

Und dann weiteten sich ihre Augen... *Loderten in einem alles versengenden, tödlich-weißen Feuer auf.*

O'Neill stieß und trat und schob Menschen beiseite, die gar nicht begriffen, wer oder was über sie kam. Er fühlte Adrenalin und Erschöpfung gleichermaßen in sich, sah rote Schatten vor sich, wußte, Jacksons Gnadenfrist war vorbei, es war, als könne er amüsierte Gedanken hören: *Weit genug* – der Schlangengott stieß ein bösartiges Knurren aus, mehr Bestie als Mensch; seine Linke flog hoch, in der Handfläche blitzte ein augenförmiger Quarz blutrot und die Wirklichkeit schien sich zu krümmen und zu verzerren – flüssig gewordenes EXPLODIERENDES Spiegelglas.

Etwas Grelles, Blendendes schoß auf Jackson zu, traf ihn in der Magengrube, schleuderte ihn rücklings von der Tribüne in die Menge... Als hätte die Menge nur noch darauf gelauert, brach jetzt endgültig Tumult aus; aus der vielstimmigen Litanei wurde panisches Kreischen und Schreien, Schlangen-Krieger pflügten von der Peripherie des großen Platzes herbei – riesenhafte, unförmige Kolosse in einem wogenden Leiber-Ozean; die Menschen rannten, taumelten, stürzten – und jene, die zu spät aus ihrer knienden Stellung hochsprangen, wurden erbarmungslos wie Ungeziefer niedergetrampelt oder von den Monstrositäten beiseitegeschleudert.

In dem herrschenden Aufruhr kam O'Neill weit genug unbemerkt voran – dann versuchte ihn einer der Mönche zu packen und festzuhalten.

O'Neill trümmerte die heranzuckende, klauenartig gespreizte Hand mit dem Kolben des M-16 beiseite, hörte voller Genugtuung das Splittern dürrer Knochen. Ein hohes, schrilles Heulen begleitete ihn, als er sich abstieß, sprang und auf der Tribüne landete – geduckt, das M-16 bereit... und viel zu langsam. Auch hier oben rückten die Schlangen-Krieger bereits vor, ihre Schritte ließen den Boden erzittern; Strahlen-Lanzen senkten sich –

Plötzlich geschah alles gleichzeitig – wie in einem komplizierten Eurythmie-Tanz. Die schwarzen und roten Seidentücher flatterten und bauschten sich nicht mehr länger im Wind, sondern sanken wie ein gewaltiger sterbender Rochen über den hinteren Bereich der Tribüne herab. Tänzerinnen und Sklavenjungen versuchten sich schreiend und weinend in Sicherheit zu bringen; die Schlangen-Krieger und Sha'uri – oder das, was sich ihres Körpers bediente – stellten sich mit schützend ausgebreiteten Armen vor den Schlangendämon. Ringsum zerbarst immer noch die Wirklichkeit, und Splitter dieser Wirklichkeit regneten wie erlöschende Feuerwerkssterne zu Boden. O'Neill dachte nicht mehr darüber nach, weshalb er die Ansprache des Schlangengottes hatte verstehen können, sondern war nur noch entschlossen, an die Bestie heranzukommen und –

Es waren zu viele Leute auf der Tribüne – ein Hexenkessel wimmelnder Bewegungen, huschender Schemen –

Die Schlangen-Krieger kannten derartige Skrupel nicht. Sie feuerten. Donnernde Lava-Helligkeit zerfetzte die Luft. O'Neill schrie und lag bereits auf dem Bauch; sah Sklavenjungen und Mädchen und Heralde fallen und sterben, sah einen entsetzlichen Sprühregen durch die Luft spritzen – und hörte, wie sein eigenes, von Grauen und berserkerhaftem Zorn erfülltes Brüllen im Krachen seiner Schüsse verging. Dumdum-Geschosse. Zwei, drei der Schlangenköpfe brachen zuckend zusammen; Stahlfetzen der Masken wirbelten, klirrten zu Boden. O'Neill rollte weg, schnellte auf die Füße, rannte, zog den Stecher immer weiter durch, folgte dem rasenden Peitschen, sah Sha'uri hinter schweren Vorhängen in den Schatten verschwinden

(Zu spät– alles zu–)

und sekundenlang taumeln. Er schwenkte den Lauf blindlings in die richtige Richtung, auf den goldenen Schemen neben ihr, brüllte: „*Apophis -!*" und sah die Kugeln der M-16-MP eine funkensprühende Zickzacklinie über die himmelhohen Säulen des Tempels ziehen. Vor O'Neills Augen wirbelte alles mit halsbrecherischer Geschwindigkeit durcheinander, das ewige Zwielicht über Chulack wurde zu einem zähflüssigen Brei, dann kam Schwärze.

Der Schlangengott tauchte mit seiner Königin endgültig in die Schatten der Säulengänge ein. Trommelschläge dröhnten; das Schrillen der großen Hörner kam dazu und ließ O'Neills Blut gefrieren. Schatten. Die Schlangen-Krieger formierten sich neu. Dazwischen von Fackeln hochfliegende Funken: Die gewaltigen schwarzen und roten Stoffbahnen fingen Feuer. Ein Geräusch wie von nachtschwarzen Flügeln.

So dicht herangekommen und jetzt –

Die Geschwindigkeit in O'Neills Schädel verringerte sich – etwas traf ihn mit vernichtender Wucht am Hals, schmetterte ihn herum; er wunderte sich noch immer, daß er stürzte, sich im Fallen drehte und auf dem Rücken liegen blieb; daß plötzlich Zeitlupe herrschte inmitten dieses Tohuwabohus verzerrten Kreischens. Schritte. Fliehende, umherirrende Gestalten.

Ein gigantischer Schatten wuchs über ihm auf – schwindelerregend.

O'Neill schüttelte den Kopf, versuchte klarzukommen – versuchte mit jeder Faser seines Ichs die Kontrolle über seine Muskeln zurückzugewinnen, aber –

In seiner Kehle brannte es, als habe er Lava eingeatmet.

Ein Schlangenschädel beugte sich über ihn – veränderte sich wie lebendig – die Halluzination eines Wahnsinnigen: Quecksilber, das Gliedmaßen ausformte, und jede einzelne davon kroch, wimmelte, zuckte – O'Neills Lider flatterten; *alles* an ihm zitterte wie unter einer Schüttellähmung...

... doch er brachte das M-16 mit einem verzweifelten Keuchen hoch, rammte dem Monstrum über sich die Mündung gegen den Brustpanzer und zog den Stecher durch – und hörte das Klicken des Schlagbolzens, begriff –

das Magazin war leergeschossen und er war so gut wie tot – tot – tot –

Die Zeitlupe zerriß ein letztes Mal, und er sah Sam Carter mit vor Anstrengung verzerrtem Gesicht wie einen Kastenteufel hinter dem Schlangen-Krieger aus den hochschlagenden Flammen und dem Rauch auftauchen. Sie erschoß den Hünen, stieß ihn im Umkippen mit einem Fußtritt beiseite.

„Ich hab's Ihnen doch gesagt, Colonel: Wenn Sie mich erst einmal kennen, werden Sie mich wirklich mögen...", krächzte sie.

Aber es war längst aus und vorbei.

Die Schlangen-Krieger kamen jetzt von allen Seiten.

GOA'ULD

1

Er atmete Dunkelheit aus und erwachte mit dröhnenden Kopfschmerzen und versuchte hochzukommen, zu sprechen – wußte: Er brauchte jetzt eine wahnsinnige Willenskraft; er spürte, daß er verkrümmt, die Knie gegen die Brust gezogen, auf einem steinernen Boden lag. Entwaffnet. Kloake: Es stank entsetzlich. Er hörte die Bewegungen vieler Körper um sich herum – und Stimmen... gutturale, fremdartige Wortfetzen. Es gelang ihm noch immer nicht, aufzustehen und etwas zu sagen – so sehr er sich auch abmühte. Er fühlte sich an einen Ort jenseits aller Vorstellungskraft versetzt. In seinen Ohren war ein ununterbrochenes hochfrequentes Rauschen; dann konnte er jenseits des Rauschens auch das hämmernde Schlagen seines Herzens hören und dachte: *Sekunden, Minuten, Stunden.* Er empfand nichts dabei, aber sein Sehvermögen war plötzlich wieder DA, alles wirkte dunkelrot gefärbt: Schemenhafte Gestalten – viele; überall um ihn herum; ängstlich. Sie sahen aus wie Menschen – alle Rassen, alle Nationen... aus allen Zeitaltern der Erde. Gefangene wie er, in einem Verlies, dessen Basaltwände sich in dunstigen Fernen erhoben.

Er ermahnte sich: *Willenskraft.* Er wälzte sich unauffällig genug herum. Die Bewegungen und Ausdünstungen der anderen Körper entfernten sich – Rauch in trübem Wasser. Keine neuen Prügel. O'Neill stemmte sich hoch, hatte Angst, sich übergeben zu müssen, zuckte zusammen, als er – ganz nahe – Worte hörte, die er verstehen konnte; gab sich zwei weitere Minuten, versuchte die Benommenheit und die Schmerzen in seinem Schädel endgültig abzuschütteln; lauschte.

„...Sha'uri, es war Sha'uri – ich hab' sie gesehen, ich –"

„Ganz ruhig, Doktor Jackson, Sie waren sechs Stunden lang bewußtlos. Dieser Trick mit dem blutroten Auge in der Handfläche ist nicht von schlechten Eltern."

„Trick? Auge?"

„Apophis – der Schlangengott hat Sie –"

„Ah, Scheiße, jetzt weiß ich es wieder. Apophis? Hat er sich wirklich so genannt? Das Ägyptische Totenbuch... Ra, der Sonnengott, Herrscher über den lichten Tag, und Apophis, der Gott der Schlangen, Ras Erzrivale, Beherrscher der Nacht. Mensch – diese Wahnsinnigen leben es – diese Masken und alles, und ich Idiot hab' sie gesehen und nichts begriffen!"

O'Neill hörte nicht mehr länger zu; die Gedanken in seinem Schädel rasten in hundert verschiedene Richtungen.

Das Schlagen seines Herzens wurde schneller, härter.

Sekundenticken.

Er erinnerte sich wieder, oh ja, er erinnerte sich – und sah wie in einem Reflex auf die Uhr. Hammonds Vierundzwanzig-Stunden-Frist lief in drei Stunden ab. Kawalsky: Längst auf dem Rückmarsch zum Chulack-SternenTor. Verloren. Plötzlich schwebten Jacksons und Carters Stimmen direkt über ihm, und dann noch eine dritte Stimme – *Skaara.* O'Neill spürte eine Berührung an seiner Brust. Aber trotz aller Erleichterung wollte er nicht, daß sie ihn *so* sahen, winkte sie unwirsch weg, bedeutete ihnen, mit sich selbst allein sein zu wollen und zog sich an der Wand hoch, streifte durch das Verlies, starrte zu den hohen, vergitterten Schießscharten-Fensterluken empor, gewann das Gefühl für seine Muskeln zurück, zwang den Aufruhr in sich nieder. *Ganz ruhig.* Nahm bereits wieder alles um sich herum wahr: Die Unruhe der anderen Gefangenen; das große stählerne Tor am Kopfende des langgezogenen Sklavenpferches, die dort postierten Schlangen-Krieger.

Er dachte: *Wie – wie – wie - wie –*

Skaara kam zu ihm, sagte kehlig: „O'Neill. Wir sterben alle, aber wir sterben als Krieger und mit Ehre, sobald sie uns abholen kommen... und sie werden kommen."

„Hör auf mit diesem Sterben- und Ehre-Scheiß!" fuhr er ihn zornig, beinahe haßerfüllt an. „Sterben ist immer nur Sterben, eine elende Vergeudung. Das hat verdammt nichts mit

Ehre zu tun, du bist einfach tot, ausgeknipst mit allen deinen Ideen und Möglichkeiten, dein Körper verrottet und verfault, und das Leben geht ohne dich weiter."

Er verstand es nicht, und O'Neill bedauerte seinen Ausbruch bereits wieder, boxte ihn verschwörerisch in die Seite, sagte: „Gut, dich zu sehen, Junge." – Schwer, Gefühle zuzulassen; verdammt schwer, sie zu offenbaren.

Skaara strahlte ihn an. „O'Neill, du schaffst das, du bist ein Shy'aolhen – du bist ein Krieger."

Er verdrehte die Augen, spuckte aus, sagte: „Der Shy'aolhen hat eine Scheiß-Angst, Junge." Sie gingen gemeinsam zu den anderen zurück. Jackson starrte ihm fiebrig entgegen, konnte es kaum erwarten loszulegen.

„Jack, hilf mir. Wir können sie wiederfinden, Skaara hat mir erzählt, daß sie hier war und abgeholt worden ist, wir –"

„Daniel, nicht." Er sagte es ganz sanft, schüttelte den Kopf. Wollte es nicht aussprechen müssen: *Diskussion beendet.*

Jackson wischte es mit einer Handbewegung beiseite. „Wenn ich nur mit ihr sprechen könnte, ich weiß genau –"

Samantha Carter unterbrach ihn.

„Daniel... Sie haben ihre Augen gesehen –"

„Vielleicht... eine Art Droge..." Aber er wußte längst, daß es nicht nur eine Droge war; er kannte die Antwort, kannte sie genau wie O'Neill und Carter und Skaara, und schließlich barg er sein Gesicht in beiden Händen – hatte keine Worte, keine Energie mehr, es weiterhin vor sich selbst zu leugnen.

„Es ist für uns alle so gut wie vorbei", murmelte O'Neill. „Hammonds Frist läuft ab, in weniger als drei Stunden versiegeln sie das Tor auf der Erde. Wir haben schon jetzt keine Chance mehr, in die Berge zurück und zum Chulack-Tor zu kommen. Es ist zu weit." Keiner von ihnen erwiderte etwas darauf; er faßte es als Einverständnis auf, wandte sich an Carter. „Haben Sie den Code-Geber noch?"

Sie nickte. „Ich sage nicht, daß wir aufgeben, Captain – haben wir uns verstanden? Aber notfalls müssen wir ihn vernichten. Er darf dem Schlangengott und seinen Kreaturen auf keinen Fall in die Hände geraten, ist das klar?“

Carter widersprach: „Selbst wenn – ohne den richtigen Code kann er gar nichts damit anfangen. Es gibt eine halbe Million Kombinationen...“

O’Neill lächelte kalt. „Sam, nehmen Sie’s nicht persönlich... Aber diese Burschen sind ziemlich cle –“

Er hörte den jäh einsetzenden Aufruhr, das wuchtige Stampfen von Schritten, das gedämpfte Klirren von Stahl auf Stahl – und ruckte bereits herum. Die Schmerzen in seinem Schädel hallten wie Hammerschläge im Takt der Schritte – und verschwanden. Das angstvolle Raunen und Wimmern und Weinen der anderen Gefangenen steigerte sich zu einem Orkan aus Kreischen und Schreien.

Schmetternde Hornsignale beendeten die Gnadenfrist. Vor dem stählernen Gittertor explodierte die Helligkeit zahlloser Fackeln; Schlangen-Krieger marschierten heran, öffneten die gigantischen Torhälften – scheuchten das Menschen-Vieh mit angelegten Strahlen-Lanzen beiseite, kamen in das Verlies, kreisten die Gefangenen ein: Doppelreihen stählerner, angsteinflößender Kolosse mit riesigen Schlangen-Schädeln – bereit, jedes auch noch so geringe Auflodern von Gewalt mit Feuer und Tod auszutilgen.

Das Dröhnen der Hörner steigerte sich zu einem infernalischen Kreischen – und dauerte an, dauerte an. Es schien, als würden die Schatten tiefer und... körperlicher. Plötzlich war es, als könne alles möglich werden: Die Auferstehung von Toten, Gedanken und Gefühle, die wie Kolibris umherschwirrten – O’Neill spürte BRODELNDE GIER. Es war wie eine Stichflamme; körperlicher Schmerz krümmte ihn. Und aus der dunstigen Helligkeit vor dem großen Tor kamen weitere Gestalten – Sklaven und prächtig gekleidete Würdenträger – und verharrten. Ein dunkelhäutiger Riese, das Schlangen-Symbol in Gold auf der Stirn, ganz in Stahl und klirrenden Ketten, trat vor – brüllte: „*Chaka-ha, kreo – goa’uld!*“

„Teal'c", flüsterte Skaara neben O'Neill eisig – erkannte ihn wieder.

„Was hat er gesagt?"

„Sie beginnen mit der... *Auslese*", murmelte Skaara, ohne den Blick von dem Hünen abzuwenden.

„Auslese – was für eine Auslese?" hakte Carter hastig nach.

Skaaras Stimme schien zu schmelzen; war nur mehr ein tonloses Raunen: *„Körpergefäße für die Kinder der Götter."*

Sie wußten alle, was es bedeutete.

Dumpfe Trommelschläge; das Kreischen der Signalhörner wie ein Orkan; in den labyrinthischen Korridoren des Schwarzen Palastes schienen tausende von Sirenen einen ohrenbetäubenden Choral des Schreckens anzustimmen – stoßweise, rhythmisch, lauter, immer lauter: *„Hos-a 'jeashsht! Hos-a 'jeashsht!"* Schneller. Rhythmischer. GIERIGER. Menschenwesen, die wie betäubt standen, waren die Folge; vor Angst und Grauen verzerrte Gesichter, Lethargie, Resignation.

„Jaffaa!"

Muskelstarrende Sklaven trugen eine blutrot verhängte Sänfte herein, setzten sie behutsam ab; die Schleier hoben sich bereits, und Apophis, der goldene Gott der Schlangen, trat heraus – zeigte ihnen seine Verachtung dadurch, daß er noch immer keine Rüstung trug, sondern lediglich einen goldenen Lendenschurz aus Seide und ein ebenfalls goldenes, über der schweißglänzenden Brust offenstehendes Wams mit weit geschnittenen Ärmeln. Keine Waffen. Auf dem Kopf: Ein lächerlich aussehendes Gebilde aus goldenen Scheiben. – Niemand lachte.

Weitere Trommelschläge; die Luft begann zu vibrieren – und dann war es, als verändere sie sich endgültig, als zerfalle sie zu blutdurchtränktem Staub.

Neben dem Schlangengott stieg Sha'uri aus der Sänfte – wunderschön, kalt und arrogant wie der Todesengel. O'Neill krallte seine Finger in Jacksons Arm, ignorierte, was dieser hervorstieß – neu aufflammende sinnlose Hoffnung, sinnlose Worte. Er zischte ihm zu: „Du kannst ihr nicht mehr helfen, Daniel –“

In O’Neills Schädel war das Bersten von Explosionen, das Peitschen von Schüssen. Er wußte: Er durfte nicht denken, nicht jetzt, er wußte, sein Schädel würde zerspringen, wenn er dachte oder etwas fühlte oder gar... handelte –

Keine Chance, den Schlangen-Dämon zu erreichen und –

Weitere Kommandos des Hünen: „*Benna! Ya wan, yay wan, ya druru! KNIET VOR EUREN HERREN!*“

Eunuchen schwärmten aus und drückten die Gefangenen auf die Knie, plapperten beruhigend, beschwörend mit fleischigem Lippenschmatzen auf sie ein – alles ganz harmlos, gehorcht, gehorcht,

DIENT DEN GÖTTERN.

(Auslese...)

Sie zwangen selbst Jackson, Carter und O’Neill zu Boden. Neue Hornsignale – betäubend in der steinernen Enge des Verlieses.

Skaaras blasses Jungengesicht veränderte sich – er starrte O’Neill an, als könne er nicht glauben, was er sah, dann zurück auf die Schlangen-Krieger, wog seine Chancen ab, in Kampf und Ehre zu sterben, bemerkte O’Neills sachtes Kopfschütteln und murmelte: „Geist-Vater... Vogelschwärme... Sha’uri Verderben ist mein ewiger Fluch.“ Es klang so unendlich traurig, als wisse er bereits, was kommen würde. Auch er kniete nieder – war trotzig *bereit*.

(... und Erneuerung)

Noch mehr Schlangen-Krieger marschierten in das Verlies.

Und mit ihnen kamen die Würdenträger aus dem Hofstaat des Schlangengottes. Kamen die Goa’uld. Kam die GIER.

Neue Körpergefäße für uns – uns alle – so frisch – so lebendig so –)

Unter den glutflüssig strahlenden, wahnsinnigen Augen des Schlangengottes und seiner Königin schwärmte der Hofstaat aus. Die letzte Auswahl begann.

2

Die Alptraumgeräusche des Aufruhrs schwollen unaufhaltsam an, kamen mit einer traumatischen Wucht näher; ein dumpfes und wie zu Scherben zerschlagenes Brodeln aus dem Schreien und Flehen der ersten Erwählten, dem *triumphierenden Gelächter, den geifernden* hörbaren *GEDANKEN und den Bewegungen der Würdenträger, Sklaven, Schlangen-Krieger füllte seine Ohren, seinen Kopf, bis er nichts anderes mehr hörte, bis er zu einem seelenlosen, gefühllosen Beobachter* verrottete, *bis er wie erstickend nach Luft schnappte und sein Gesicht unter einem hilflosen* mörderischen *Zorn brannte. Bis er WARTETE, wie alle anderen... und so unauffällig wie möglich auf den Knien rutschend zurückwich, ebenfalls wie alle anderen. Erniedrigt.*

Er sah noch immer nicht, WAS geschah *– zu weit entfernt; abgeschirmt hinter der wogenden Menschen-Wand. Er hörte nur die Laute des Grauens, spürte, wie sich die Angst des Menschenviehs gleich einem Erdbeben von Körper zu Körper fortpflanzte, übersprang –*

Wartete. Hörte, sah sie *kommen. Er ertrug es kaum, ihnen aus dieser Haltung heraus entgegenzusehen; Fackelschein blendete ihn. Die Auswahl nahm ihren Lauf. – Erst jetzt merkte er, wie kalt es in dem Verlies war – Eisdunst bei jedem Ausatmen. Die Zeit gehorchte nur noch diesen völlig anderen, fremdartigen Gesetzen, alle Bewegungen waren grotesk verzerrt und irrsinnig schnell und* dennoch *langsam genug, daß sie sich ihm in sämtlichen Einzelheiten in seine Erinnerung brannten:*

Er würde all das Gräßliche, das sich sein Verstand aufzunehmen, zu akzeptieren weigerte, später *sehen – bis in alle Ewigkeit:*

Die grotesken, riesigen Stahl-Silhouetten der Schlangen-Krieger schoben sich durch die Menge, die Mündungskolben der Strahlen-Lanzen schmetterten gegen schwächlichere Gefangene, trieben sie zurück – aussortiert, lebensunwertes Leben. Die Würdenträger kamen im sicheren Schutz der Monstren – kostbar gekleidete Gecken – Herren über Leben und Tod; sie begutachteten Männer und Frauen, zwängten bleiche Finger in sich widerwillig öffnende Münder, strichen über Zähne, kosteten schnuppernd vom Speichel des oder der vor ihnen stehenden, prüften, liebkosten sich versteifende Körper, zerzauste, strähnige Haare. Suchten. Witterten. Das zuckende Licht der Fackeln überschüttete sie wie mit lebendem Quecksilber; zum ersten Mal sah O'Neill sie aus der Nähe – sah, daß er sich von seinem Haß, seiner Verzweiflung ein Trugbild hatte vorgaukeln lassen: Sie waren nicht alt, oh nein; sie waren allesamt schön, überirdisch schön, und sie verströmten eine Aura aus Zeitlosigkeit und Macht und grausamer rot pulsierender Erbarmungslosigkeit. Fröhliche Schlächter inmitten ihres zu schlachtenden Viehs.

Er dachte: So viele, so viele –

Die nächste Wahl. Ganz nahe jetzt.

„Du!" Der zuvorderst gehende Würdenträger lächelte und streichelte einem kaum zwanzigjährigen Jungen über die Wange – und der Junge warf sich auf den Knien herum, versuchte auf allen Vieren krabbelnd in der Menschenmasse unterzutauchen. Die Schlangen-Krieger rissen ihn zurück und hoch – ein Opferlamm am Schlacht-Haken; zwangen seinen Kopf in den Nacken, präsentierten seine bloße Kehle, die dick angeschwollene, pulsierende Halsschlagader.

Nackte Füße zappelten eine Handbreit über dem steinernen Boden, traten um sich.

Eine Flut rasender Gedanken brach in O'Neills Verstand: „Ah, endlich, so lange, nach so langer Zeit... KANN ES NICHT MEHR ERWARTEN – jetzt, JETZT GLEICH und hier -" *Und etwas madenhaft Bleiches, Schleimtriefendes barst aus dem lachenden Mund des Würdenträgers und schnellte zu dem Jungen hinüber; ein Ding, eine wurm- oder schlangenartige Obszönität*

(Goa'uld –)

aus Muskeln und Kiemen und Zähnen. Ein Blutschwall explodierte in die Luft. Das Kreischen der Menschen verstummte in einem hundertfachen gellenden Aufschrei. Plötzlich herrschte atemlose, erstarrte Stille. O'Neill meinte das Reißen von Fleisch, Sehnen und Muskelfasern hören zu können – und während der plötzlich leblose Körper des Würdenträgers

(Altes Körpergefäß nur ein altes Körpergefäß verbraucht, tot, nutzlos)

beinahe sanft in sich zusammensank und dennoch mit einem grauenvollen fleischigen Laut auf dem Steinboden aufschlug, verschwand das Ding im Körper des Jungen, fraß und ringelte und schnellte sich Ruck um Ruck in diesen Körper hinein. Es tötete ihn nicht. Oh nein. Es tötete ihn nicht.

Die Schlangen-Krieger rückten weiter vor, ließen die zuckende Helligkeit ihrer Fackeln wandern, sondierten, trieben das angststarre Menschen-Vieh auseinander, schufen Platz für die schnüffelnden, kostenden, nach neuen Körpergefäßen *suchenden HERREN, schneller, immer schneller. Plötzlich brannte die Zeit. O'Neill wurde zur Seite gestoßen, wurde unter strampelnden, purzelnden, tretenden, flüchtenden Leibern begraben und kämpfte sich hoch. Auch das Schrillen der Signalhörner war nun ganz nahe, und mit ihm das Lodern und Prasseln der Fackeln. Das Kichern der Goa'uld. Das Schreien der Opfer. Die Auslese ging weiter, ging weiter. Männer. Frauen. Jugendliche. Aus der Menge gerissen, begutachtet, davongeschleift oder gleich ÜBERNOMMEN. Die rasenden Gedanken der Goa'uld waren hörbar, fühlbar, etwas Unheiliges, Schwärendes, Beschmutzendes –*

Und ganz plötzlich wußte O'Neill, daß er sie bezahlen lassen würde; irgendwann – irgendwo.

Plötzlich wußte er, daß er diesen Terror gegen jede Chance überleben würde.

Etwas in ihm zerbrach, zerbrach rasend schnell – unmöglich, die verschiedenen Zeitabläufe noch zu trennen; unmöglich, dem Treiben der Monstrositäten noch länger zuzusehen – er ertrug es nicht, ertrug es nicht – er dachte an Sarah und an seinen toten Sohn und an seinen eigenen Wahnsinn und an eine wilde, ungestüme Leidenschaft, etwas Brausendes, hörbar selbst im Toben eines Blizzards – und plötzlich waren nicht mehr nur die Gier-Gedanken der Goa'uld in seinem Kopf, sondern etwas eigenes, eine von Haß zerrissene Stimme: LASS ES NICHT ZU – LASS ES NICHT –

Vielleicht war es genau JETZT an der Zeit, gegen jede Chance hochzuschnellen und –

Der Schlangen-Krieger, den Skaara *Teal'c* genannt hatte, beugte sich vor, leuchtete ihn mit der Fackel an. Noch immer drei alte – verbrauchte – tote – nutzlose Goa'uld Körpergefäße an seiner Seite. Sie lächelten. Ihre Blicke wanderte von Gesicht zu Gesicht, von Körper zu Körper, taxierten. Ungeduldig. Ihre rastenden Gedanken wisperten: *„Schnell jetzt – schnell – alle anderen sind übergewechselt – so gut neue Körper – neue Kraft für Jahrzehnte – Jahrhunderte bis zur nächsten Feierlichkeit – und die Königin sieht zu – sieht gönnerhaft zu – aber sie wird ungeduldig – will fort will zurück mit ihrem schönen Körpergefäß in das Ea'shun-alay der Goa'uld und schickt uns ihren Befehl und Segen – schnell jetzt – schnell – oh schnell –"*

O'Neill hielt ihrem Starren stand – atmete nicht mehr. Spürte einen dumpfen Schmerz in den Nieren. Rote Glutfetzen spiegelten sich in den Augen der Goa'uld-Würdenträger

(Körpergefäße)

und O'Neill dachte: *Leben. Ich werde –*

Zwei von ihnen zerrten die Frau neben ihm aus der Menge, rissen ihr die Kleider vom Leib, küßten sie, bissen, knabberten an ihrem schlanken Hals, preßten ihre Brüste, bis sich die Warzen vor Angst und Aufregung versteiften – stritten sich um sie – ließen sie von Schlangen-Kriegern davonschleifen; wandten sich erneut dem Menschen-Vieh zu. O'Neill dachte: *Noch zwei Opfer,*

noch zwei...

Seine Muskeln spannten sich. Aus den Augenwinkeln heraus sah er: Jacksons Gesicht war nur mehr eine schemenhafte, weiße Fläche, naß von Tränen. Carter erwiderte O'Neills Blick kalt – ohne jede Regung – bereit, genau wie er. O'Neill ertrug es nicht, sah weg, spürte, wie RUHE in ihn strömte. Und KRAFT. Hörte die Schreie der Frau bereits nicht mehr.

Der Schlangen-Krieger Teal'c starrte ihn noch immer an – und in seinem ebenholzdunklen Gesicht spiegelte sich... *Ekel wider – Ekel vor dem, was hier geschah.*

O'Neills Konzentration zersplitterte; er starrte den Hünen an, weigerte sich, zu glauben, was er für einen winzigen Augenblick gesehen hatte; aber er glaubte es; spürte die Wahrheit. *Ekel vor den Goa'uld. Mitleid... mit den Opfern...?!*

Der Krieger wandte sich bereits ab, leuchtete seinen Herren den Weg. Noch mehr Sklaven und Eunuchen drängten beflissen herbei.

Jackson richtete sich auf, ohne den Blick von Sha'uri zu lassen; entschlossen; die Schlangen-Krieger reagierten mit der Schnelligkeit reißender Bestien: Vier, sechs Strahlen-Lanzen ruckten vor; Energie flirrte blutrot in den Kolbenöffnungen.

„Daniel – was tust du?" entfuhr es O'Neill.

Zu weit entfernt.

Ein mörderischer Schlag traf ihn und schleuderte ihn rücklings in die Menge zurück; weitere Mündungen richteten sich auf ihn; er spürte salziges Blut in seinem Mund, richtete sich ganz vorsichtig auf, beide Hände von sich gestreckt: Kein Angriff, ganz harmlos. Jackson sah nicht her; hatte es nicht einmal bemerkt.

„Sagt mir", murmelte er, „an was werde ich mich noch erinnern können, wenn ihr *mich* erwählt –?"

„*Oh, einer mit Leidenschaft, einer der sich verzehrt!*“ wisperten die Gedanken der Goa'uld.

„Etwas von dem Wirtskörper muß doch... überleben –“, stammelte Jackson verzweifelt und wischte sich die Tränen aus dem Gesicht.

Er bekam keine Antwort darauf – nicht von den Goa'uld; aber O'Neill sah das Kopfschütteln des Schlangen-Kriegers Teal'c, sah seine Zerrissenheit –

Hörte, direkt in seinem Schädel: „*Einer der jung ist und keine Angst hat.... schlecht, schlecht, keine Angst zu haben und nur aus Selbstzerfleischung zu bestehen – so viel Leid solch eine Pein – ganz schlecht wir wollen dich nicht – dich nicht* –“ Die Goa'uld-Würdenträger schüttelten den Kopf; genossen ihre Antwort, schritten weiter.

Die Schlangen-Krieger stießen Jackson beiseite – hatten ihn bereits vergessen. Jackson fuhr mit einem Schrei hoch; sein Gesicht war nur noch das Zerrbild eines menschlichen Gesichts – er würde Dummheiten machen, er würde –

Keine Regung auf dem Gesicht der Königin. Keine Regung auf dem Gesicht des Schlangengottes.

Abgelenkt. Es war noch nicht vorbei.

Die Goa'uld holten sich ihre letzten *Körpergefäße,* wisperten, flüsterten: „WIR ERWÄHLEN SIE... ERWÄHLEN... *IHN.*“

O'Neill hörte das Brüllen, erkannte die Stimme; drehte ruckartig den Kopf herum, begriff es erst jetzt –

Eine Frau. Und... Skaara!

und fuhr mit einem wilden Schrei hoch: Zeit zum Tanz.

ESKALATION

Der Mündungskolben einer Strahlen-Lanze pfiff um Haaresbreite über seinen Schädel hinweg und zertrümmerte mit einem furchtbaren Laut das Gesicht eines hinter ihm hochschnellenden Mannes; ein zweiter Schlag traf O'Neill mit der Wucht einer Druckwelle an der linken Schulter. Er stürzte mit wirbelnden Armen gegen ein Knäuel aus Menschenleibern, wurde mitgerissen, landete unsanft auf dem Boden und rollte geschmeidig genug ab, schaffte es, nicht überrannt und zu Tode getrampelt zu werden; blieb in Bewegung, obwohl die Schlangenköpfe ihm nicht folgten – sie waren sich ihrer Opfer sicher. Er hörte Skaaras verzweifeltes Brüllen leiser werden – steinerne Echos; und dann nur noch – Geräusche von gierigem Schlingen und Eindringen und FRESSEN. Von spritzendem Blut. O'Neill blickte sich wild um; dieses Mal schrie er nicht mehr. Hundert Yards bis zu den Stufen, bis zu dem stählernen Portal... und dem Schlangengott und seiner Königin.

Es war, als erzittere der ganze unermeßlich große steinerne Raum, plötzlich lebendig geworden wie unter Fieberstößen, doch O'Neill zwang sich, noch während seine Gedanken kreischten und kreischten *Schon einmal einen Sohn verloren, versagt, zu spät gekommen* mit weißglühender übermenschlicher Willensanstrengung, die Realität zu sehen; nicht zusammenzubrechen; er hielt sein Gehirn am Denken, wußte, was geschah: Rückzug. Apophis brüllte ungeduldige, kehlige Befehle – die Schlangen-Krieger erstarrten, lauschten: Zombies in stählernen Rüstungen. *Eine letzte lächerliche Frist.* O'Neills innere Erstarrung explodierte in tausend Stücke. *Keine Zeit für Trauer.* Er drängte sich durch die schattenhaft wogende, kaum mehr real wirkende Menge, fand Carter und Jackson. *Ratten in einem Käfig. Keine Chance, zu entkommen.* Hornsignale und Trommelschläge entfernten sich im Labyrinth der Korridore. Die Goa'uld-Würdenträger zogen sich aus dem Verlies zurück – die Auslese war beendet; Sklaven und Eunuchen formierten sich ebenso wie die Garde der Schlangen-Krieger mit den panisch zappelnden Erwählten oder den in nicht mehr auszuhaltender Gier bereits übernommenen Wirtskörpern; strömten wie eine fremdartige, wimmelnde Masse unter dem Einfluß bizarrer Gezeitenmuster auf das stählerne Tor zu. Sha'uri tauchte hinter die Schleier und Brokatstoffe der Sänfte, und der goldene Gott der Schlangen folgte ihr – und befahl nach einem letzten verächtlichen Blick auf das Menschenvieh nachlässig: „*TÖTET DEN REST!*"

In einem hundertfachen heulenden Aufkreischen, im panischen, sinnlosen Davonstürzen, Stoßen und Stürzen der Gefangenen hoben muskelstarrende Träger die Sänfte an, trugen sie aus dem Verlies – das Portal wurde geschlossen. Die Lichterflut schwebte davon. Auf den Treppenfluchten und Korridoren draußen steigerte sich der schrille Lobgesang der Sirenen. Ein Teil der Garde der Schlangen-Krieger – acht, zehn Kolosse – bezog Aufstellung– Strahlen-Lanzen im Anschlag. Wartete – *warum?*

Und O'Neill sah sich inmitten des Tumults plötzlich Teal'c gegenüber, starrte in sein dunkles, schweißüberzogenes angespanntes Gesicht, las eine Regung in diesen seltsam unergründlich tiefen Augen –

„Ich kann diese Leute retten", brüllte O'Neill, hielt dem taxierenden Starren des Schlangen-Kriegers stand, wußte, solange er bei ihnen stand, würden, konnten die anderen Schlangenköpfe nicht feuern.

Teal'c's Miene verzog sich. „Wer bist du schon?" grollte er verächtlich.

„Ich kann diese Leute retten", wiederholte O'Neill krächzend – „Und ich kann dich retten: Vor deinem Ekel. Vor dem, was du hier zu tun gezwungen bist: Menschen-Schlächter für einen wahnsinnigen *Gott*. – Und du hast gesehen, was sie mit denen machen, die sie nicht gleich töten. Hilf mir."

„Worte", spie der Hüne hervor und hatte seinen Entschluß gefaßt und verwandelte sich in einen blitzartig herumkreiselnden, vor Wut und Haß – vielleicht auch vor Entsetzen über sein eigenes Tun – aufheulenden Schemen, riß seine Strahlen-Lanze hoch und feuerte.

Plötzlich brannte die Luft. Brodelnde Lava schleuderte den am nächsten stehenden Schlangen-Krieger zappelnd gegen die Phalanx seiner Gefährten und zu Boden; und noch während eine Wolke aus zerfetztem Stahl, Blut und Knochensplittern durch die Luft wirbelte, warf Teal'c O'Neill seine Waffe zu und stürzte sich auf die des Toten, ergriff sie, rollte weiter – ließ zwei weitere Schlangen-Krieger in tobenden Explosionen vergehen.

Der Tod kam hundertfach schneller, als jedes normale menschliche Wesen zu reagieren imstande gewesen wäre; dennoch gelang es den Stahl-Ungeheuern, den nächsten Flammenstößen auszuweichen und zurückzufeuern. Lodernde, knisternde Helligkeit BRAUSTE über O'Neill hinweg, feurige Glut versengte seine Haare, schmetterte in eine Gruppe flüchtender Menschen neben, hinter ihm, und verbrannte sie; gebar neues Kreischen. Dann hatte O'Neill die Strahlen-Lanze, wirbelte sie wie einen *Kendo*-Bambuskampfstab herum, legte an und schickte brodelnde Energie auf den Weg; stieß Jackson und Carter weg von sich, schrie den anderen Gefangen zu, sich zu Boden zu werfen und hetzte im Zickzack los, auf die Schlangen-Monstren zu, die Strahlen-Lanze im Anschlag; schrie, spürte die Erschütterungen der Feuerstöße, sah zwei, drei weitere Schlangen-Krieger zu zuckenden, brennenden, zerlaufenden Stahl-Marionetten werden und fallen und setzte bereits über sie hinweg. Teal'c deckte ihm den Rücken. Das Donnern der Energie-Entladungen, das Schreien der sterbenden und schwerverletzten Krieger ersetzte die Höllenmusik des Schlangengottes – und O'Neill GENOSS es und dachte mit einem berserkerhaften Grimm an den Schlangengott, dachte daran, daß er ihm diese verdammte Strahlen-Lanze bis zum Anschlag in den Schlund rammen und abdrücken – abdrücken – abdrücken würde – für Skaara, für Brandon, für all die anderen unschuldigen OPFER –

An dem stählernen Portal gellten alarmierte Schreie; O'Neill feuerte, zerschmolz die armdicken Stahlstäbe; sah die

Körperumrisse der Wächter wie von einer intensiv roten Aura nachgezeichnet – und in brüllenden, sengend-weißen Feuerbällen vergehen. Funken, glühende Stahlsplitter und der Gestank von verdampftem Fleisch und Blut trieben ihm entgegen. Er feuerte immer noch, wußte, daß er in Gefahr war, die letzte Grenze in den absoluten Wahnsinn zu überschreiten und jagte weitere fünf, sechs Energiestöße aus der Kolben-Mündung der Strahlenwaffe, sah glutflüssiges Feuer in titanische schwarze Steinquader schlagen, sah sich irrsinnig schnell verästelnde Risse entstehen, blutrot strahlende Risse,– und dann zerriß es die Quader, dann kam ein Teil der domartig hohen, gewölbten Korridordecke bereits mit einem endlosen Krachen und Poltern und mit Tonnen von Schutt und Staub herunter. Jenseits allen Lärms hörte er weitere Geräusche: Ein dumpfes Grollen, ein Grollen wie aus seinen schlimmsten Alpträumen – das Erwachen großer, ungeheuerlicher Apparaturen in der Tiefe. Der Schweiß auf seinem Rücken gefror. Rechts geisterte ein monströser Schatten heran, und O'Neall reagierte ohne nachzudenken, fuhr herum, riß die stählerne Abzug-Manschette der Lanze an sich heran, als repetiere er nur eine altertümliche Winchester und erschoß den letzten der noch lebenden Schlangenköpfe. Es war nicht genug, es reichte noch immer nicht. Er sah alles nur mehr in Blut getaucht. *Skaara. All die anderen OPFER der Goa'uld-Parasiten – tote und lebende Tote – Und in seinem Schädel hämmerten Sekunden – Sekunden – Sekunden, hämmerten Selbstvorwürfe ZU SPÄT – ZU SPÄT –*

Teal'c war an seiner Seite, stoppte ihn, riß ihn herum, und halb in die Wirklichkeit zurück, brüllte hastig: „Nicht dieser Weg – tausend Fallen, und der Schlangengott ist bereits in Sicherheit. Ich bin Teal'c, der Sher-Tekaschsch der Schlangen, und nach meinem Verrat ist mein Leben verwirkt – aber ihr seid frei. Geh. Und nimm die Er'ra-yai-Opfer mit, wie du es versprochen hast. Aber geht schnell. Die Gläubigen von Chulack werden die Entweihung der Zeremonie nicht hinnehmen." Sekundenlang wußte O'Neill nicht, wovon der Hüne sprach – wußte nicht einmal mehr, wer er war; er holte schluchzend Luft, zitterte am ganzen Körper, erinnerte sich, zwang sich zur Ruhe, zu einer eisigen Professionalität, brüllte wie von Sinnen und immer wieder nach Atem schnappend: „Teal'c – wohin bringen sie Skaara? Den Jungen? Die Erwählten?" Weigerte sich, dem *ZU-SPÄT-ZU-SPÄT*-Geflüster in seinem Schädel zu glauben, weigerte sich, aufzugeben –

Der Hüne musterte ihn überrascht. „Du willst die Götter aufhalten? Du wolltest niemals nur dein Leben retten –?"

„Ich will diesen Scheißkerl Apophis und seine Brut erledigen.

Wohin bringen sie den Jungen?"

„Zum Tempel des SternenTores. Und sie sind bereits unterwegs – die Zeremonie der Erneuerung ist beendet, sie haben, was sie wollten. Ihr Aufenthalt auf dieser Welt ist nicht mehr vonnöten.

Es ist vorbei. Ihr Vorsprung ist nicht mehr einzuholen."

„Wie?" schnappte O'Neill. „Wie gelangen die Goa'uld zum SternenTor?"

„*Udajeet*", antwortete Teal'c.

O'Neill nickte – er hatte es geahnt: Die gewaltigen Fluggleiter der Götter waren bereits auf Abydos ein kaum zu überwindender Machtfaktor gewesen; aber sie hatten sie trotzdem besiegt.

Er dachte: *Laß sie nicht entkommen, laß sie nicht* – und verlor weitere kostbare Zehntelsekunden, glaubte bereits, in den Weiten des Schwarzen Palastes Alarmschreie und neue Hornsignale hören zu können – Aufruhr, der sich mit der aggressiven Wucht eines Vulkanausbruches ausbreitete.

Teal'c wandte sich ab, ließ seine Strahlen-Lanze mit einer angewiderten und müden Geste neben den Leichen der Schlangen-Krieger zu Boden fallen.

„Komm schon", drängte O'Neill, sah auf die Uhr, sah General Hammonds Frist verrinnen – *noch siebenundfünfzig*

Minuten, bis das Tor auf der Erde versiegelt wurde. „Es MUSS einen Weg geben. Was ist mit den Transfer-Scheiben der Götter?“

Teal’c ging nicht darauf ein und erwiderte stattdessen: „Ich habe keinen Ort mehr, an den ich gehen könnte.“

„Du hast meinen Ort, meine Welt. Hör auf, dich als Verräter zu denunzieren. Es sind Bestien. Du hast miterlebt, was sie mit denkenden, fühlenden Wesen anstellen. Sie dürfen nicht davonkommen – sie dürfen nicht weitermachen –“

Der Sher-Tekaschsch der Schlangen lächelte auf eine schwer zu deutende Art und Weise, tastete nach dem goldenen Symbol auf seiner Stirn, als wolle er es herausreißen, und nickte schließlich.

„Ich werde euch führen“, sagte er ganz ruhig.

O’Neill bückte sich, hob die Strahlenwaffe auf, gab sie ihm zurück.

„Welche Richtung?“

Teal’c war bereits wieder ernst geworden, ruckte die Lanze hoch und entfesselte ein Inferno: Feuerkugeln brodelten in schneller Folge aus der Kolbenmündung, fauchten über die entsetzt schreienden, in Sicherheit stürzenden Gefangenen hinweg, blähten sich auf, krachten mit einem Geräusch wie von Tonnen splitternden Glases gegen die langgezogene Mauer des Verlieses, zerflossen, bildeten ein Netzwerk tobender Energien – fraßen sich VORAN. Steinquader zerschmolzen und zerbarsten, wirbelten in einer *RIESIGEN* kreischenden Eruption nach draußen. O’Neill begriff ebenso wie Carter, Jackson und alle Anderen und stürmte bereits durch den tobenden Applaus und die Freudenschreie der *Er’ra-yai*-Opfer des Schlangengottes, feuerte im Laufen ebenfalls. Sah die Außenwand auf einer Fläche von zwei mal zwei Yards in einer Feuerlohe in sich zusammenbrechen und atmete den Geruch brennenden Gesteins und glutheißer Luft in sich ein, machte beides zu seiner Antriebskraft, tauchte noch vor

Teal'c, Kopf und Waffe voran, durch das klaffende, immer noch flammenzüngelnde, kochendheiße, rauchspeiende Loch ins Freie hinaus, ignorierte die Brandwunden an seiner Wange, seinen Händen, blickte sich gehetzt – geblendet – um, sicherte: Eine Art Amphitheater, keine Schlangenköpfe, kein Angriff. *Noch nicht*.

Die ganze Stadt jenseits der turmhoch ansteigenden steinernen Sitzreihen der Anlage hallte bereits wider von tollwütigen Kommandos und Schreien – Hexenkessel. Die Jagd der Gläubigen war längst eröffnet; O'Neill winkte Carter durch, trieb die Anderen mit wilden Befehlen an – eine gewaltige Sturzflut menschlichen Treibguts ergoß sich ins Freie, brodelte voran, verteilte sich und wurde von Teal'c mit lauten Rufen wieder geeint und im Laufschritt quer über die weite Fläche zu einem dunkel gähnenden Durchlaß geführt. O'Neill ignorierte die hochschießende Panik: *Was, wenn er es sich noch einmal anders überlegt? Was, wenn es eine Falle ist? Nur ein kleiner* Scherz *des Schlangendämons*? Er dachte an deutsche Konzentrationslager und die elenden Tricks, mit denen gnadenlose Schlächter abertausende Unschuldiger in Duschräume gelockt und vergast hatten – Gedanken wie Revolverschüsse. *Ticken. Sekunden, Sekunden.* Jackson kletterte als letzter durch den Spalt, zerstörte das Gespinst aus Mißtrauen und Angst, zoomte ihn in die Realität von Chulack zurück: Jacksons Bewegungen: Die unentschlossen, beinahe übervorsichtigen Bewegungen eines innerhalb weniger Stunden um Jahre gealterten Mannes.

„Daniel..." O'Neill brach ab – hatte keine Worte, keinen Trost für ihn; genauso wenig wie für sich selbst.

Telepathie – Jackson nickte nur, lächelte flüchtig, verstand auch so, was er hatte ausdrücken wollen. O'Neill ergriff ihn und zog ihn mit sich. Es schien, als würden die Wolkenberge tiefer sinken, bis sie den Boden des Amphitheaters berührten und mit wuchernden Unterseiten wie aus rauhem Granit darüber schrammten.

Ein armdicker Strahl flüssigen Feuers schlug dröhnend nur einen halben Yard von ihnen entfernt in den gepflasterten Boden und verwandelte ihn in eine glutflüssige, explodierende weiße Hölle. Weitere Feuerstöße geisterten von hohen Säulengängen herab – gleißende Lichtnadeln in dem ewigen Zwielicht von Chulack; herzblutrote Eruptionen aus kochendem Gestein und schmelzender Erde und Dampf. O'Neill und Jackson hetzten im Zickzack weiter und tauchten in die Schatten des Torganges ein; hinter ihnen zerfetzte tobendes Feuer den Rand der Mauer, als bestehe sie nur aus Papier – schickte ihnen eine Druckwelle aus knisternder Hitze hinterher.

O'Neill riß Jackson weiter mit sich; sie folgten den Schreien, dem Wirbeln und Hämmern von Schritten weit vor ihnen, jagten weite Korridore entlang, folgten Treppenfluchten in die Tiefe – dorthin, wo das Grollen archaischer Maschinen zuzunehmen schien. „Ich kann nicht mehr!" stöhnte Jackson, und O'Neill brüllte ihn an: „Oh doch, oh doch, verdammt!" und ignorierte die Schmerzen in sich, das eigene Gefühl, mitten im Laufen erstarren zu müssen, und dann war Teal'c wieder bei ihnen, völlig ruhig, ohne die geringste Spur von Anstrengung. Er sagte: „Die ersten gehen bereits hindurch."

O'Neill verschwendete keine Zeit damit, Fragen zu stellen; gemeinsam stürmten sie weiter durch ein sinnverwirrendes Aderwerk breiter und handtuchschmaler Korridore, bogen nach links und nach rechts und wieder nach links ab, gelangten überraschend ins Freie und in einen Dutzende von Yards breiten überdachten Säulengang hoch über den Plätzen der grauen Stadt; linker Hand führten weite Treppenfluchten in die Tiefe. O'Neill sah nur flüchtig hinab: Leibermassen sammelten sich wie Lavaströme im Zentrum der Plätze –

Noch immer begegnete ihnen niemand; noch immer wurden sie nicht bemerkt. Teal'c drängte sie in die Schatten eines winzigen Durchlasses und weiter, in einen kühlen, weiß gekalkten Raum, in dessen dämmrigem Zentrum eine übermannsgroße Skulptur aufgestellt war: Ein schwarzer Schädel mit zwei Gesichtern.

„Janus-Tempel", entfuhr es Jackson kurzatmig.

Hinter dem Doppelgesicht führte ein enger Korridor in explodierende Helligkeit. Sie eilten auf sie zu. Plötzlich war vor ihnen das Brodeln von Stimmen und Körperbewegungen wieder allgegenwärtig.

Er wußte nicht genau, *was* er zu sehen erwartet hatte – aber gewiß nicht *das*: Es sprengte die Grenzen allen Vorstellbaren. Plötzlich schien er sich nicht mehr auf festem Boden zu befinden, sondern auf einer nachtschwarzen, mit pulsierenden Sternen durchsetzten, brodelnden Fläche inmitten unermeßlich hoher, sanft strahlender Mauern. Es gab keine Decke; dort, wo die Decke hätte sein müssen, schien der Raum wie von gewaltigen, ungeduldigen Krallenhieben aufgefetzt worden zu sein – dahinter, darüber war treibende Finsternis und Sturm, erhob sich ein dunkler, infernalisch tobender Strudel purer Energie scheinbar bis ins Herz des Universums. Energetische Entladungen verästelten sich um ihn herum lautlos und vergingen und entstanden neu. Ein Tosen wie von hundert gigantischen Wasserfällen brach über O'Neill herein, ein Sog packte ihn, riß ihn weiter – Jackson und Teal'c und alle Anderen waren nur mehr sich auflösende Schemen in diesem Weltuntergang. Er begann zu zittern, spürte die ganze Wucht der Erschöpfung. Er sah Teal'c's aufmunterndes Nicken, sah seine Lippenbewegungen – und verstand ihn ohne dies erwartet zu haben:

„... in die Berge. Nahe genug an das SternenTor-Heiligtum heran..."

„Irgendwann wirst du mir diesen Trick verraten müssen –" Es fiel ihm bereits schwer, sich zu artikulieren. „Trick?"

„Warum du unsere Sprache verstehst und sprichst. Warum ich dich verstehen und mit dir sprechen kann."

Teal'c beantwortete es in der ihm eigenen Knappheit: „Implantierte Goa'uld-Technologie."

O'Neill lachte krächzend; spürte, daß der Sog beschleunigte, spürte gleichzeitig, daß HINTER IHNEN Andere kamen, *Verfolger...*, sah plötzlich rasend schnell vorbeizukkende Einzelheiten – Menschen, die im Zentrum dieses Nicht-Raumes in Gruppen beieinanderstanden und gefaßt nach oben blickten; der Strudel, der sich jetzt wie etwas Lebendiges, Neugieriges auf sie herabsenkte; aufbrandende Regenbogenfarben – an den Rändern verglühende Funkenwirbel – und dann: Gewaltige Ringe aus Licht, die aus dem Nichts aufloderten und sich über die Menschengruppen stülpten, sie durchscheinend wie Glas werden ließen, und er dachte –

„*Transfer*", sagte Teal'c lakonisch und stieß O'Neill und Jackson in den Feuerhauch der Regenbogenfarben, und tobende grelle Gewalten blendeten sie und lösten sie auf, verwandelten sie in Lichtstrahlen, in einen Teil des Strudels.

DER KAMPF AM SCHLANGENTOR

1

Todeserlebnis – und Wiedergeburt: Infernalische, tollwütige Schmerzen rasten durch sein Rückenmark, brachten Blutgefäße und Adern zum Platzen, schossen in sein Gehirn, zerrissen es, – aber er konnte weiterdenken, klarer, präziser, ausdauernder als jemals zuvor, er wußte längst, daß dieses entsetzliche Sterben EINBILDUNG war, sagte es sich vor, immer wieder, und trat bereits durch eine dunkle Wölbung in die klirrende Kälte des Winters in den Bergen hinaus.

Der Rematerialisationsschock blieb aus; es gab nicht das geringste Gefühl von Desorientierung: Sie waren unter lächerlich kleinen, mit Januskköpfen verzierten Steinportalen auf einem bizarren Muster sich überschneidender bronzefarbener Metallscheiben herausgekommen – mitten in den hohen, verschneiten Wäldern südlich des SternenTores. Er dachte an

Kawalsky und seine Leute: *Wenn er seine Befehle mißachtet hat und nicht zum Tor zurückmarschiert ist, dann –*

Er dachte an Hammonds Frist und sah auf die Uhr; zwei, drei Sekunden lang schien es, als würde der Zeiger rückwärts laufen. *Noch einundzwanzig Minuten. Zwanzig Minuten, fünfzig Sekunden, neunundvierzig achtundvierzig Sekunden.* Er ruckte den Kopf hoch, sah die bunt zusammengewürfelte Menge der anderen Er'ra-yai-Opfer um sich herum, hörte ihr andächtiges, erlöstes Murmeln, erste Freudenschreie und wußte: *Dafür ist es zu früh.* Sie mußten weiter. Zum Sternen-Tor. Er trieb sich und die Menge unbarmherzig über jede Erschöpfung hinaus an; hörte Teal'c ebenfalls anfeuernde Kommandos brüllen. Sie gehorchten ohne zu Murren. Spürten es auch. *Etwas, jemand – kam. Hinter ihnen. Im Brodeln der Janus-Torbögen.*

„Wie weit?“, brüllte O'Neill über das Tohuwabohu an Bewegungen hinweg, an Teal'c gewandt.

Der Sher-Tekaschsch deutete vage in das grüne Zwielicht des Waldes; auf einen kaum erkennbaren Pfad.

„Nicht zu weit. Steiler Weg“, erwiderte Teal'c vieldeutig. Nach einem kurzen Zögern fügte er hinzu: „Und es gibt weitere Janus-Tore in den Wäldern rings um das Heiligtum des großen SternenTores.“

O'Neill nickte, befahl ihm und den anderen, weiterzurennen, so schnell es nur ging, wurde selbst langsamer, ließ sich zurückfallen und drehte sich schließlich um, blieb stehen und sah zwanzig Yards entfernt die ersten schemenhaften Gestalten der Verfolger unter den Janus-Torbögen materialisieren: Schimmernde, funkensprühende Phantome. *Weit genug.* Er riß die Strahlen-Lanze an die Schulter, zielte und feuerte. Das Janus-Tor verwandelte sich in eine Feuerhölle. Brennende und in höchster Todespein kreischende Gestalten stürzten daraus hervor und lösten sich wie von Säure zersetzt auf, verschmolzen mit dem Boden des Waldes.

2

Noch elf Minuten.

O'Neill schloß zu Teal'c, Carter und Jackson auf, die die scheinbar endlose Kolonne der Flüchtlinge anführten – ein weites, vor Nässe schillerndes, trügerisches, immer wieder abrutschendes Geröllfeld hinauf. Der Wald lichtete sich. Es schneite nicht mehr; Boden- und Hochnebel lösten sich in wirbelnden grauen Fetzen auf. In der Ferne tauchten die monolithischen, vereisten Felsenschründe des Hochgebirges aus den Wolkenmassen –

O'Neill erkannte sie wieder, blickte sich nervös, angespannt, mit jagendem Atem, hämmerndem Puls, in eisigen Schweiß gebadet, um.

Ab jetzt waren sie aus der Luft bereits von Weitem zu sehen. *Gute Ziele.* Er feuerte die Menge an, brüllte sie an, dachte, um seinen Haß zu nähren und daraus neue Energie zu beziehen, an den Schlangengott, Skaara, Sha'uri. Fühlte sich als Verräter an Meredith Brandon – obwohl er ahnte, daß sie tot sein mußte. Jeder, der nicht in der hinter ihm wimmelnden Masse der *Er'ra-yai* war, war tot. *Faulendes Fleisch. Oder* Körpergefäß *für einen Goa'uld. Schlimmer, als tot zu sein.* Er murmelte: „Opferlamm am Schlachthaken..." Er erinnerte sich... erinnerte sich: sah das bleiche Ding wieder und wieder in dem Körper des jungen, verzweifelt brüllenden Gefangenen verschwinden, hörte das Reißen und Bersten von Fleisch und – hörte sich selbst mit den Zähnen knirschen und schreckte hoch, blickte sich nach möglichen Verfolgern um – *negativ. Noch.*

An Carter gewandt, erkundigte er sich: „Wir haben weniger als zehn Minuten. Wie halten wir uns?"

Ihre Augen waren flammenlodernde Schächte. „Wir haben einige unserer Schützlinge im Wald verloren – die haben sich abgesetzt."

Teal'c sagte: „Sie werden gejagt und aufgespürt und getötet werden."

Ohne langsamer zu werden, starrte Carter ihn mit einem Ausdruck des Grauens an.

„Warum?"

„Alles Leben, das den Göttern nicht dient, ist ein Feind der Götter."

„Und das macht dich –", folgerte O'Neill, doch Teal'c unterbrach ihn:

„Ich bin *Jaffa.* Halbgott. Sher-Tekaschsch: Geschaffen, um zu dienen, auf daß sie leben."

Daniel Jackson keuchte: „Ich verstehe das nicht... Halbgott?"

Teal'c stoppte abrupt, ließ hinter ihm nachdrängende Menschen an sich vorbeiströmen und zog Brustharnisch und Kettenhemd mit einem verächtlichen Ruck beiseite, entblößte seinen muskelstarrenden Oberkörper; offenbarte seinen ganz persönlichen Goa'uld-Alptraum.

Diejenigen, die es sahen, schrien voller Entsetzen und mit vor Ekel verzerrten Gesichtern, wichen zurück und begannen hastig an ihnen vorbeizueilen, zu rennen.

In Teal'c's Bauchdecke klafften kreuzförmige Schnitte; die Wundränder waren rot verfärbt und vernarbt – Hautlappen, die nur nachlässig die darunterliegende Höhlung im Leib des Riesen verschlossen. Etwas bewegte sich dahinter... ringelte sich zu pulsierenden Klumpen zusammen und stieß fauchend ins Freie heraus –

O'Neill sah blitzende Reißzähne, sprühenden Geifer und riß Jackson zurück, ruckte die Strahlen-Lanze in Anschlag, starrte, plötzlich wie hypnotisiert, auf den nur aus ZÄHNEN bestehenden Schädel der aggressiv zuckenden, ekelhaft blassen, durchscheinenden Schlangenkreatur, die nur eine Armlänge von ihnen entfernt aus Teal'c's Leib heraus von links nach rechts und wieder nach links pendelte, wartete, lauerte.

Teal'c stopfte das DING mit der beiläufigen Geste eines Mannes, der es gewohnt war, mit seinen Eingeweiden zu hantieren, in die feucht schillernde Bauchhöhlung zurück. Schloß das Kettenhemd. Erwiderte gelassen ihre Blicke und setzte den Aufstieg bereits fort.

O'Neill folgte ihm, würgte seinen Ekel hinunter; seine Kehle war wie mit Staub ausgerieben.

„Goa'uld?" sagte er schließlich fragend.

Teal'c nickte, präzisierte es: „Das larvale Stadium. Alle Jaffa tragen sie von Kindheit an in sich, bis sie reif genug sind, sich ihren WIRT zu erwählen und ganz zu übernehmen. Ich bin *Jaffa*. In mir wachsen sie nur heran; sie haben keine Macht über mich. Dies ist die zwölfte Kreatur, die ich trage."

O'Neill räusperte sich die Kehle frei. „Dann... sieh zu, daß du das Ding loswirst!"

Teal'c's Gesicht war eine steinerne Maske. „Das ist unmöglich", erwiderte er wegwerfend – nahezu spöttisch. „Es ist ein Symbiont. Er ist Fleisch und Blut der Götter – aber genauso Fleisch und Blut von meinem Fleisch und Blut. Er ernährt sich aus mir, wächst in mir bis zu seiner Reife, und als Gegenleistung gibt er dem *Jaffa* andauernde Gesundheit und ein langes Leben. Würde ich ihn aus mir herausreißen, müßte ich sterben."

„Wenn ich du wäre, würde ich –"

„Du bist nicht ich, du bist nicht Jaffa und nicht Sher-Tekaschsch. Ich habe sie betrogen. In drei, vielleicht vier Wintern, wenn diese Larve herangewachsen und bereit für die Feier der Auslese und Erneuerung ist, und ich keinen neuen Symbioten erhalte..." Er schwieg kurz, warf ihm einen durchdringenden Seitenblick zu und vollendete den Satz – „erledigt sich das Problem ganz von selbst."

O'Neill schwieg, preßte die Zahnreihen und die Lippen zusammen, dachte an die verstreichende Frist, und war Carter dankbar dafür, daß sie das Thema wechselte.

„Was geschieht mit all den Leuten?"

„Wir nehmen sie mit auf die Erde."

„Zu Hammond? Und dann? Wir können sie nicht auf ihre Welten zurückbringen. Niemand weiß, woher sie kommen –"

„*Ich* weiß, woher sie kommen", sagte Teal'c.

„*Er* weiß es", echote Daniel Jackson.

Drei Minuten später erreichten die ersten der vorausstürmenden Flüchtlinge das Ende des steilen Geröllhanges und erstarrten und stürzten in greller Hysterie zu Boden und in die Deckung spärlicher, struppiger Büsche. Riefen Warnungen zu den Nachfolgenden herunter. O'Neill hetzte die letzten paar Dutzend Yards hinauf, kroch, krabbelte über wegkollernde, rutschende Steine und Felstrümmer vollends zu ihnen und warf sich ebenfalls auf den Bauch.

Noch drei Minuten, zehn Sekunden bis zum Ablauf der Frist.

In dem weiten Tal vor, unter ihnen, ragte das Chulack-SternenTor auf seinen steinernen Fundamenten empor, und zehntelsekundenlang weigerte O'Neills Verstand sich einfach, die ganze Realität wahrzunehmen – verarbeitete nur diesen bekannten Anblick: *Einsamkeit und Frieden und Schönheit.* Die verwitterten Steinringe des Tores, die großen Basaltblöcke, die in weiten Kreisen um dieses Tor herum angeordnet waren – die Lichtung, das Grasland, selbst den Sturmwind, der wie bei ihrer Ankunft scheinbar aus allen Richtungen gleichzeitig heranbrauste und Wolkenfetzen aus dem hellichten Tag riß und übermütig umherwirbelte und –

Implosion. Er reagierte eisig, als er es sich schließlich doch eingestand. *Da ist noch etwas noch etwas etwas Dunkles, Ungeheuerliches –*

Über dem Tor hing ein gigantischer Schatten: In Form gezwungene tiefste Nacht.

Udajeet: Der Todesgleiter des Schlangengottes.

3

...und ganz plötzlich wußte O'Neill mit einer frostigen Zufriedenheit, daß er sie tatsächlich bezahlen lassen würde; nicht irgendwann, irgendwo, sondern JETZT. Das Ende des Weges war erst JETZT erreicht. Hammonds Frist vertickte,

und O'Neill kostete es böse lächelnd aus, weil er wußte: *Es war nicht umsonst,* und mit diesem Wissen kam eine unendliche Erleichterung, kamen noch mehr Erinnerungen an die Düsternis und das Sterben im Verlies des Schwarzen Palastes – kam jede einzelne seiner Regungen, jeder einzelne seiner Gedanken zurück, Gespenster in einem düsteren Raum: *Etwas in ihm zerbarst, zerbarst rasend schnell – umöglich, die verschidenen Zeitabläufe noch zu trennen; unmöglich es weiter zu etragen, und* die Summe all dieser Qualen brachte ihm seine Leidenschaft zurück, seinen unbedingten Lebens- und Siegeswillen, etwas Brausendes, hörbar selbst in diesem säuselnden Wüten des Sturmes. Es war, als befördere sein Blut eine doppelte, dreifache Menge Sauerstoff; es war, als nehme er alles gleichzeitig wahr. Er befahl den Anderen mit einem energischen Wink, sich still zu verhalten, dachte an Kawalsky, Warren und Casey. Er lag bäuchlings auf dem Kamm des windgepeitschten Hügelabhanges, die Strahlen-Lanze angelegt und schätzte die Entfernung, wußte, daß er (noch) zu weit entfernt war, beobachtete, wartete auf seine Chance:

In der stählernen Unterseite des Todesgleiters öffnete sich eine kreisrunde, am Rand mit messerscharfen Spitzen versehene Luke; sieben scheinbar massive, steinerne Ringe fielen einer nach dem anderen seltsam schwerelos in die Tiefe – kamen jeweils Handbreiten übereinander sacht zum Stillstand. Licht blitzte auf, füllte das eigenartig unvollständige Behältnis mit brodelnder Energie und Schatten; das Licht erlosch; aus den Schatten wurden menschliche Gestalten. O'Neills Augen verengten sich; er erkannte Skaara und die anderen Unglücklichen, die von den Goa'uld erwählt worden waren. Keine Wächter bei ihnen. Das bedeutete, *MUSSTE* bedeuten... Und etwas Schreckliches geschah mit ihm; er wußte, daß das dort unten nur mehr Wirtskörper waren, *Körperbehältnisse für die Kinder der Götter. Übernommen und kontrolliert von entsetzlichen bleichen Wurmkreaturen, von Monstrositäten von* – er wußte all das, doch er wollte es nicht wahrhaben, er schaffte es nicht. Er blinzelte die Tränen weg, stemmte sich ganz langsam hoch, dachte: *Näher heran und dann* – und versuchte sich einzureden, daß selbst der Tod besser war als diese... Schattenexistenz. Begriffe für den Jüngsten Tag rasten durch seinen Verstand: Fleisch und Knochen. Menschliche Körpermasken. Und immer wieder Zoom auf: Bleiches, zuckendes, pulsierendes Muskelfleisch, vor Gier zitternde Kiemen; rasiermesserscharfe Zähne. Spritzendes Blut. Bleiche Wurmkreaturen, die sich in menschliche Körper fraßen, wühlten, ringelten. „Ich weiß nicht, ob ich es tun kann", murmelte er, „ich weiß nicht, ob ich es tun kann –"

Tick. Die Zeit raste weiter.

Weitere Steinringe schwebten zu Boden; wieder explodierte Helligkeit, entstanden menschliche Silhouetten – reale Körper:

Der Schlangengott und seine Königin, umgeben von einer Phalanx aus Kriegern. Die stählernen Kolosse stapften los, sicherten das Tor; Apophis und Sha'uri standen noch immer wie erstarrt – dann hob der Schlangendämon langsam den Kopf, blickte zu dem über ihnen schwebenden *Udajeet* empor, und es war, als befehle er ihm wie einem lebenden Wesen, höherzusteigen. Einen schrecklichen Augenblick lang hatte O'Neill das Empfinden, daß er direkt in seine Richtung sah – und ihn bemerkte. Vielleicht war das tatsächlich der Fall.

Gewaltige Maschinen erwachten in dem stählernen Leib des Gleiters zum Leben, trugen ihn mühelos hoch empor; verwandelten ihn –

„Er aktiviert das SternenTor", flüsterte Carter direkt an O'Neills Ohr.

„Holen wir ihn uns", flüsterte O'Neill mit einem bösen Zischen zurück und stemmte sich hoch.

Es begann wieder zu schneien; der Wind frischte auf. Die Ruhe vor dem Sturm war vorbei, der Sturm war *DA*. Der Gleiter beschleunigte mit donnernden Triebwerken und schoß im Tiefflug direkt auf O'Neill zu – eröffnete das Feuer, brachte eine Hölle aus grell-weißen Magmablitzen und himmelhoch explodierendem Erdreich und Schreien und Tod über sie alle.

4

Eine Doppelreihe blutroter Einschläge und Eruptionen irrlichterte tollwütig schnell über die sturmgepeitschte Grasebene der Lichtung auf ihn zu – schwelende Krater, durch die Luft fliegende, schwarz-verkohlte Grasbüschel, ein Teil des Waldes zu seiner Linken flammte auf wie ein Zündholz und begann in einem fauchenden Aufruhr zu brennen, der Hang, auf dessen Kamm er sich aufgerichtet hatte, erzitterte wie ein uralter, schwerfälliger Riesenkörper und fiel in sich zusammen, zerbröckelte, rutschte ab. Begrub die Schreie sterbender und schwerverletzter Flüchtlinge unter sich. O'Neill rannte bereits inmitten einer Brandung aus Erde und Sand und Steinen, scheuchte seine Gefährten in den Schutz der Bäume, brüllte Carter zu, sie in einer weitgezogenen Reihe zum SternenTor hin ausschwärmen zu lassen. *Dreiundzwanzig Sekunden Frist bis Zero.* Hammond würde bereits Vorkehrungen treffen, das SternenTor auf der Erde zu versiegeln, den Code der stählernen Iris zu löschen. Vielleicht aber würde er auch *warten.* O'Neill schickte Hammond einen flammenden telepathischen BEFEHL. Er war sich nicht sicher, ob Carter ihn verstanden hatte. Er war sich nicht sicher, ob Jackson bereits wieder genügend Lebenswillen hatte, um –

Der Gleiter raste über sie hinweg, für einen zeitlosen Moment zersplitterte die gesamte Welt in Schwärze, und in ihrem Gefolge kam ein Inferno aus gleißenden Farben und Turbinenheulen und kreischenden Preßwinden. O'Neill und Teal'c feuerten und stürzten sich überschlagend in die immer noch abrutschende Masse des Hanges, wühlten sich frei, rannten durch einen Sog dampfender, kochendheißer Luftschwaden, wurden von Erdreich und Steinen überschüttet, rannten Haken schlagend weiter, wußten, der Gleiter kehrte bereits zurück – unversehrt.

Aufheulende Triebwerke, krachende Geschoßgarben aus loderndem, glutflüssigem Feuer – irgendwo hinter ihnen. Noch mehr Tote.

Die Waldbrände weiteten sich aus. Ölig-schwarze Rauchsäulen stiegen in engen Spiralen in den Himmel, wurden von den Windböen über die weite Lichtung auf das SternenTor zugetrieben. *Der Schlangengott hatte das Tor aktiviert – blendende Energie brodelte fünfzig Yards weit über die Steinkreise hinaus, zerschmolz Schnee zu dampfendem Nichts.* O'Neill nahm es nur am Rande seines flirrenden, flimmernden Gesichtsfeldes wahr, dachte in einem Aufzucken an die Gläubigen von Chulack: *Vergiß die Janus-Tore nicht, vergiß die Bodentruppen nicht –*

Dann war der Gleiter wieder da und mit ihm ein Gewitter aus blutroten Lasersalven und wummernden Explosionen – eine Flut eisiger Sturmböen schleuderte O'Neill und Teal'c zu Boden; es war, als kippe und zerplatze die Welt wie eine lächerliche gläserne Kugel, und mit diesem Trugbild stürzte kobaltblaues Elmsfeuer über sie, ein gigantisches Netzwerk tobender, grell-weißer Blitze – und dann schien es vollends, als stürze der gigantische stählerne Koloß auf sie herab. Das Kreischen der Energieturbinen zerfaserte in schrilles Winseln, das O'Neills Trommelfell beinahe zum Platzen brachte.

„JETZT!" brüllte er und warf sich in einer übermenschlich schnellen und geschmeidigen Bewegung herum, legte an, sah den Falkenschatten des Gleiters über sich hinweghuschen und zog ab: Teal'c und er feuerten gleichzeitig. Feuerblumen wischten über die Stahlhaut des Gleiters, zerschmolzen sie, flossen ab, verglühten.

Dann wurde die ganze Welt schlagartig WEISS.

Aus perfekt getarnten Erdlöchern hundert Yards vor O'Neill und Teal'c schnellten Schatten empor; das trockene Fauchen von Boden-Luft-Raketen fügte dem tausendfachen Inferno eine weitere Variante hinzu – drei grellweiße Blitze schlugen in die Tragflächen des Gleiters und zerfetzten sie. Der

Himmel loderte in einem kränklichen Gelb-Weiß auf, erlosch mit einem berstenden Krachen. Der Gleiter überschlug sich flammenspeiend, raste weiter, geradeaus und wie ein ungeheuerlicher Lichtstrahl in die Tiefe, und für fünf, sechs, sieben Sekunden sah es so aus, als werde er das SternenTor und den SchlangenGott und seine gesamte Brut in ein feuriges Verderben reißen –

dann taumelte der Koloß wie ein böser Traum über das Brodeln des Tores hinweg, und dann kam das Ende in einer gigantischen Feuerlohe, kam der erste schmetternde Aufschlag in einer ganzen Reihe mörderischer, zerfetzender Aufschläge, kam schattenloses WEISS und das fürchterliche Aufheulen völlig überlasteter Triebwerksturbinen und das Bersten und Reißen von Stahl. Der Gleiter zog eine Flammenspur über die graue Ebene, wirbelte hoch und weiter, schlug wieder auf – ein riesenhafter, fehlgeleiteter Bumerang auf seinem Weg in die absolute Zerstörung.

O'Neill schrie seine Enttäuschung, seine Erlösung, seine Nervenanspannung wie von Sinnen aus sich heraus, während er bereits weiterhetzte und Kawalsky und seine Leute erkannte – *die Kavallerie war da. Und ringsum, in einer weiten, halbmondförmigen Kette, kamen die Er'ra-yai, angeführt von Carter und Jackson, und ein Schreien aus sechzig, siebzig Kehlen erhob sich, und O'Neill erkannte in einem weiteren Aufblitzen von Hellsichtigkeit das zornentbrannte, fassungslose Gesicht des Schlangendämons* und dann kehrten die normalen Farben in die Welt zurück; der Gleiter verging in einer feuerspeienden Rauchwolke.

Apophis wandte sich ab, nahm seine Königin beim Arm und trat mit ihr in das Tosen des SternenTores hinein – floh; entkam. Die Schlangen-Krieger und die Goa'uld-Erwählten folgten ihm. O'Neill feuerte im Laufen hinter ihnen her – schickte einen der Goa'uld als kreischende Flammengestalt in den Abgrund jenseits des Tores, sah das Auflodern des Tores – und dann verschluckte schnell dahintreibender Rauch alles. Es war, als drehe die Welt sich schneller, in einem irren Trudeln. Ein Augenblick scheinbarer Schwerelosigkeit. Eine Ewigkeit stummer Raserei. Es war nicht vorbei. Es hatte gerade erst richtig begonnen.

O'Neill wurde erst langsamer, als er die einzelne, reglose Gestalt aus dem jagenden Rauch und dem Heulen des Sturmes auftauchen sah. Er wußte sofort, wer es war, er sprach den Namen halblaut aus: „Skaara".

Der Junge sah so lebendig aus. Heftige Windböen zerzausten seine langen, dunklen Haare, plusterten die kostbaren Seidenstoffe seines Gewandes auf. Er lächelte, genoß es. Er hob die Rechte, als wolle er ihm winken, ihn anfeuern: *O'Neill, hey, hier bin ich, schneller, schneller, komm schon, ich bin keiner von ihnen, ich habe keine dieser bleichen, zähnestarrenden Wurm-Kreaturen in mir, dein Feuerzeug-Talisman hat mich geschützt, alles ist gut, alles ist gut, beeil dich und überzeug dich selbst: Alles ist gut.*

Er glaubte es, weil er es glauben *wollte*. Er glaubte es zehn, elf, zwölf Sekunden lang, klammerte sich daran, weil er wußte, daß es die einzige Möglichkeit war, Abschied zu nehmen –

Ringsum trudelte die Welt immer schneller in einen glutflüssigen Höllenschlund; neue Schreie gellten, und mit einem seltsam fernen Teil seines Verstandes wußte er, daß nicht nur die Kavallerie der guten Jungs angekommen war, sondern auch die der bösen – ringsum erhob sich das Angriffsbrüllen der Gläubigen von Chulack, erhoben sich hundertfach brodelnde Strahlenschüsse.

Er sah nicht hin; O'Neill's Atmen beruhigte sich; er ging langsam auf den Körper zu, der einmal Skaaras Körper gewesen war, hob die Strahlen-Lanze.

Konnte es nicht.

Ein eisiges Leuchten erwachte in den Tiefen der Augen des Jungen; sein Lächeln verbreiterte sich. Aus dem augenförmigen Quarz in seiner Handfläche zuckte etwas hervor, packte O'Neills Schädel und zerquetschte ihn. Die Realität verbog sich, verkürzte sich. O'Neill wurde fünf Yards weit zurückgeschleudert, landete sich überschlagend und zusammenkrümmend, hörte die Echos splitternder Schädelknochen und spritzender Gehirnmasse... sah, nur mehr halb bei Bewußtsein, den Skaara-Goa'uld in den Rauchschwaden untertauchen und im Glühen des SternenTores verschwinden.

Es war nicht vorbei. Vielleicht würde es nie vorbei sein.

Dann begriff er, daß sein Schädel heil war, daß er weiterleben würde; daß er den mentalen Angriff des Skaara-Goa'uld zumindest körperlich unverletzt überstanden hatte. Er lächelte bitter, kämpfte gegen die unablässig herantobende Flutwelle der Bewußtlosigkeit an und bezwang sie, knüppelte sie aus sich heraus, richtete sich müde auf, spürte die *Er'ra-yai*-Flüchtlinge um sich herum, hörte ihr Brüllen wie durch Watte und Styropor, lachte, trieb sie an und ließ sich von ihnen mitschwemmen, half Stürzenden und Taumelnden und vor Aufregung oder Schwäche halb Verrückten und ließ sich selber helfen – und so erreichten sie das SternenTor.

Jackson und Carter waren bereits dort; aktivierten es. Der innere Ring bewegte sich mit einem Ruck, begann sich wie etwas Rostzerfressenes zu drehen... so langsam. Die Quarze in den Gold-Ummantelungen glühten auf. Teal'c, Kawalsky, Warren und Casey kamen rückwärtsgehend heran, feuerten, feuerten – die Ebene war eine Hölle aus Feuer und Rauch und darin geisternden, nach Blut kreischenden Schatten; O'Neill sah riesenhafte stählerne Schlangenschädel und die kahlgeschorenen Köpfe der Chulack-Mönche. Alle Geräusche vergingen in einem dumpfen Rumoren. Der innere steinerne Ring des Tores drehte sich, stoppte, rastete ein, drehte sich weiter, drehte sich äonenlang weiter. Die Meute der Gläubigen kam jetzt aus allen Richtungen – stürzte sich unablässig feuernd aus dem Flammenmeer – Gestalt gewordene, scheinbar unbesiegbare Gespenster – immun gegen Flammen und Tod; glutflüssige Strahlen hieben in Basaltblöcke, zerschmetterten und zerschmolzen sie, fächerten darüber hinweg, lagen immer näher im Ziel – töteten Casey. O'Neill schüttelte die Schwäche ab, fühlte das Inferno aus Schreien und Sterben und brennender Luft aggressiv näher rücken und in sich eindringen und erschoß zwei, drei Chulack-Mönche, die sich von hinten auf Jackson warfen und ihn zu Boden zu reißen versuchten; Kawalsky erledigte den vierten – einen zähnefletschenden Berserker: Schmetterte ihm den Gewehrkolben ins Gesicht, brach ihm Nase und Kiefer, doch der Mann griff wieder an, krallte und biß nach Kawalsky.

O'Neill trümmerte dem Wahnsinnigen die Beine unter dem Leib weg, sah ihn zusammenbrechen, wußte, daß der hünenhafte Kawalsky den Rest alleine schaffen würde, sah aus den Augenwinkeln heraus das Lodern des SternenTores, sah Carter mit dem Code-Geber hantieren, und gleich darauf vor Jubel hüpfen, fuhr herum, brüllte die Befehle für den Exodus der Flüchtlinge, wußte – *gleich – gleich – gleich* –

5

Kawalsky setzte über den sterbenden Chulack-Mönch hinweg, schrie begeistert zu O'Neill hinüber: „Sieben Minuten und elf Sekunden minus Zero – und der Highway nach Hause ist OFFEN, verdammt, ich LIEBE diesen General Hammond!“

Carter und Jackson gingen mit den ersten Er'ra-yai's durch das Tor – flammende Gestalten, Verpuffungen. Auf der Reise zur guten, alten Erde. Mit einer kleinen, etwa siebzigköpfigen Überraschung für Hammond.

Kawalsky war an O'Neills Seite, klopfte ihm aufmunternd auf den Rücken. „Jack, verschwinden Sie, Warren und ich bilden die Nachhut –“

O'Neill schüttelte den Kopf. „Negativ, Captain, das ist mein Job –“

O'Neill wandte sich bereits wieder ab, feuerte die Flüchtenden an, kanalisierte den gewaltigen Menschenstrom durch das Tor – hielt kreischend heranstürzende Schemen durch rasend schnelle, präzise Feuergarben auf Distanz, war im Brodeln des Rauches und im Widerschein der Flammen selbst mehr Dämon als Mensch und – Kawalsky spürte einen mörderischen Schlag zwischen den Schulterblättern; spürte, daß sich etwas irrsinnig Schnelles, Gleitendes an ihm emporwand; spürte bereits einen zweiten, hundert Mal schlimmeren Schlag in seinem Genick – als wäre eine riesige Stahlfeder gegen ihn geschnellt worden, – und taumelte herum; ließ das M-16 fallen und tastete mit beiden Händen zittrig, fiebrig nach oben.

Er spürte glitschige Nässe. *Blut.* Spürte hastige, stoßende Bewegungen in seinem Nacken. IN SICH. Hörte –:

Etwas fraß sich in ihn hinein. Er wußte sofort, was: *Bleich... Wurm... Goa'uld.* Aus dem Körper des sterbenden Mönchs. Haut, Fleisch, Sehnen wurden zerfetzt, Blut spritzte, rann in den verschwitzten Kragen seines Kampfanzuges. Kawalsky brach in die Knie, versuchte O'Neill zu warnen, versuchte zu schreien... und brachte im Toben des Feuers und des Kampfes nur ein Krächzen zustande: *„Jack... bitte... erschießen Sie mich, Jack töte – bitte... oh mein Gott –“* Niemand hörte ihn. Niemand sah ihn. Aus dem Stammeln wurde, ohne daß er dies WOLLTE, ein Lachen. Eine Antwort, direkt in seinem Gehirn, so kalt: *„Dein Gott – oh ja dein Gott – dein ganz persönlicher Gott – direkt in dir – so starker Körper Leben – Weiterleben so gut – aber vorsichtig, heimlich, ganz vorsichtig –“* Etwas krallte sich an seiner Wirbelsäule fest; schoß nervenstrangdünne Tentakel in sein Gehirn.

Kontakt.

Plötzlich sah Kawalsky alles wie doppelt belichtet und hörte die Flüsterstimme seines neuen Gottes – *„Heimlich –“*

Lernte das Grauen kennen.

6

„Schnell, los, beeilt euch –!“

O'Neill stieß Teal'c und Kawalsky durch das Tor, folgte ihnen, verließ die Welt des Schlangendämons als letzter – einen

Sekundenbruchteil, bevor die Schattenflut der Angreifer mit Hunderten von Körpern über das Heiligtum hereinbrach.

BESCHLEUNIGUNG.

Unterwegs: Nach Hause.

Mit den Er'ra-yai, mit seinen Gefährten.

Und mit seinen Erinnerungen, seiner Trauer... und dem Feind im Körper des Freundes.

ENDE